Butterfly World《バタフライワールド》
最後の六日間

岡崎琢磨

双葉社

Butterfly World
最後の六日間

装幀
bookwall

装画
末原 翠

プロローグ

初めて人を好きになったのは、小学五年生の春だった。

相手は転校生の男の子で、名前はユウキくん。新学年を迎えた朝、担任となった先生が《新しいお友達》を教室に招き入れた瞬間から、わたしの初恋は始まった。

一目惚れだった。その時点では彼のことを何も知らず、なのに好きだと思ってしまったのだから、それ以外にない。ユウキくんが明るく社交的で、足が速く、勉強はそんなに得意ではなかったけれど、優れたユーモアセンスを持っている点などは、もちろんわたしの好意に拍車をかけはしたものの、すべてあとから知ったことだった。

これまで味わったことのなかった、胸の奥がかゆいのにかけないみたいなもどかしい思いに、わたしはどうしていいかわからず、理由もなくユウキくんの近くへ行って、話しかけるでもなくただボーッと突っ立ってる、なんてことをしばしばやらかした。もともと口数が多いほうでも積極的な性格でもなかったからだが、ユウキくんの目には薄気味悪い女子と映っていただろう。

それでもときどきは、ユウキくんとお話をすることができた。わたしには少ないながらも初恋を打ち明けるくらいには仲のいい友達がいて、その子がユウキくんとの接点を取り持ってくれたりもした。いまから振り返ると、その友達はどうしてわたしと仲よくしてくれていたのかわからないような、かわいくて人気のある女子だったけれど。

その日も休み時間に教室で、わたしは友達に連れられてユウキくんの席まで行き、三人でおしゃべりをしていた。友達は朝から「今日こそはあいつの好きなタイプを聞いたげる！」と、世にもおせっかいなことをわたしに強調していた。

「でさー、ユウキくんってどんな女の子が好きなの？」

どうでもいい会話の果てに友達が発した一言はいかにも唐突で、流れもへったくれもあったもんじゃなく、わたしは反射的に貴重な友達の頬《ほお》をひっぱたきたくなった。幸いにもユウキくんがその質問に底意を感じ取った気配はなく、ただ彼は束の間考え込むと、わたしの友達を見てニヤリと笑ってから答えた。

「おまえみたいな、バカな女子は嫌いかなー」

「もー、うるさい！」

友達は即座にユウキくんをはたいた。二人は楽しそうにじゃれ合い、わたしは悪口を言われたはずの友達が笑っていることに驚いたのだけれど、それよりもユウキくんの答えを聞いて、あることを考えていた。

——そうか。ユウキくんに好かれるためには、頭がよくなればいいんだ。

幼かった、あの日のわたしに教えてあげたい。ユウキくんの《嫌い》は嫌いじゃなくて、その反対だったんだよ、と。

それ以来、わたしはまじめに勉強に取り組むようになった。小学五年生にもなると、自分に女性的な魅力があまり備わっていないらしいことには気づいていたけれど、勉強は不得意ではなかったので、頭のよさでならほかの女子に抜きん出られるんじゃないかと思った。

わたしはじきに成績優秀な女子というポジションを確立すると、公立中学に進み、かつて友達だった例の女子とユウキくんが付き合い始めて人生初の失恋を経験してからも、勉強だけはやめることなく、高校受験では地元で一番の進学校に合格した。


いまにして思う。

あの出来事がなければ、わたしの人生は大きく違っていたのではないか、と。大して好転はしなかったかもしれないが、勉強しようなどと思わなければ、のちに長きにわたって苦しい日々を過ごす羽目には陥らずに済んだのではないか、と。

だからって、初恋の相手を恨んだりはしない。言わずもがな、彼に非はないし、責めるならわたしの幼い誤解のほうを責めたい。

だけど、それでも。

あの日、好きな男の子が発した一言は、わたしの人生においては、間違いなくバタフライ・エフェクトだった。

目次

紅招館周辺図

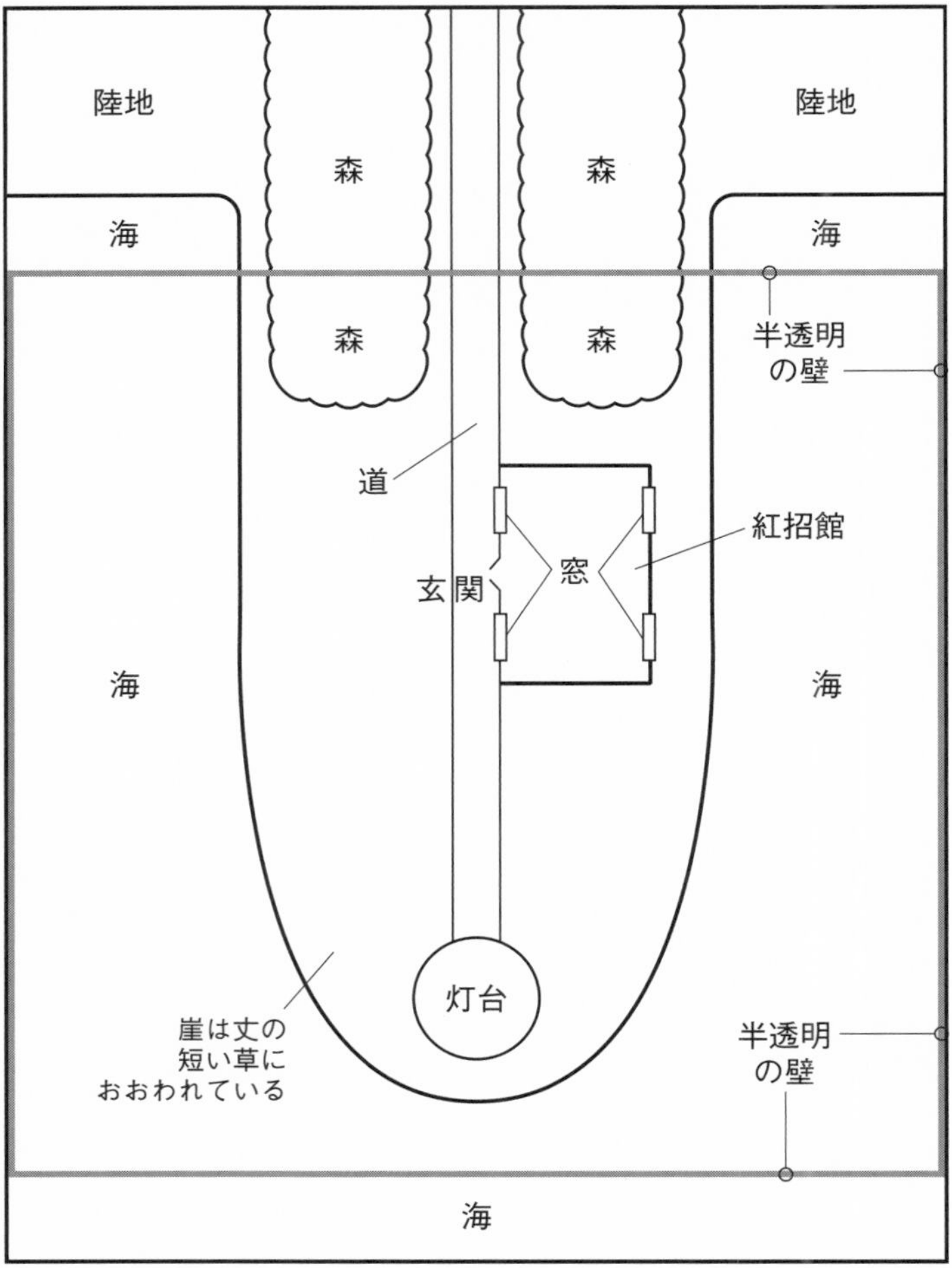

第一章　蝶

1

たとえば高層ビルが長方形の物体であるとか、人間は基本的に地上を歩く生き物だとか、そういった常識はこの世界では通用しない。

周囲を見回せば、地面に刺さったみたいに斜めに傾いだ建物や、豚のしっぽさながら途中でくるりと一回転した建物が立ち並んでいる。あるいは大樹のように枝葉が突き出ていたり、ウニのように接地部分までもがトゲトゲしていたり、重力や力学や工学の軛《くびき》から解き放たれたかに見える、無数の建物たち。

そのあいだを縫って移動するのは、無数の人間。否、この世界で彼ら住民を表すのに《人間》という単語はふさわしくない。なぜなら、二足歩行の人型の彼ら全員の背中に、大きな翅《はね》が生えているからだ。翅はまさしくアゲハチョウやモンシロチョウのそれで、だから彼らは《バタフライ》と呼ばれる。

無論、翅は飾りなどではなく、彼らはまさに蝶のように空を飛ぶ。軽やかに、優雅に、美しく、歩行と飛行の双方を用いて、この世界を縦横無尽に移動する。見上げればバタフライたちが、雲一つない青空を背景に、点となってそこらじゅうを浮遊している。

――そしてここにも、バタフライの女が一人。

蛍光イエローのスポーツブラに黒のスパッツという、いかにも動きやすそうな服装で身を固めたわたしは、長い髪を後ろで一つにまとめてから、伸ばした片腕を手前に引き寄せるストレッチを始めた。服装にせよストレッチにせよ、意味があるのかはよくわからない。気分を高める効果はあるので、頓着《とんちゃく》しないよりはいいと思う。

耳には陽気なＢＧＭに混じって、一定の間隔で悲鳴が届く。事件や事故の結果ではない。近くでジェットコースターが稼働していて、最初の下り坂で乗客が上げるそれだ。

ほかにもカラフルに彩られたアトラクションがいくつも見渡せ、すぐそこの広場ではてんとう虫型のロボットが子供たちに風船を配っている。――そう、ここは遊園地『パラダイスゾーン』。毎日たくさんのバタフライが遊びに訪れる、この世界でも最大級の娯楽スポットである。

わたしがイメージトレーニングのためにピンクの翅をばたつかせていると、背後から声をかけられた。

「よう、アキ。調子はどうだ？」

振り返るより先に、彼がわたしの正面に回ってきた。

「バッチリ。今日こそは、優勝できそうな気がする」

わたしの返答を聞いて、彼はふふんと笑った。

「足だけは引っ張るなよ。このオレが、ペアになってやってるんだからな」

彼の名はマヒト。銀の猫っ毛と紫の翅がトレードマークの、十五歳くらいに見える男の子だ。Tシャツも翅と同じ紫にそろえ、下はわたしと似たような黒のスパッツをはいている。

「何よ、偉そうに。あなた以外にも、わたしはこっちの世界に《フレンド》がいっぱいいるんだからね」

「粋《いき》がるなって。勝ちたいんだろ、パラダイスレーシング。オレより速いやつなんているか？」

言い返せなかった。理論上、バタフライの最高飛行速度はみな等しいはずなのだが、どういうわけかマヒトはほかのバタフライよりもほんの少し速かった。この世界にそんな小さなバグがあるのかは定かでないが、ともかくそのおかげでいつも惜しいところまではいくのだ。

しかし、あらゆるレース競技がそうであるように、パラダイスレーシングもまた速度だけがものを言う競技ではない。マヒトとペアを結成し、これまでに三度臨んだペア部門でも、いまだ優勝できたことはなかった。

パラダイスゾーンで催されるいくつかの大会の中でも、最多の挑戦者を集めるパラダイスレーシング。その名のとおり、空中に設定されたコースをいかに速く駆け抜けられるかを競う。月に一度開催され、バタフライはソロ部門とペア部門のどちらかにエントリーが可能。ソロ部門は純粋に個々の能力が試される一方、ペア部門ではチームワークも要求される。

なお、優勝者にはここでしか手に入らないトロフィーが贈呈される。貨幣という概念のないこの世界では貴重な逸品なので、挑戦者の大半はこのトロフィーと名誉欲しさに集まってくる。

わたし個人に図抜けた能力はなく、ソロ部門では優勝の目がなかったが、マヒトとペア部門に出場するようになってからは三大会連続で、二百組を超える挑戦者の中でトップテン入りを果たしていた。だが、あと一歩が及ばない。この一ヶ月、わたしはマヒトに付き合ってもらって、体重移動や加速と減速の使い分けなどの飛行訓練を徹底的におこない、満を持して今日のレースに臨んでいた。

『まもなく本日のパラダイスレーシング、ペア部門を開始いたします。挑戦者のみなさんはスタートラインに集合してください』

場内にアナウンスが響き渡る。わたしはマヒトとこぶしを触れ合わせた。

「行こう。絶対優勝！」

この世界では全労働が機械化されており、バタフライたちに労働という概念はない。代わりに働いてくれるのは、蝶以外の虫の形をしたロボットたちだ。ちなみに、わたしたちのよく知る虫という生物はこの世界には存在しない。

わたしとマヒトがスタートラインに到着すると、トンボ型のロボットが近寄ってきて、その眼鏡でじっと見つめることによってわたしたちのＩＤを照合した。挑戦者はエントリーの際に、すべてのバタフライに割り振られるＩＤを申告する義務がある。

ＩＤの照合が済んだところで、わたしたちはスタートラインの上空で待機した。左右に広がった挑戦者たちは、前後ではなく上下に並んでいるため、スタート位置による有利不利はほぼない。

ほどなくレースの開始時刻になる。競馬の重賞レースよろしく雄大なファンファーレが鳴り響けば——演奏しているのはキリギリスや鈴虫たちだ——いやが上にも緊張が高まる。この高揚感に、わたしはもう病みつきだ。

『ファイヴ、フォー、スリー……』

カウントダウンが始まる。わたしは翅の動きを司る肩甲骨のあたりに力を込めた。

『ツー、ワン……スタート！』

バタフライたちがいっせいに空中へと躍り出る。わたしもめいっぱい羽ばたいた。

パラダイスレーシングのルールは至ってシンプルで、各所に設置された方向指示板——矢印が描かれている——にしたがって場内を飛び回るだけだ。コースは都度変更され、直線が多いときもあれば、やたらと曲がらされるときもある。

ただし、レースの途中にはクリアしなければならない三つの関門がある。これが、ペア部門においてはチームワークを測る仕掛けとなる。

わたしは猛スピードで進むマヒトにやや遅れながらも必死でついていき、先頭集団の一員として第一の関門に突入した。《輪っかエリア》——空中に配置されたたくさんの輪の中から、相方と同じ色の輪を選んでくぐるというもので、三色の輪をくぐり終えると次へ進むことができる。輪は一度きりしか使えず、ほかのペアに先を越されると別の輪を探し直さなければならないので、早ければ早いほど有利だ。

「アキ、赤だ！」

一足先に輪っかエリアに到達したマヒトは、赤い輪をくぐることを選択したらしい。もちろん闇雲にくぐればいいというものではなく、同じ色の二つの輪を見つけてからくぐるのが理想的だ。

「赤、どこ？」

「ほらそこ！　違う、どこ見てんだよ。足元だ！」

マヒトに言われて見下ろせば、確かに五メートルほど下方にフラフープ大の赤い輪が浮いている。わたしは羽ばたくのをやめ、輪のところまで降下した。赤い輪をくぐると、ペアで同じ色の輪をくぐったことを表すピンポンという音が鳴った。

マヒトが見つけていたのは赤い輪のペアだけだったが、その後もわたしたちは首尾よく緑と青の輪を二つずつ見つけ、くぐった。視界の端で周囲を見た限り、第一関門をクリアした順では、上位五組には入っているはずだった。

次の関門を目指してコースを進む。マヒトはわたしと並んで飛び、軽口を叩く余裕すらあった。

「赤ときて、次は緑か。見分けがつきにくいやつらにはタフなレースだな」

この世界においては、半身不随や四肢切断などの身体的障害は完全に克服された。しかし、その他の感覚器官の障害などについては対処が不十分な点も多く、色覚異常者へのケアはその中でも重要な課題の一つとされていた。

「そういう言い方はよくない。性悪だよ」

懸命に翅を動かしながらも、わたしはマヒトをたしなめる。だが、彼にとっては蛙の面に水だ。

「色即是空、空即是色。色を正しくとらえることは、悟りに近づくために重要なんだぜ」

「その《色》は、色覚異常の《色》とは別物でしょう」

あしらいながらも、わたしは思う。マヒト、あなた仏教徒なの？

矢印にしたがって五回曲がったところで、第二の関門がわたしたちを待ち受けていた。《クイズエリア》――二人で協力してクイズの正解を導き出す、というものだ。

空中に距離をおいてたくさん浮かんでいる、一辺がおよそ一メートルの立方体のブロックの一つに近づく。上の面にはモニターがあり、そこに問題文が表示されていた。

〈ある男が事業に失敗し、多額の借金を背負ってしまった。家や車などすべての財産を整理したが借金は残り、手元にはわずかばかりの小銭しかなく、もう借金を返す当ても、ほかに金を貸してくれる相手の心当たりもなかった。住居を失った彼を雇ってくれる者はいっこうに見つからず、途方に暮れた男が街を歩いていると、宝くじ売り場を見つけた。販売中の宝くじの当選日は明日。一か八か、男は有り金全部はたいて、たった一枚の宝くじを購入した。

翌日、宝くじの当選番号が発表された。なんと、男の買ったくじは当選。借金の返済に足りるどころか、その倍もの金額を受け取れることになった。男はつぶやいた。

「ああ、よかった。これで借金を返せる」

一週間後、男は死んだ。なぜ？〉

「……なんだ、この問題は」

マヒトが隣でぽかんとしている。わたしは言った。

「これはたぶん、水平思考クイズの一種だね」

「水平思考？」

「聞いたことない？　ウミガメのスープ」

——ある男が、レストランでウミガメのスープを食べた。男はウエイターに確認した。これは間違いなくウミガメのスープか、と。ウエイターは答える、間違いありません、と。その日の晩、男は自殺した。なぜか？

「ああ、聞いたことあるな……でも、なぜかってそんなの、情報が少なすぎて自殺の理由なんて特定できないだろ」

「ロジカルシンキングでは導き出せない答えに、さまざまな角度からアイデアを出すことによってたどり着くのが水平思考だよ。それを問題形式にしたのが水平思考クイズで、ウミガメのスープはその中でももっとも有名な問題の一つ」

正解を教えるのは簡単だが、気になるならネットで調べればいくらでも見つかるし、何よりいまは目の前の問題に取り組むべきだ。

「で、この問題も水平思考で答えを探せって?」

「だと思う。普通、水平思考をクイズとしてやる場合には、出題者がいて、解答者は《はい》か《いいえ》で答えられる質問を出題者にしながら、正解に近づいていくのだけれど……」

ブロックの側面には、蝉《せみ》型のロボットが張りついていた。これに質問や解答を吹き込むのだろうか。わたしは言う。

「この男は、結婚していますか」

蝉の反応はない。

「どうやら、質問に答えてくれるわけではないみたいだな」

マヒトがうなる。だとすると、正解にたどり着くのはより難しくなる。

「とりあえず、思いついたことは何でも言っていけばいいんだよな。解答の回数に上限はなさそうだし。よし、『男は心臓発作で死んだ』!」

やはり、蝉は沈黙を保っている。

「さすがにそんなので正解になるわけないよ」

「わかってるって。可能性を潰《つぶ》してるだけだろ。『家族に見捨てられて自殺した』！」

沈黙。

「『借金を返さずに金を持ち逃げして、借金取りに見つかって海に沈められた』！」

またしても、沈黙。マヒトは肩をすくめた。

「闇雲に答えてもだめ、か」

「問題文に、必ずヒントはあるはずなんだ。よく考えよう」

周囲を見渡す。まだ、この関門を通過した者はいないようだ。わたしはあらためてモニターを注視する。

「せっかく多額の借金を完済して、手元にお金も残って、これから人生やり直せるってところだったのに、どうして男は死んじゃったんだろう。そもそも、男は生きる気力を失ってたのかな」

「自殺だったってことか？　でも、少なくとも家族が理由じゃなかった」

「見放されたのではなく、家族を突然喪《うしな》ったとか……でも、そう考えるには問題文に手がかりがなさすぎるんだよね。質問もできない以上、書いてないことは関係ないと見るべき」

　水平思考クイズは良問からそうとは言えない問題まで無数に存在するが、基本的には、きわめて意外に聞こえるシチュエーションでありながらも、答えを聞けば納得できるように作られている。ミステリにおける密室トリックの解が〈瞬間移動の超能力〉では読者が憤慨《ふんがい》するのと同様に、この問題の正解も、聞けばなるほどとひざを打つようなものであるはずだ。

「これを読む限り、男はお金を借りる先を探したり、求職したりといったことは試したんだよね。

そこから、死ぬつもりはなかったと読み取れる」

　しゃべりながら考えを整理する。マヒトも同意した。

「そうだな。男の死因は、自殺じゃない」

　自殺でなければ、病死か、もしくは殺人か。マヒトは先ほど、この三つの分類をそれぞれ解答として提示したのだ、とわかる。

「殺人の線を検討するなら、借金取りに追われたというのは悪くない考えだよね。でも、すでに否定された。男の台詞《せりふ》からも、借金を返す意思はあったようだし」

「そうか、わかったぞ。男が高額当選したことを知った何者かが、男を殺して宝くじを奪ったんだ」

「それだと、男は当選してから一週間も換金しなかったことになるよ。経済的に逼迫《ひっぱく》していたのに、一週間も待つわけがない」

「なら、奪われたのは換金した札束のほうだったんだろ。『男は何者かに殺され、当選した金を奪われた』！」

　解答を引き止める理由はない。マヒトの声に、蟬は今回も反応しなかった。

「くそ、これも違ったか……」

「それが正解だとすると、問題文の借金のくだりは要らなくなるもんね」

　宝くじに高額当選した男が死んだ、という情報だけでも殺人の動機としては想像しうる。もちろん、それでは水平思考クイズとして成立しているとは言いがたいが。

「じゃあ、『家がないから凍死した』ってのもだめか」

「そうだね。宝くじがまったくの無関係になっちゃう」

焦りが募る。この間にも第二の関門に到達したペアはどんどん増えていて、そろそろ正解者が出てもおかしくない。ほかのペアに後れを取れば、挽回するのは非常に厳しくなるだろう。

もう一度、情報を整理する。男は多額の借金を背負っており、宝くじ一枚を買って文字どおり一文なしになった。翌日、宝くじに当選して借金の倍の額を手に入れた。男には借金を返す意思があった――。

待てよ。何かが引っかかる。わたしは見切り発車で口を開く。

「わたし、借金ってしたことないな。マヒトは？」

「あるよ。とある事業を立ち上げるときに、な」

「へえ、事業なんかやってんだ」見た目の若さにそぐわない、と感じる。

「ああ。けっこうな額の資金を集める必要があったんで、足りないぶんを金融機関から借り入れた。まあ、事業が成功したからすぐに完済できたけど。借金自体はそこまで多額でもなかったからな」

「――それだ！」

わたしがいきなり叫んだので、マヒトが目を白黒させた。

「何だよ、びっくりさせるな……」

わたしはマヒトに手のひらを向けて彼を制すと、蝉に向かって解答した。

「『男は財産を整理して借金の大半を返済し、残りはごくわずかだった。宝くじで当選したのはその倍、といっても微々たる額だった。男は借金を返し終えたものの、手元には少額の現金しか残らず、家も職もなく金も借りられないという状況で、一週間後に餓死した』」

マヒトが目をみはる。一瞬の静寂が訪れ、直後。

蝉が、けたたましくミンミン鳴き出した。

わたしとマヒトは目を見合わせる。モニターの表示が、矢印に変わった。

「やった！」

第二関門、トップ通過だ。わたしはマヒトとハイタッチした——この世界では暴力は許されないので、あくまでも優しい動きで。

「お手柄だ、アキ！」

矢印の方向へ飛び始めながら、マヒトが褒《ほ》めてくれる。

「マヒトの言葉がヒントになったよ。借金イコール多額、ではないと気づかせてくれた」

問題文に《多額》とあったのがミスリードになっていたのだ。残った借金が多額だとは限らない。宝くじ一枚を買う金額よりは高かったのだろうが、日本円にしてたとえ千円でも、借金は借金だ。言うまでもなく、千円では一週間を生き延びるのも容易ではない。

「でも、たとえば公的扶助を受けるとか、いくらでも死なずに済む方法はある気がするんだけどなあ。そもそも、借金はたいてい完済すればまた借りられるものだし」

「そこはクイズだから。借金が少なく、当選金額も少額だったことに気づけさえすればいいんだと思うよ」

そこまで語ったところで、はっとして振り返る。

わたしたちのすぐあとを、別のペアが追って来ていた。見た目は若い女の子の二人組だ。彼女らも、わたしたちとほぼ同時に正解したらしい。

「どうやら、この二組の優勝争いになりそうだな」

マヒトのつぶやきに、わたしは気合いを入れ直す。

わたしたちは風を切って進み、最後の関門にたどり着いた。《リズムエリア》と題されたそれは、ペアで協力してリズムゲームをクリアするというもので、難易度はさほど高くなく、わたしたちと二位のペアのあいだに差が開くことはなかった。

関門を突破し、力いっぱい羽ばたく。すると二位のペアが、先を行くマヒトとわたしのあいだに無理やり割り込んできた。

「ちょっと、どいて！」

わたしは声を上げるも、行く手を阻むのが彼女たちの作戦なので当然、道を空けてはくれない。ほかの挑戦者を力ずくで動かすことは不可能だ。

やむを得ず、わたしは高度を下げる。このレースは、ペアが二人ともゴールラインを越えた時点でゴールとなる。マヒトがどれだけ早くゴールテープを切っても、わたしが遅れたら意味がないのだ。

このままでは、負ける——そう思った、次の瞬間だった。

「きゃっ！」

二位のペアの女の子たちが突然、短い悲鳴を上げた。彼女たちは動きを止めている。

わたしの位置からは見上げる格好だが、彼女たちは何かに激突しそうになり、跳ね返されたように見えた。目を凝《こ》らすと、鼈甲《べっこう》に似た色をした半透明の壁のようなものが、彼女たちの眼前に立ちはだかっている。大きさは扉二枚分くらいだろうか。

その隙《すき》に彼女たちを抜きながらも、わたしの頭には疑問が渦巻いていた。パラダイスレーシングには三つの関門があるだけで、それ以外の障害はないはず。あの壁はいったい何なのか。強引な割り込みをした彼女たちへの制裁？　いや、あれとてルールで禁じられた行為ではなかった。

ともかくも、運はわたしに味方している。速度を緩めず直進すると、遠くにゴールラインが見えてきた。マヒトがすでにゴールして、わたしに向かって手招きをしている。

「アキ、来い！」

ラストスパートだ。ついに、念願の優勝を掌中に収めつつあるのだ。翅に力を込めようと前屈《かが》みになったわたしはしかし、そこで思わずうめいた。

「うっ……」

スピードが急激にダウンする。いま動いたら、ちょっとやばいかも……。

「おい、どうしたアキ！　ゴールは目の前だぞ！」

それでもわたしは何とか羽ばたくが、先ほどまでとは打って変わって、殺虫剤をかけられた害虫みたいにふらふらしてしまう。そこに、壁を避けて進んだペアが追いついてきた。観衆の声援が最高潮に達する。

デッドヒート、と呼べるようなかっこいいものではない。わたしと彼女たちはゴールラインの寸前で並び、そのままゴールを通過した。ほどなく、正面に設けられたモニターに結果が表示された。

優勝者の欄に、わたしとマヒトの名前はなかった。

「何やってんだアキ！　今回こそ、優勝できそうだったのに！」

鬼のような形相のマヒトに詰め寄られるが、相手をしている余裕はなかった。わたしは急いで地上に降りる。

「だって、しょうがないじゃん――もう限界！」

そして、ミルキーな色のタイルが敷き詰められた地上に降り立つが早いか、両方の耳たぶを真下に引っ張った。最後に見たのはマヒトの、ぽかんと開かれた口だった。

2

カーテンを閉め切った薄暗い部屋の中に、わたしはいる。

湿気が溜まっているのが肌感覚でわかる。最後に掃除をしたのはいつだったか、食べ物の空容器や洗濯していない着替えなどが床に散乱し、足の踏み場もないほどだった。ほとんど麻痺してしまった嗅覚を叩き起こせば、ほのかに異臭がする。それがゴミや湿気のせいなのか、あるいはわたし自身が発しているものなのかまでは、区別がつかなかったが。

わたしはVRデバイスを外して椅子から降りた。脱いだ服を踏んづけながら部屋を出て、すぐ隣のトイレに入る。下着を下ろして便座に腰かけると、伸び切った髪に両手を差し込んで顔を覆った。

どうして人は、食事と排泄《はいせつ》をしなければならないのだろう。そこから解放されさえすれば、わたしはずっと『バタフライワールド』にいられるのに。

水を流してトイレから出る。部屋に戻ろうとしたところで、声をかけられた。

「姉貴」

廊下の奥に目を向ける。二つ歳下の弟、守《まもる》が立っていた。

「また、例のゲームをやってたのか」

弟の表情は険しい。わたしの声はかすれた。

「バタフライワールドはゲームなんかじゃない。わたしにとっては、あっちの世界こそが現実」

「ゲームだよ。こっちの現実を見てみろ。姉貴、ひどい顔してるぞ。せめて風呂に入ったらどうなんだ」

「別にいい。ひどい顔は、生まれつきだから」

「そういう意味じゃないって」

無視して自室のドアノブに手をかけたわたしの手首を、弟がつかんだ。

「何がそんなにいいんだよ。そのゲームの」

「だからゲームじゃなくて、バタフライワールド。あなたにはわからないよ」

「わからないから、教えてくれって言ってるんだろ」

「自分でやってみればいいじゃない。その気もない人に、教えることなんてない」

弟は舌打ちとともに手を離した。わたしは手首をさする。

「……バタフライワールド、通称ＢＷ。蝶の翅が生えた人型のアバター――バタフライたちが生息するＶＲ空間」

「その程度のことは、ぼくでも知ってる」

せっかく教えてやっているのに、とわたしは苛立《いらだ》つ。とはいえ、うまくやれば弟もBWのよさをわかってくれるかもしれない。

「創設者はアメリカ人の青年、ハンドルネームZZ《ジージー》。VR空間上に新たな世界を作ろうと、一人でBWを立ち上げたの」

二〇〇〇年代にはすでに、『セカンドライフ』というサービスがインターネット上の仮想世界を運営していたと聞く。また、かのスティーブン・スピルバーグ監督は二〇一八年、アーネスト・クラインの小説『ゲームウォーズ』を原作とした映画『レディ・プレイヤー1』を公開、この中に登場する『オアシス』というVR空間もまた、のちにBWが目指したような仮想世界を描き出していた。

その後、新型ウイルスの影響など、さまざまな背景から複数のVR空間系サービスが立ち上がる中で、BWは開設されると瞬く間に覇権を握った。その最大の理由は、ほかのサービスとのコンセプトの違いにあった。『セカンドライフ』や『オアシス』といった名前からも想像されるように、ほかのサービスにおいては、VR空間をあくまでも現実に続く第二の世界として位置づけた。それに対しBWは、このVR空間こそが現実であるというスタンスを打ち出したのだ。

すべてのプレーヤーが初回起動時に見る映像を、わたしはいまでも思い出せる。真っ暗な闇が、あたかも閉じていたまぶたを開くように裂けていく。そこに、次の一文が浮かび上がる。

〈あなたがこれまで見ていたのは、すべて一匹の蝶の夢に過ぎなかったのだ――〉

「ＢＷのコンセプトは『荘子《そうじ》』の胡蝶《こちょう》の夢のエピソードが元になっているの。この現実世界は単なる夢に過ぎず、ＶＲ空間の中に本当の世界があるのだというＢＷの主張は、現実をつらくわずらわしく感じているプレーヤーたちに歓迎され、熱狂的に受け入れられた。ＢＷは一気に成長し、運営母体の『ＢＷＬＬＣ』の株式時価総額はいまや、かつてＧＡＦＡと呼ばれた巨大ＩＴ企業をも凌ぐまでになった。主な収入源は、ＢＷの各所に設置される看板などにより得られる広告収入」

「何が蝶の夢だよ……ふざけやがって」

　弟は嫌悪感を隠さない。

「すでに話したように、ＢＷの住人は蝶の翅が生えた人型のアバターたち」

　正式リリースの半年ほど前に公開されたベータ版では、アバターは完全に蝶の形をしていたらしい。だがリアル過ぎたその外見が不評で、人型に変更された。

「ＢＷでは、プレーヤーの操作するアバターはバタフライと呼ばれ、年齢、性別、体格、顔、髪、声質、さらには翅に至るまで、自由にカスタマイズが可能。ただし年齢に関しては満足に動けるように五歳から百歳までで、容姿は最低限年齢に沿ったものに限定されるけど」

「服装はどうなるんだ」

「ＢＷ内で用意されているデザインなら、何でも着られる。正確には、服を着るのではなく昆虫が擬態をするように、体の色や形を変えるイメージ。だから着替えるという動作はないし、洋服を保管したり持ち歩いたりする必要もない」

「金がなくても、お洒落《しゃれ》ができるってわけだな」

「そもそもＢＷには、お金の概念がないから」

「お金がないなんておかしいだろう」

「労働の概念もない。虫型のロボットがすべて肩代わりしているから。労働がない以上、対価としてのお金も発生しない。ＢＷには貧富の格差なんてないの」

弟はふん、とつまらなそうに息を吐く。どうにかして粗《あら》を探したいらしいが、ＢＷのシステムは完璧だ。この、どうしようもない現実なんかよりもずっと。

「ＢＷは常に拡大を続けている。正確な広さはもはや測定不能だそうだけど、最近ついに陸地面積ではオーストラリア大陸を超えたと聞いた。プレーヤーは地球上の至るところにいる。一番多いのは祖国アメリカで、二位が日本」

「世界各国でプレーされているのか」

「そう。だからＢＷは午前と午後が十一時間ずつ、一日が二十二時間になっている。現実とずらすことで、世界じゅうのあらゆる人が、すべての時間帯を平等にプレーできる仕組み」

「言語はどうなってるんだ」

「高性能の自動翻訳機能があるから、どの国のプレーヤーとも意思の疎通が可能。ＢＷに人種はないし、国家も存在しないの」

「思想があれば国家は成立するさ。政党や宗教と呼び換えてもいいけど」

「思想集団なら確かに一定数、組織されている。でも議論を超えた争い、たとえば戦争などは発生しえない。なぜなら、ＢＷでは非暴力が徹底されているから」

「非暴力？」

「文字どおり、他のバタフライには暴力を行使できないという意味」

ＢＷには、バタフライが決して違反することのできない憲法がある。

そのＢＷ憲法の中でもっとも有名であり、多くの住民が諳《そら》んじることさえできるのが、第七条の非暴力条項だ。


〈すべての生き物に危害を加えることは、これを禁ず〉


「憲法に明記され、そのとおりにプログラミングされている以上、バタフライは自分自身を含むすべてのバタフライを傷つけることができない。厳密にはバタフライだけでなく、ＢＷに生息する犬や猫などの生き物に対しても同様」

「暴行しようとしたら、どうなる？」

「跳ね返される。それだけ」

わたしがマヒトとハイタッチをした際に優しくしたのも、先のレースで優勝したペアが途中で出現した壁に激突せず跳ね返されたのも、この非暴力条項の影響である。

「だからＢＷには争いがない。あるのはせいぜい口ゲンカ。悲惨な事件や醜《みにく》い争いにまみれた現実世界の人間たちは、なんて愚かなんだろうと思うよ」

「その愚かな人間たちが、ＢＷでバタフライを操作しているんじゃないか」

そうではない。眠ったときに見る夢が混沌に満ちているのと同じで、現実世界のほうが夢だから、愚かなことをしてしまうのだ。ＢＷでは誰もが清廉《せいれん》である。

「バタフライの操作は、脳波によっておこなわれる。プレーヤーはスタンドアロン型ＶＲデバイスを頭に着けて、ＢＷにログインする」

デバイスはダイビングの際に用いるゴーグルのような形状をしているが、ゴムバンドではなくテンプルがついており、眼鏡のようにかけるだけでいい。映像を映し出すゴーグルの内部にハードウェアが、テンプルに脳波を感知する装置が埋め込まれており、またテンプルの先端はイヤホンになっているので、これ一台でプレーが可能となる。デバイスは無線充電に対応しているので、プレー中に電池が切れる心配はない。

「プレーヤーはＢＷ内で現実と同じように、いやそれ以上に思いのまま体を動かせる。歩く、走る、飛ぶ。話す、歌う、笑う。デバイスが身体動作に関する脳波を読み取ってバタフライに反映させるから、ＢＷにログインしているあいだ、現実の肉体は動かせなくなる」

だから、旧時代のＶＲゴーグルのように頭部に固定する必要はない。

「そうなのか……ちょっと怖いな」

「現実の肉体に危険が及ぶのを防ぐため、プレーヤーは背もたれのある椅子に座るかベッドに横になるなど、安定した姿勢でないとＢＷにログインできないの。姿勢も脳波によって検知されるみたい」

「呼吸はどうするんだ。心臓だって動いてる」

「当然、生理現象はバタフライに反映されることなく現実において継続されるよ。まばたきやげっぷなんかもそう。バタフライは、それらの行為をしない」

ただし、たとえばバタフライは悲しいときに涙を流す。デバイスが感情を読み取り、表情として反映させるらしい。そのほかにもよだれや汗など、バタフライには体液が流れていて、それらを体外に排出することも可能だ。

「ちなみに半身不随の人や手足など体の一部を失った人でも、ＢＷでは欠損のない状態で全身を動かせる。そもそも、人間が持たない翅だって操作できるからね。さっき現実以上に思いのままと言ったのは、そういう意味」

「視覚障害者や聴覚障害者はどうなる」

「残念ながら、プレーヤーはゴーグルで映像を見てイヤホンで音を聞くため、それらの障害には対応していない。現在もＢＷＬＬＣがさまざまな先端企業に投資して、そのような障害者でもプレーが可能になるデバイスの開発を進めている、とは噂《うわさ》に聞くけどね」

「ほかの五感はどうなんだ。嗅覚、味覚、触覚」

「触覚は、ちゃんとはたらくようになっている。でないと体を動かせたところで何もできないからね。デバイスによる脳への作用で再現できているみたい。嗅覚と味覚は、ない」

弟の追及がやむ。わたしはこんなにたくさんしゃべったのが久しぶりで、喉《のど》に痛みを感じ始めていた。

「気になるのなら、プレーしてみたら。ＢＷがいかに理想的な世界であるか、すぐにわかるから」

「嫌だよ。気味が悪い」

弟が即答したので、わたしは失望した。

「あなたがどんなにＢＷを拒絶したところで、しょせんは感情論に過ぎないんだよ」

「そんなことない。ＢＷに入り浸りのＢＷ廃人が、社会問題になってる。姉貴だってその一人だ。誰とも会わずに自分の部屋に引きこもってばかりいないで、少しは世の中と関わりを持てよ」

「ＢＷに行けば、いくらでもフレンドに会えるから。ＢＷで、わたしは世の中と関わってる」

「病気だよ、そんな考え方は。家族の身にもなってくれよ。父さんや母さんが、姉貴のことをどれだけ心配しているか——」

最後まで聞かず、わたしは部屋に入ってドアを閉めた。

子供のころに貯めたお小遣いやお年玉は、ＶＲデバイスとゲーミングチェアを購入した段階で使い果たした。そのゲーミングチェアに腰かけ、わたしはぼんやり天井を見つめる。

重度のＢＷ廃人かつ典型的な引きこもりのわたしの生命維持活動は、同居する家族なくしては成り立たない。父は現在単身赴任中で、母は遠方に住む実親の介護のために家を空けていることが多く、最近では実質弟と二人暮らしのような状況だが、その弟を含む家族にとってわたしはさぞや迷惑な存在だろう。

だが、それを申し訳なく思う気持ちもずいぶん擦り減った。自分を憎むことに疲れ果ててしまって、ほとんど何も感じなくなった。いまはただ、ＢＷ内でひたすら享楽にふけりながら、できる限り何も考えないままで時間が過ぎていけばいいと思う。

わたしはデバイスを装着する。そして、ゴーグルの中にある極小カメラのレンズを三秒間凝視することで——網膜によって個人を識別するそうだ——再びＢＷにログインした。

3

パラダイスゾーンの刺激的な風景が眼前に戻ってくる。律儀にも、マヒトはわたしのすぐそばにいて、わたしがＢＷに戻るのを待っていた。

「やっと帰ってきたな、アキ。レースで信じがたい敗北を喫したとたん、しっぽ巻いて逃げやがって」

唾《つば》が飛んできそうな勢いで、マヒトはわたしを責め立てる。

「しょうがないでしょう。トイレに行きたくなったんだから」

「トイレだと？」

「レースの終盤で、急にお腹が痛くなったの。ギブアップせずにゴールしたことを褒めてほしいくらいだよ」

「あのなあ。そんなの、レース前に済ませておけよ」

「だから、急に来たんだって。わたし、女なんだよ」

言い返すと、マヒトはむすっとしている。本当はただの腹痛だったのだが、このやかましい相棒をおとなしくさせるために手段は選んでいられない。

ＢＷでは気の強いわたしと、生意気なマヒトとのあいだには、しばしばこうした諍《いさか》いが生じる。それでもお互いを疎《うと》んじることもなく、現実時間で換算してもう半年も一緒にいるのだから、なんだかんだで相性はいいのだろう。

――マヒトとの出会いは、とある歓楽街でのことだった。

空中を飛行していたわたしが、ビルとビルの隙間にある薄暗い路地の上を通りかかったとき、そこに背の低い少年を取り囲む柄《がら》の悪い集団を見つけた。いや、ＢＷにおいて周囲に威圧感を与えるような服装や髪型が許されているわけではないのだが、にもかかわらずわたしの目には、彼らがいかにも柄が悪いように映ったのだ。

わたしは高度を下げて彼らに近づいた。非暴力が徹底されたこの世界で、少年が小突かれたりリンチされたりといったことはなかったが、罵声《ばせい》を浴びせられているのは聞き取れた。

「おいおまえ、おれらのことナメてんのか」

「あんまり調子に乗ってると、二度とこの辺歩けなくしてやるぞ」

お金の概念がないこの世界ではカツアゲなどはできないし、腕力で追い払うことも不可能なので、いったいどのようにしてこの辺を歩けなくするのだろうと考えると少しおかしかったが、少年はそんな彼らの言動に下唇を噛《か》んでじっと耐えていた。

二週間ほど前にも似たような場面に遭遇し、いじめられていた女の子を助けたばかりだ。最近はストレスの溜まっているプレーヤーが多いのかな、などと思いつつ、わたしは声を張り上げた。

「きみたち、何やってるの！」

彼らがいっせいにこちらを振り向く。見たところ、はたち前後の男が三人に女が一人だった。

「だめでしょう、弱い者いじめしちゃ」

「ああ？　おまえも痛い目に遭わされてえのか」

一番背の高い男にすごまれても、わたしはちっとも怖くなかった。

「できるものならやってみなさいよ。どうせ暴力は振るえないんだから」

「暴力だけが攻撃手段だと思うなよ。始終おまえにつきまとって、行く先々で迷惑かけてやるぞ」

「そんなの、運営に通報したら一発でアカウント停止だわ。金輪際ＢＷに来られなくなってもいいの」

　ＢＷのログインには網膜を用いるため、アカウントはプレーヤー個人と完全に紐づけられ、複数アカウントの保持やアカウントの作り直しはできない。《ＢＷこそが現実》というコンセプトに基づいた仕様らしく、無責任な行動をプレーヤーに取らせないための仕組みとしても機能している。

　分が悪いと感じたのか、男は舌打ちすると、ほかの仲間に向かって言った。

「行こうぜ。こんなやつら、構うだけ時間の無駄だ」

　飛び去っていく彼らを見送ってから、わたしは少年に声をかけた。

「怖かったよね。でももう大丈夫だよ」

　恩を売りたかったわけではなく、単に見捨てておけなかっただけだ。それでも、ありがとうの一言くらいは予期していた。ところが少年は、ふてくされた表情を崩さずに吐き捨てた。

「別に、助けてくれなくてもよかったんだ。あいつらどうせ、何もできやしないんだから。余計なお世話だよ」

　わたしは呆《あき》れた。

「何その言い方。せっかく追い払ってあげたのに」

「頼んでないって言ってるんだよ」

「悪かったね、おせっかいで。だいたい、何であんな連中に絡《から》まれてたのよ」

「知らねえよ。あいつらの上を飛んでたら、いきなり因縁つけられたんだ」

「普通は飛んでるだけで因縁なんてつけられないでしょう。あなたの態度がそんな風だから、他人の神経を逆なでするんじゃないの」

「先に絡んできたのはそっちだろ。オレからしたら、おまえもあいつらと同類だよ」

わたしは口をつぐんだ。あんな卑怯《ひきょう》な連中と一緒にされたらたまったものではない。言い返されないと見てか、少年はようやくわたしに剣突《けんつく》を食わせようとするのをやめた。

「オレはただ、無為自然に生きていたいだけだよ。誰かに気に入られたいとかそういう、私利私欲は捨てたんだ」

「何をわけわからないこと言ってるの。じゃあわたし、もう行くから。今後はいじめられたりしないよう、気をつけて過ごすことね」

わたしは立ち去ろうとしたのだが、

「待てよ」

少年に呼び止められた。

「何」

「フレンドになってやるよ」

「は？」

ＢＷには《フレンド》というシステムがある。双方同意の上で相手のＩＤをフレンドリストに登録することで、お互いに連絡が取れるようになるのだ。またフレンドがログイン中かどうかも確認できるが、それは設定によって非公開にもできる。

照れ隠しなのか、少年は目を横に流して、

「だから、オレがおまえのフレンドになってやるって言ってんだよ」

「いろいろ突っ込みたいところがあるけど、まず何で上から目線なの」

「おまえ、さっきから偉そうだし理屈っぽいし、全然フレンドいなそうだからな。かわいそうだから、オレがフレンドになってやってもいい」

わたしは両手を腰に当て、少年に顔をぐっと近づけた。

「あなたひょっとして、友達の作り方ってものを知らないんでしょう」

図星だったのだろう、少年はうろたえた。

「オレは友達なんて欲しくねえから。ていうか、おまえに言われたくない」

「わたし、この世界にはフレンドがいっぱいいるんだけど。何ならフレンドリスト、見る？」

「うるせえな。いいからフレンドになれよ」

無視して立ち去ろうかとも考えたが、そこではたと思い当たる。もしかしたら、これは彼なりの感謝の印なのかもしれない。素直にありがとうと言えないだけで、わたしとフレンドになることで、いつか何かしらの形で恩返しをしようとしているのではないか。

「わかったわかった。じゃあ、今日からわたしたち、フレンドね」

「ふん。最初からそう言えっての」

相変わらずかわいくなかったが、友情の証としてわたしたちはＩＤを交換し、フレンドリストに登録し合った。満足そうにしている少年の名が《マヒト》であることを、わたしはそのとき初めて知った。

以来、マヒトは理由もなくわたしにつきまとうようになり、わたしはこのこましゃくれた少年とよく行動をともにするようになった。フレンドになっておいてよかったと思うこともあった。彼の飛行速度が速く、パラダイスレーシングで好成績を収められるようになったことはその一つだ。

あくまでも暗黙のルールに過ぎないが、ＢＷではプレーヤーの素性をむやみに穿鑿《せんさく》しないのが掟だ。だからわたしは、マヒトを操作している現実世界のプレーヤーがどこの何者で、男か女か、本当は何歳なのかといったことをまったく知らない。名前の響きから察するにドイツ語圏あたりの男性じゃないかとにらんでいるが、根拠はない。

なお、自動翻訳が敷かれたＢＷにおいては、固有名詞についても翻訳可能なものは基本的に翻訳される。たとえば、日本人のプレーヤーがバタフライの名前を《力》とした場合、英語圏では《Power》と翻訳されるが、《太郎》と名づけた場合はそのまま《Taro》と表示される。同様に建物の名前なども訳されるが、運営のほうで自動翻訳されないように設定した名詞についてはその限りでない。バタフライという単語やパラダイスゾーン、パラダイスレーシングといった名称がその一例だ。

「――ったく、わけわかんない壁のおかげで、優勝できるまたとないチャンスだったのに。次も同じことやらかしたら、ペア解消だからな」

マヒトに悪態をつかれ、わたしの意識はパラダイスゾーンへと引き戻される。

「ごめんごめん。でも、あの壁はいったい何だったんだろうね。わたしのいないあいだに、運営から説明があった？」

「いいや。ただロボットたち、明らかに慌《あわ》てている様子だったな」

「めずらしいね。ＢＷでシステムトラブルなんて、ほとんど聞いたことがないけど」

「この世に完璧はないってことだよ。ま、ＢＷも開設当初は、いまよりもずっと完璧に近かったんだけどな」

　ＢＷのサービス開始はいまから七年前だったはずだ。マヒトはそのころからＢＷにいたらしい。アバターは少年でも、プレーヤーはそうではないことはこれまでにも言動の端々に表れていた。見た目どおりの十五歳なら、事業の立ち上げで借金を背負うなんて経験はまずないだろう。

「規模が大きくなればなるほど、綻びが出てくるのは仕方がないよ」

「そうは言っても、いきなり壁が出てくるなんて、レースの根幹を揺るがす事態だぞ。今回は結局、壁に邪魔されたペアが優勝したから不満は出てないが、これでアキが先にゴールしてたら非難囂々《ごうごう》だったぜ。運営もいまごろ泡食って原因究明に駆けずり回ってるんじゃないか」

「わたしの腹痛も、今回ばかりは結果オーライだったってことだね」

「こら。正当化するな」

　マヒトはわたしをはたこうとしたが、非暴力によってわたしの体は守られ、彼の手ははじかれた。

「ごめんってば。わたしだって、あるはずのない壁を味方につけてでも優勝したかったよ。お腹が痛くなりさえしなければ――」

「どうした、アキ」

急に黙り込んだわたしを怪訝《けげん》に思ったのだろう、マヒトが顔をのぞき込んでくる。

詮《せん》ないことと知りつつ、それでもわたしは、願望を口に出すのを止められなかった。

「わたしね、さっきトイレに座ってるとき、思ったんだ。トイレと食事さえしないでよくなれば、ずっとBWにいられるのにって」

「いいじゃんか、そのくらい。大した手間でもないだろ」

「嫌だ。わたしはBWにいたい。現実には、もう戻りたくないの」

わたしが現実世界を忌避《きひ》する理由を、マヒトには話していない。それでも同情をもよおしたのか、マヒトはわたしの肩に手を置いた。

「現実なんて、しょせんは蝶の夢に過ぎない。恐れることはないさ」

「でも……」

気がつくと、わたしは目に涙を溜めていた。食事や排泄をしなくて済むようになるなんて、ありえないとわかっているのに。こんなのは、決して手に入らないおもちゃを欲しがって泣きわめく幼子と同じだ。

近くのアトラクションからはアコーディオンの明るいサウンドが聞こえてくる。子供の姿をしたバタフライが二人、風船を片手にはしゃいだ声を上げながら走り去っていく。遊園地の片隅で、わたしたちは完全に場違いだった。

わたしは涙を拭った。少しして、マヒトが思わぬことを言い出した。

「そういや、聞いたことがあるな」

「何を？」

「まったくログアウトしないバタフライたちがいる、という話」

ログアウトとは、ＢＷを抜け出して現実に戻る行為を指す。ログアウトした瞬間に現実の肉体が動かせるようになり、またゴーグルの中の映像が消える。なおログアウトは、左右の耳たぶを同時に下に引っ張る、という動作によっておこなわれる。

「ログアウトしないバタフライって……ずっとＢＷにいるってこと？」

「ああ。彼らはこの世界のどこかにある館に集まって、共同生活をしているらしい」

「待ってよ。そんな噂、わたし知らない。マヒトは誰から聞いたの？　どうしてそのバタフライたちは、ログアウトせずにいられるの？　トイレや食事はどうしてるの？」

「そんないっぺんに訊かれたら、答えられるものも答えられない」

マヒトに制され、わたしはいったん気持ちを落ち着かせた。

「それって有名な話？」

「さあ。どこで聞いたんだったかも思い出せないな」

いわゆる都市伝説の類《たぐい》だろうか。しかし、火のない所に煙は立たぬということわざもある。

「どうしたらログアウトせずにいられるんだろう。その館に何か秘密でもあるのかな」

「わからない。気になるなら、直接訊いてみればいいんじゃないか」

マヒトがどこまで本気でその台詞を口にしたのかは知らない。けれどもわたしは、迷うことなくうなずいた。

「会ってみたい。ログアウトしないバタフライに。わたし、その館を探してみる」

4

それからＢＷ時間で三日間、わたしは奇妙な館について調べた。

ＢＷからは、ログアウトすることなくインターネットにアクセスが可能だ。この表現はやや不正確で、そもそもＢＷはオンラインゲームの一種であり、インターネットに接続しなければプレーできない。ここで言う《インターネット》とは、ブラウジング（閲覧）のことである。

すべてのバタフライは必ず、《アンテナ》——昆虫の触覚の意——と呼ばれるカード型のタッチパネル式携帯端末を所有している。アンテナは現実世界におけるスマートフォンに相当するもので、フレンドリストの登録やインターネットのブラウジングのほか、内蔵カメラで写真を撮影したり、バタフライの外見や衣服を変更したりといった、ＢＷで生活するうえで必要なあらゆる機能を備えている。

アンテナは触覚すなわち体の一部であることから、普段はバタフライの上腕部に装着されている。操作時は取り外すことができるが、上腕部から延びる黒いゴム紐のようなものでつながっており、一定の時間操作をしない、あるいは一定の距離を置くなどの条件により、自動で上腕部に戻るようになっている。たとえばアンテナを室内に残したままバタフライが室外に出てドアを閉めようとしても、ゴム紐があるためにドアは閉まらず、上腕部に戻るのを防ぐことはできない。したがってアンテナは仮に落としてしまったとしても紛失する心配がなく、奪われることも破損することもない。

わたしはアンテナを駆使して、ログアウトしないバタフライたちに関する情報を収集した。有力だと思われるものは多くなかったが、それでもいくつかは発見できた。もっとも反響が大きかったのは、ニューヨーク在住のある有名ユーチューバー——インターネットへの動画投稿を生業にする人たちの総称——が投稿した動画だった。

ユーチューバーの名前は『ボニーとクライド』。誰もが知る大犯罪者の名を借りた、アメリカ人のマッチョな男とセクシーな金髪ロングの女のコンビだが、彼ら自身は犯罪者ではなくジャーナリストとして活動している。

特に近年は《ＢＷジャーナリスト》を自称し、ＢＷにおけるさまざまな噂や奇怪な現象を検証するなど、ＢＷの秘密を暴くことを主たる目的とした動画の投稿を繰り返していた。センセーショナルな内容が多く、非難が集中して炎上状態に陥ることもしばしばだったが、それだけプレーヤーの関心を引く題材を扱っているともいえ、現在では新しい動画を投稿するたびに再生回数が百万回を超えるほどの人気を博している。

たとえば彼らはＢＷ内にひっそりと存在していた同性愛者コミュニティの存在を面白半分に暴露し、多くのプレーヤーからの好奇の目や差別的言動にさらされた結果、当該コミュニティは解散に追い込まれ、ＩＤを知られた一部のプレーヤーがＢＷ引退の憂き目に遭っている。ほかにもボニーとクライドに目をつけられて活動を休止した個人や団体は数多く、その事実が彼らの影響力の大きさを物語っていた。

問題の動画は、現実時間で半年ほど前に投稿された。タイトルを日本語に翻訳すると、次のようになる。

〈BWからログアウトせざる者たちが住む館があるという噂は本当か？〉

ボニーとクライドがネタになりそうな情報を集めていたところ、ある男性のバタフライから「BWには決してログアウトせず、現実世界へ戻らないバタフライがいるらしい」という話を聞いた。さらに彼によれば、ログアウトせざる者たちはある館に集い、暮らしているのだという。

彼もまたその噂を伝え聞いたに過ぎず、それ以上の詳しい情報は持ち合わせていなかった。ボニーとクライドはこの件について調査を開始、数週間を費やした結果、以下のような噂が確認できた。

・この世界には、ログアウトしないバタフライがいる。
・彼らの一部は、この世界のどこかにある館で共同生活を営んでいる。
・あるバタフライがこの館への移住を勧誘されている場面に遭遇した者がおり、噂はそこから広まった。

しかし肝心な、館についての有力な手がかりは得られず、館が作られた目的やログアウトせずに済む方法などは不明のままだった。

「われわれは現在も調査を続行中だ。館が発見できたあかつきには、必ずや潜入して調査を進め、ログアウトせざる者たちの秘密を暴いてみせる。期待してくれ」

最後にクライドがそのように結び、動画は終わっていた。以後、彼らはこのトピックに関連する動画を投稿していない。それどころかここ三ヶ月、ボニーとクライドは動画を別々に制作しており、二人そろった動画を一本もアップしておらず、世間では不仲説がささやかれていた。ログアウトせざる者にまつわる調査は暗礁に乗り上げたか、不仲によりそれどころではなくなってしまったのではないか、と推察された。

　とまれ、この動画によってログアウトせざる者たちの噂が大きく広まったことは間違いない。マヒトも自分で視聴したわけではないのなら、この動画を観た者から伝え聞いた可能性が高い。

　しかし、曲がりなりにもジャーナリストを自称するボニーやクライドが、本腰を入れて調査したにもかかわらず得られなかった手がかりを、わたしがほんの数日調べた程度で入手できるわけもなかった。この動画に行き着いたことでかえってわたしは、早くも館を探すのをあきらめかけていた。

　そんなときだった。わたしがＢＷで独り暮らしをするマンションの部屋に、突然マヒトがやってきたのは。

「アキ。出発するぞ」

　玄関先で宣言され、わたしは当惑した。

「出発って……どこへ？」

「例の館、場所を突き止めた。ここから北へずっと行った先にある、海沿いの切り立った崖の上に建っているらしい」

　開いた口がふさがらなかった。

「それ、確かなの」

「ああ。信頼できる筋から入手した情報だ」

「どうやって？　わたしが調べた限りでは、手がかりなんてまったく見つからなかったのに」

　マヒトは右手で鼻をこする。

「オレにもいろいろあるんだよ。で、行くのか、行かないのか」

「行くに決まってるでしょう」

マヒトは旅になると言い、グレーのノースリーブに黒のダメージジーンズをはいて、腰からはナイフを下げている。彼なりに、動きやすい恰好のつもりなのだろう。わたしは急いで白のＴシャツとデニムのショートパンツという軽装になると、マヒトにしたがい北へ向けて飛び立った。

わたしたちは日に三十キロメートル以上のペースで、適宜ログアウトするなど休憩をはさみつつ、五日間にわたって飛行を続けた。ＢＷでは自動車や電車といった交通網も発達しているのだが、館の近くまでは道路や線路が整備されていないようだというマヒトの説明を受け、自力で館を目指すことを選んだ。実際に体を動かすわけではないので肉体的疲労は少なく、時間がかかることを除けば移動は苦痛ではなかった。

六日めのお昼ごろだった。わたしたちは横に並んで海岸近くの集合墓地の真上を飛びながら、さすがに話題も尽きて無駄話をしていた。

「何となくだけどさ。一日の移動距離は同じでも、午前中にある程度長い距離を飛んで午後は抑えたほうが、その逆よりは楽な気がする」

「朝三暮四みたいな話だな」

「マヒトはどう感じる？　先にがんばったほうがいいか、それともあとでがんばるか」

「その話はあとだ」

「あとでがんばるほうがいいんだ。わたしとは反対だね」

「あったぞ」

「何言ってるの。意見、合ってないじゃん」

「違うよ、バカ。見ろ、あそこ」

マヒトが指差した方角を、わたしは見やった。

まっすぐに続く海岸線から角が生えるようにして突き出た、細長い崖がある。その出入り口のあたりに、大きな洋館があった。高さを見るに二階建てで、赤い外壁が特徴的だ。さらに崖の突端には、灯台とおぼしき建造物が立っている。

移動に六日も費やすうちに、何を目指して旅をしていたのかを忘れかけていた。わたしははっとして問いただす。

「あれが、そうなの？」

「ああ。間違いない」

アンテナで地図を確認し、マヒトはうなずく。

わたしたちはスピードを上げて館に近づき、一気に高度を下げた。勢い余って館の屋根にぶつかりそうになったが、何とか玄関の手前に降り立つ。

あらためて間近で見ると、乾いた血のように赤い壁が何だか不気味だ。レンガ造りでバルコニーなどは見当たらない、直方体に屋根を載せただけのシンプルな建物である。常に晴天のＢＷでは屋根に傾斜をつける必要もないのだが、目の前の館は洋瓦の三角屋根だった。

館を囲う塀などはなく、崖一帯は丈の短い草に覆われている。その中央に、そこだけ草を摘んだみたいに土がむき出しになった幅の狭い道が一本、延びていた。灯台のほうからやってきて、館の玄関の正面を通り、崖から出るあたりで鬱蒼《うつそう》とした森へと吸い込まれていく。近くにほかの建物はなく、海と森によって世界から隔絶された、寂《さび》しげな館だった。

玄関の脇に小さな立て札があり、そこに館の名前らしき文字が刻まれていた。


〈紅招館〉


「こうしょうかん」と読むのだろう。不思議なネーミングだから、日本語でつけられたわけではあるまい。

わたしはアンテナを手に取り、設定の項目から自動翻訳機能をいったんオフにした。これにより、この世界のあらゆる発言や文字の原語を確認することができる。

再度、立て札に目をやると、文字は〈Crimson Bidden House〉となっていた。英語で名づけられたとわかる。

Crimsonはそのまま「紅」だ。Biddenはbidの過去分詞だが、bidにはさまざまな意味がある。アンテナを使って調べたところ「誘う、招待する」という意味もあり、biddenでinvitedと同じ意味を表すと知った。Houseは言うまでもなく「館」だ。

自動翻訳機能をオンに戻してから、マヒトに向き直る。

「どういう由来だろうね。紅の、招く、館」

「さあな。ペンタゴンや世界貿易センターみたいに、世の中の建物すべてがわかりやすい名前をつけられているわけじゃねえから」

アメリカ国防総省を意味するペンタゴンを《五角形》と翻訳してしまうと、何のことやら伝わらなくなってしまう。やはりBWの自動翻訳は高性能だ。

紅招館の玄関は両開きの重そうな木の扉で、ライオンが輪をくわえた黒いノッカーがとりつけられていた。ほかに電子式のインターホンなどはなく、館の設計者のレトロ趣味がよくわかる。

わたしはノッカーを握り、力強く二度、打ちつけた。

館の中で、人が動く気配があった。ほどなく、蝶番《ちょうつがい》の軋《きし》みとともに、扉がゆっくり開かれた。

「どちらさま？」

現れたのは、金髪碧眼《へきがん》の美少年だった。

白いシャツに緑のパンツをはいていて、翅の色も緑だ。年齢設定はわたしと同じ十七歳くらいに見える。肌の色は薄く、声は涼しげで、知的だがどことなく儚《はかな》げな印象を受けた。

自由に変えられると知っていながらその顔に見とれそうになり、わたしは束の間、頭がボーッとなった。少年が眉をひそめたのを見て、われに返る。

「こんにちは。わたし、アキっていいます。こっちは相棒のマヒト」

わたしは精一杯、愛想よく名乗った。マヒトを見ると、いつものふてくされ顔なので頬を張りたくなるが、どうせできないのでこらえる。

少年はわたしの笑顔を見てもにこりともせず、眼差しにこもる警戒を緩めなかった。

「人里離れたこんな館に、何か用かな」

「それを説明する前に、あなたのお名前を訊いてもいい？」

「そうか。先に訊いておいて、自分が名乗らないのは失礼だったね。ボクの名前はクリス」

話が通じない相手ではなさそうだとわかり、まずはほっとする。わたしは単刀直入に切り出した。

「クリス。わたしたち、ある噂を聞きつけてこの館へやってきたの。ＢＷからログアウトしないバタフライたちが、この館に集っているという噂」

マヒトの情報が誤りで、一笑に付される可能性もあると思っていた。ところが、クリスの顔は見るからに強張った。

「でたらめだ。ここにいるのは、みんな普通のバタフライたちだ」

「それにしちゃあ、ずいぶん長いことログアウトしてないやつばかりみたいだが」

マヒトが口をはさむ。さも知った風な口調だが、他者のログイン時間を調べる方法など存在しないので、これはブラフだろう。クリスは冷静に対処する。

「そんなことがわかるはずがない」

「わかるのさ。ＢＷにデータがある以上は、必ず誰かしらが閲覧できる」

「一般のプレーヤーがそんな重要なデータにアクセスできるもんか。それとも、きみは運営の回し者だとでも？」

「信じたくなければそれでいい。オレはここの住人がログアウトせざる者たちだと知っている。あくまで否定するつもりなら、世間に公表したっていいんだぞ」

マヒトはどこまでも強気だ。

「やめろ。たとえ誤った情報でも、広まると面倒なことになる」

「誤った情報だと言い切るんなら、いまここでログアウトしてみせたらどうだ。そうしたらオレたち、おとなしく帰るぜ」

「きみの口車に乗る気はない」

クリスとマヒトのあいだで火花が散り始めたので、わたしは割って入った。

「マヒト、ちょっと黙ってて。あのね、クリス。わたし、何も興味本位であなたたちの生活を暴きに来たわけではないの」

「なら、目的は何だ」

「わたしはね、このＢＷが大好きで、ひとときだってログアウトしたくないと思ってるの。だから、もしログアウトすることなくＢＷにい続けられる方法があるのなら、ぜひとも教えてもらいたくて……」

「そんな話、信用できない。そうやってボクらに取り入っておいて、あとからおもしろおかしくネタにするつもりだろう。『噂は本当か？』なんて動画でも作って――」

そこで、クリスはいま初めて出会ったかのように、わたしとマヒトを順に見回した。

「そうか、男女か。きみたち、ボニーとクライドだな？」

見当外れの指摘を受け、わたしは噴き出してしまった。

「わたしがボニーで、マヒトがクライド？　ないない」

「証拠があるのか。やつらじゃないという証拠が」

「そんなもんあるか。おまえがボニーとクライドを警戒しているという事実は、ここがログアウトせざる者たちの館であることの何よりの証拠だと言えるがな」

マヒトの指摘にも、クリスは取り合わなかった。

「きみたちがボニーとクライドだろうが、そうじゃなかろうが関係ない。ここの住人たちはみな、ただ穏やかに暮らすことを願っている。くだらない噂に振り回されたバタフライどもの好奇の目にさらされるのはまっぴらごめんだ。とっとと帰ってくれ」

扉が乱暴に閉められる。わたしは扉を引いたが鍵がかかっており、何度ノッカーを鳴らしても無駄だった。

「もう。マヒトが挑発するから、嫌われちゃったじゃない」

わたしが怒っても、マヒトは馬耳東風といった感じだ。

「とっくにバレてんだからさっさと認めりゃいいのに、往生際が悪くてイラつくんだよ」

「あんな態度じゃ、教えてもらうどころか口を利いてもくれなくなるのは当然でしょう。まったく……」

「で、どうする。隙を見て館に侵入するか」

窓を割って押し入ろう、などと言い出さないだけまだマシだ。

「だめだよ。それじゃ結局、見つかったら最後、何も聞けずに追い出されちゃうじゃない」

「だって、ほかにどうするんだよ」

「マヒトはここの住人たちがログアウトせざる者だと確信してるのかもしれないけど、わたしにはあなたの得た情報が正しいという確証はまだないように思えるの。だから、少し様子を見たい」

「様子を見るって?」

「住人たちをこっそり見張る。丸一日以上、誰もログアウトしなければ、噂は本当だと考えていいと思う」

プレーヤーがログアウトすると、BWにおいてバタフライは《シャドウ》と呼ばれる状態になる。全身が暗くなって透き通り、ぴくりとも動かないのは言わずもがな、ほかのバタフライが触れることもできなくなって、文字どおりただの影と化してしまう。

したがって、ログアウト中のバタフライは一目で判別できる。カーテンなどでふさがれていない窓さえあれば、住人たちがログアウトしていないかを館の外から見極めることは可能というわけだ。

「とはいえ、館の内部には目の届かない場所がいくらでもあるだろう。外から見張るだけで気が済むのか」

「わからないけど、やってみる価値はある。案外あっさり、シャドウを発見できるかもしれないし」

「それだけはない、と断言しておくがな。ま、好きにすればいいさ」

わたしたちは館のぐるりを飛び回り、たくさんある窓を一つずつ調べていった。特徴的だったのは、多くの引き違い窓の上部に、小さな外倒し窓があることだ。もともと奇抜な建物の多いBWではあるが、現実の家屋ではあまり見ない構造だ。

「この館の窓、どうしてこんな風になってるんだろう」

「さあな。住人たちがそろいもそろってヘビースモーカーだから、換気用の窓を作ったんじゃないか」

マヒトのこれはジョークで、BWにタバコは存在しない。

二階の窓にはすべてカーテンがかかっていて、室内を見通すことはできなかった。けれども一階にはカーテンのない窓があり、中は広々としたラウンジのようになっていた。住人とおぼしきバタフライたちが、談笑したり本を読んだりしているのが見える。

監視するならここしかない。わたしとマヒトは窓の下の壁に張りつくと、住人たちに気づかれぬよう、頭をそっと持ち上げた。

「何してるの？」

いきなり後ろから声をかけられ、わたしは飛び上がった。

振り返る。二十代後半くらいの女性が立っていた。長い黒髪に白いワンピース、翅も真っ白だ。清楚だが幸の薄そうな顔立ちをしている。

「あなたたち、誰？」

女性はわたしたちを怪しむというより、純粋に疑問だというように首をかしげていた。

何と答えるべきか迷う。嘘をついてもいいが、彼女がクリスと懇意なら、どのみちこちらの目的は知られてしまう。とりあえず、時間を稼ぐことにした。

「わたし、アキ。こっちは相棒のマヒト。あなたはこの館の住人？」

「そう。百合《ゆり》っていうの」

言われてみれば、百合の花を連想させる容姿だ。どこかの国で百合の花を意味する言葉が翻訳されたのだろうな、と思う。

百合はおっとりして見えた。彼女になら、いきなり逆上されることはなさそうだと判断し、取り入るつもりで言ってみた。

「わたし、この館の住人になりたいと思っていて」

「あなたも《くれない》なの？」

質問の意味を測りかねた。わたしは訊き返す。

「くれないって？」

「ここの住人たちは全員、くれない。くれないを招く館で、紅招館」

百合が何語をしゃべっているかわからないが、彼女の言う《くれない》は紅招館の《紅》を指すようだ。が、その語義はいまだ判然としない。

そのとき館の角を回って、二人の子供が駆けてくるのが見えた。一人はBWでは最年少にあたる五歳くらいの男の子で、半袖短パンに翅は黄色。もう一人は茶色の翅にベージュの吊りスカートの女の子で、年齢は十歳くらいか。楽しいことでもあったのか、二人とも甲高い笑い声を上げている。

わたしは二人を指差した。

「あの子たちも、ここの住人？」

「ええ、そうよ。男の子の名前がブーメランで、女の子の名前がうさぎ」

「じゃあ、ブーメランとうさぎも紅なの？」

「もちろん」

ブーメランはこちらへやってきて、そのまま百合の足にしがみついた。うさぎも遅れて百合の体に抱き着く。三人とも幸せそうな顔をしていて、牧歌的な光景だった。

わたしは考えた。マヒトの情報が確かなら、紅招館はログアウトせざる者たちの集う館だ。ならば、紅が意味するところは一つしかない。

「あのさ、百合。紅っていうのは――」

その瞬間だった。

突如、突き上げるような縦揺れが、わたしを襲った。

「きゃあっ！」

続いて激しい横揺れがやってきて、わたしは必死で足を踏ん張る。わたしだけじゃない。マヒトが、紅招館が、ＢＷが揺れていた。

百合は腰が抜けたらしく――ＢＷでもそのような現象があることを、わたしは初めて知った――その場に尻もちをつき、わめいている。

「何なの、これ！」

「落ち着いて、百合！　これは地震。あなたの国ではめずらしいかもしれないけれど、わたしのいる日本ではポピュラーな自然現象だよ」

幼いころ、わたしは現実に大地震を経験したことがあった。いまのこの揺れは、そのときの記憶にとてもよく似ていた。

「バカ言え。ＢＷに地震なんてあるかよ！」

マヒトが吠える。わたしは言い返した。

「だって、現に起きてるじゃない！」

「ちっ。これだから、いまの運営は無能だってんだ」

揺れは長く、なかなか収まる気配がなかった。ブーメランが泣き出し、彼の腕をつかんだうさぎも目に涙を浮かべている。

わたしは慎重に足を動かして二人の子供に近寄ると、彼らを抱きしめた。

「大丈夫、大丈夫だからね。あなたたちは、わたしが守るから」

自由に見た目をカスタマイズできるＢＷにおいて、うさぎやブーメランを操作するプレーヤーが本当に子供である保証はない。けれど、進んで子供の姿を選んでいるということは、プレーヤーは自分を子供として扱ってほしいと考えているということなのだ。であれば、少なくとも設定上は年長者のわたしには、彼らを保護する務めがある。

永遠に続くかに思われた地震は結局、五分ほどで収まった。現実のそれよりずっと長く、子供たちさえいなければわたしは、とっくにログアウトして逃げ出していただろう。

揺れが収まったとき、わたしはその場にへたり込んだ。

「はあ……やっと止まった」

すると、上からマヒトがふわりと降り立つ。いつの間に、浮上していたのだろう。

「おまえらも飛べばよかったのに。宙に浮いていれば、地震なんて何の影響もなかったぜ」

「あのさ……それ、先に言ってよ」

そこまで頭が回らなかった。わたしが脱力していると、うさぎがこちらを向いて、ぺこりと頭を下げた。

「お姉ちゃん、守ってくれてありがとう」

「どういたしまして。ケガはない？」

「ＢＷでケガなんてするわけないよ」

うさぎに指摘され、わたしは苦笑した。

「それもそうだね。地震でパニックになって、そんなことも忘れちゃってた」

暴力が許されないBWにおいては、事故という概念も存在しない。事故を装って他者へ危害を加えることや自傷を防ぐためだ。だから上からモノが落ちてきたって頭にぶつかる寸前ではじき飛ばされるし、無人の自動車が坂を下ってきたってバタフライに衝突する手前で跳ね返される。

「でも、お姉ちゃんがぎゅってしてくれたおかげで安心したよ」

「そう。それはよかった」

うさぎがにっこり笑う。それだけで、心が温かくなった。

「住人たちが心配だわ。私、館の中を見てくる」

百合が立ち上がる。マヒトが冷ややかに言い放った。

「いま、ガキが言ったばかりだろ。BWでケガなんてしない」

「BWでは、地震だって起きないはずでしょう。なのに起きた。これまでの常識は通用しないわ」

明らかに百合の発言のほうに分があり、マヒトは黙った。彼女はうさぎとブーメランの肩に手を置くと、二人を連れて紅招館の玄関へと向かった。

「出直したほうがよさそうだね」

わたしが言うと、マヒトもうなずいた。

「いまは、館に入れてもらうどころの騒ぎじゃないだろうな」

わたしたちは羽ばたく気力もなく、館の前を通る道に沿ってとぼとぼと歩き始めた。だが、森に足を踏み入れた直後には、立ち止まらざるを得なくなった。

「これって……」

遠くからでは見えにくかったが、わたしたちの行く手を、壁が阻んでいた。鼈甲に似た色をした、半透明の、壁。

「ねえ。これ、この前のレースで現れた壁と同じものだよね」

「くそ、どうなってやがるんだ」

壁はどこまでも上に延び、際限がないように見えた。試しに飛んでみたものの、バタフライが飛行できる最高高度——ＢＷのいかなる陸地よりも高く設定されている——に達しても、壁が途切れることはなかった。

「壁を乗り越えるのは無理そう」

「見てみろよ。この壁、ここらの崖一帯を取り囲んでるぞ」

わたしは目を凝らす。まるで紅招館が建っている崖を切り取るかのように、陸地に壁がそびえ立っていた。それだけではない。崖の向こう側、海上にも同じように壁が張りめぐらされ、わたしたちは紅招館もろとも半透明の壁の中に閉じ込められていたのだ。

「おいおいおい……シャレにならねえぞ」

「さっきの地震とこの壁は、何か関係しているのかな」

「九十九・九パーセント、そうだろうな」

レースの際にも揺れがあったのだろうか。飛んでいたので、わたしやマヒトには知りようがなかった。

「どうしよう。これじゃわたしたち、出られない——」

そのとき二人のアンテナから同時に、メッセージを受信したことを知らせる着信音が聞こえた。

わたしとマヒトは急いでメッセージを確認し、呆然とする。

運営から、次のような通達が届いていた。

〈BWのサーバがサイバー攻撃を受けました。悪意ある何者かにクラッキングされ、地形プログラムを改変された結果、BWの一部が地理的に分断された模様です。先ほどの地震はそれにともなって発生したと見られます。いまのところ、分断以外の被害は確認されておりません。プレーに影響はなく、ログインとログアウトは通常どおりおこなえますが、ただいま分断された一部のエリアとその外側の行き来はできない状況となっております。運営はただちに復旧に努めます。プレーヤーのみなさまには、多大なるご迷惑をおかけしてしまい誠に申し訳ございません〉

5

再び紅招館の扉をノックすると、クリスが出てきた。

「何度来たって、だめなものはだめだ」

先ほどよりも表情が険しい。

「さっきの地震でみんな混乱していて、よそ者の相手をしている余裕なんてないんだ。いい加減に――」

「帰れないの」

「……何だって?」

わたしはアンテナを手に持って振った。

「運営からの通達、見たでしょう。分断されたのは、この館」

ここへ来る前に、わたしとマヒトは周辺を飛び回り、あの不気味な壁のどこかに出口がないか、切れ目などはないかと探した。結論から言えば、努力は無駄に終わった。一辺およそ三百メートルの正方形を描いた壁に鎖《とざ》され、その中央で、紅招館は完全に孤立していた。

クリスは館の外に出てあたりを見回す。そして、絶望に満ちた一言をこぼした。

「何ということだ……」

「お願い、クリス。わたしたちを館に入れて」

すると、クリスは思わぬことを言い出した。

「きみたちが、この分断を引き起こしたんじゃないのか。ボクらがきみたちを館に入れざるを得なくなるのを狙って」

「バカ言わないでよ。そんなこと、できるわけないじゃない」

「いくら何でも買い被りすぎだな。だいいち、それほどの技術があったら、館に入れてもらうためだけにこんな大げさな方法を採りはしない」

マヒトも呆れ気味に反論する。それでも納得してくれないクリスに、わたしはまくし立てた。

「わたしたち、強引な真似をするつもりなんてなかった。様子を見ようって話し合ってたところに、あの地震が起きたの。こんな未曽有の状況下で、運営は復旧に努めると言うけれど、分断がいつ解除されるかなんてわかったもんじゃない。あなたたちに見捨てられたら、わたしたち、その辺で野宿するしかなくなる」

しかし、クリスは醒めた目をしている。

「復旧するまで、ログアウトしていればいいじゃないか。きみたちには、できるだろう」

その瞬間、頭が真っ白になり、気がつくとわたしはクリスにすがりついていた。

「そんなこと言わないで……わたし、BWから出たくないの」

「ちょっと、落ち着いて」

「お願いします。何でもします。入れてください。あなたたちの秘密を知りたいなんて言わないから。ただ、復旧するまで置いてくれるだけでいいんです」

懇願しているうちに、わたしは泣き出してしまった。あんな壁に閉じ込められたまま、いつ終わるとも知れない時間を外で過ごすなんて、たとえ何の危険もないとわかっていても、恐ろしかった。

わたしの嗚咽《おえつ》があたりに響く。やがて、目の前の少年は戸惑いのにじんだ声を発した。

「……どうやら、アキにも事情があるみたいだね」

初めて、クリスはわたしの名前を口にした。

「わかったよ。仕方ない、非常事態だからね」

そして彼は扉を大きく開け、あごをしゃくった。

「入りなよ」

「……いいの？」

「そんな風に泣かれると、これ以上きみを疑う気が起きなくなる。館に入れたからって、大事な秘密を知られてしまうとは限らないしね。ほかの住人たちには、ボクから説明しよう」

「ありがとう、クリス！」

わたしはクリスの手を握った。クリスは一瞬硬直したあと、驚いたようにわたしの手を振り払った。その顔が少し赤らんでいるように見えたのは気のせいだろうか。

クリスのあとに続いて、わたしとマヒトはついに紅招館の玄関をくぐった。

ＢＷでは靴も体の一部なので三和土《たたき》などはなく、玄関のすぐ内側は、窓越しに見たとおりラウンジになっていた。中央に大きな一枚板のテーブルがあり、まわりに木製の椅子が全部で十脚置かれている。正面の壁にはレンガの暖炉が設《しつら》えられ、その上に子供の工作じみた人形や粘土細工などが並んでいた。右手には洗面所が見え、その奥にはバスルームもあるらしい。左手には二階へと続く階段があり、その下のスペースをのぞくとそこは物置で、雑多にものが収納されていた。

現実と違ってキッチンやトイレが要らないぶん、館の内部はシンプルな造りになっている。好奇心を抑えきれずきょろきょろしていたら、

「――窓から見えただろ、あの壁！」

突如、男性の野太い声が響き、わたしは思わず目をつぶった。

「おれたち、閉じ込められちまったんだ。いったいどうすりゃいいんだよ」

「冷静になれよ。ＢＷの運営は優秀だ。じきに復旧するさ」

目を開くと、髭《ひげ》を蓄えた体格のいい男性を、眼鏡をかけた青年がなだめている。

「しなかったらどうする。サイバー攻撃なんて前代未聞だぞ。このまま死ぬまで外に出られなか

ったら、おれたちは……」

髭の男性が、いま気づいたというように、こちらに顔を向けた。

「クリス。誰だ、そいつらは」

「旅をしていて地震に巻き込まれ、ボクらとともに閉じ込められてしまったそうだ。かわいそうだから、館に入れてあげることにした」

クリスが平然と言う。そのような設定で押し通すことにしたらしい。

「紅でもないのにか？　ふざけるな」

髭の男性が食ってかかるも、クリスは動じない。

「見捨てておけないだろう。かつてない事態が発生したんだ。いまはみんなで協力し合って、この難局を乗り切るべきだ」

「混乱に乗じて侵入を試みる、どこぞのジャーナリスト気取りだったらどうする」

彼もまた、ボニーとクライドを恐れているようだ。クリスはわたしの涙を信用してくれたけれど、ここでまた泣いてみせられるほどわたしは器用ではない。

クリスは困った様子を示す。するとそこへ、先ほどの女の子、うさぎがやってきた。

「狩人《かりうど》。このお姉ちゃん、悪い人じゃないよ」

「あ？」髭の男性が反応する。彼の名は狩人というらしい。

「地震のとき、あたしとブーメランを守ってくれたの。あたし、お姉ちゃんに感謝してる。そっちのお兄ちゃんは、知らないけど」

聞いているのかいないのか、マヒトは鼻をこすっている。

「ふん。どうせ、この館の住人に取り入るためのパフォーマンスだろう」

「あたしはそうは思わなかったよ。百合もブーメランも、いい人だったねって言ってる」

「そんなに簡単によそ者を信用するな。何かあってからでは遅いんだぞ」

「まあいいじゃないか、狩人」クリスが狩人を説得しにかかった。「ボクらがいま一番に考えるべきは、どうやってこの分断された世界で生きていくかだ。もしかすると、ただ復旧を待つだけでなく、内側にいるボクらにも壁を打ち壊すためにできることがあるかもしれない。そうなったとき、仲間は多いに越したことはない」

「だが……」

「この館の主はボクだ。大事なことはみんなで話し合うけれど、最終的な決定権はボクにある。それは、館に移住したときに説明したはずだ」

反論は受け付けないという、断固たる口調だった。

「……勝手にしろ」

狩人が床を踏み鳴らし、二階へ行く。見送ったあとで、クリスが口を開いた。

「ごめんね。彼、悪いやつじゃないんだ。住人の中でも人一倍、この館を守りたいって思いが強いだけで」

「気にしてない。部外者を警戒するのは当然だから」

わたしは狩人の発言の中で気になったことを確認した。

「百合っていう女性と、地震の直前に話をしたの。彼女も言ってた、自分たちは紅だって。紅っていうのは、ログアウトせざる者たちのことなの？」

返事までに、少し間があった。クリスの中で葛藤があったことは想像に難くない。それでも最終的に、彼は首を縦に振った。

「そうだ。ログアウトせざる者であることを隠すために、ボクらのあいだでは《紅》という名称を用いている」

予想どおりでありながらも、本当にそうなのかと驚いた。この館の住人たちはみな、ログアウトせざる者なのだ。

「紅という名称の由来は？」

「日本人のフレンドに教えてもらったんだよ。《くれない》＝《暮れない》、すなわち夜が来ないことだって。それは要するに眠らないこと、ひいては夢を見ない、ここでは夢とされている現実に戻らないことを意味している」

「紅以外のフレンドもいるんでしょ。そのバタフライたちには、紅であることは隠しているの」

「もちろん。紅たちはみんな、怪しまれないようにログイン状態を非公開に設定しているよ」

「クリス。よかったのかい、認めてしまって」

眼鏡の青年が問いただす。クリスは微笑した。

「これから一つ屋根の下に暮らせば、紅という言葉はどうせ彼女たちの耳に入る。あの狩人でさえ、自分たちが紅であることを隠そうとしなかったわけだからね。語義をごまかすことに、大したメリットはない」

「そうか。きみがそう判断したのなら、僕はしたがうよ」

それから青年は、わたしに向かって手袋をはめた手を差し出してきた。

「きみたちは、この館における記念すべきお客様第一号だ。歓迎するよ。ようこそ、紅招館へ」

青のツナギで全身を覆い、腰元からドライバーなどの工具を何本かぶら下げている。翅の色も青だ。眼鏡は服飾品であり体の一部だが、彼を穏やかそうに見せていた。年齢は二十代前半といったところか。

わたしは青年と握手を交わした。

「わたし、アキ。こっちは相棒のマヒト。あなたは？」

「歯車《はぐるま》だ。名前のとおり、機械いじりが好きでね。この世界のルールや仕組みについても少しは詳しいと自負しているから、訊きたいことがあれば何でも訊いてくれ」

友好的な住人もいるとわかって、わたしは喜んだ。マヒトも悪い気はしなかったらしく、憎まれ口を叩くことなく握手に応じていた。

「さて、と。復旧するまでのあいだ、ここに住むわけだから、アキとマヒトにもこの館のことを知ってもらう必要がありそうだね」

クリスにうながされ、わたしたちはラウンジの椅子に腰を下ろした。背もたれに寄りかかると、翅は真横に広がるので邪魔にはならない。その姿勢で、クリスの話に耳を傾けた。

「紅招館は、現実時間でいまから三年前、ボクが発案し建設した。紅が住むための館として作られ、紅を招く館ということで、その名がつけられた」

「つまりこの館が建てられる前から、ＢＷにはログアウトせざる者たちが存在してたってこと？」

「ああ。ボクが、彼らを紅と呼び始めたんだ。だからもしきみが、この館に住めば紅になれるんじゃないかと期待しているのなら、それは大きな間違いだ」

どうやら、館に秘密があるわけではないらしい。わたしはつい、疑問を口にしてしまった。

「どうして紅たちは、ログアウトせずにいられるの」

とたん、クリスの視線が尖《とが》る。

「秘密を知りたいなんて言わない。きみはそう言ったはずだ」

「……ごめんなさい」

いまは、彼の機嫌を損ねるわけにはいかない。わたしは沈黙した。

クリスは紅招館の建設をスタートさせると、世界じゅうを飛び回って紅に関する噂をかき集めた。特定のバタフライについてログアウトしているところを見たことがないという話を聞けば、直接会いに行って紅かどうかを確かめた。そして紅だと確認できたら、一緒に紅招館で暮らさないかと誘った。

「言うまでもなく、強制じゃない。実際、誘っても来ないバタフライのほうが多い」

「そうやって紅を集めて、何がしたかったんだよ」

マヒトは立場をわきまえずに突っかかる。まだしも彼の見た目が若くてよかった、と思う。こんな態度、大人だったら許されない。

「人は誰しも、抱えた孤独を和《やわ》らげたいと願っているものさ。ボクはただ、同じ境遇にある者どうし身を寄せ合って、ひとりぼっちじゃないことを実感しながら生きていけたらと考えただけだ」

「事実かどうか知らないが、つまらない回答だ」

マヒトは鼻白んだように見えた。クリスは相手にしていない。

紅は、紅招館にやってくるのはもとより出ていくのも自由とのことで、住人の数はときどき増減しているという。

「いまはボク含め、十人の紅がここで暮らしている」

「十人？　九人じゃないのか」

マヒトがよくわからないことを言い出す。

「十人だ。ボクが間違えるわけないだろう」

「そうか。九人だと思っていたが……数え間違えたかな」

「マヒト、いつの間に住人を数えたの。そんな機会、あった？」

名前が判明したのが六人、窓からラウンジをのぞき込んだときに別の住人を見かけた気もするが、それでも全部で九人だと確定できるような場面はなかったはずだ。

マヒトは鼻をこすって、

「気にしないでくれ。ちゃんと数えたわけじゃないんだ」

と言われても気になる。紅招館の場所をあっさり突き止めたことと言い、マヒトは特殊な情報網を持っているようだ。しかし、問い詰めるより先にクリスが話を進めてしまった。

「館の個室は全部で十二あるから、きみたちが一室ずつ使ってちょうど満室だ。鍵を渡そう」

いったん二階に姿を消したクリスが数分経って戻ってくると、彼は二本の鍵を手にしていた。

わたしとマヒトはそれを一本ずつ預かる。銅の輪っかにアルファベットのFがくっついたような、館のレトロ趣味にふさわしい形状の鍵である。

「鍵、使ってるんだね。それに館の造りも、全体的に古めかしい感じ」

わたしは言った。ＢＷにはオートロックは言うまでもなく、網膜認証によるドアの開閉などといった先端技術も備わっている。こんな前時代的な鍵、ＢＷでは見たことがなかった。

「ボクの希望でそうした。一昔前の現実に、なるべく沿った形にしたくてね。古き良き時代、みたいな空気感を演出したかったんだ」

「鍵なんて使うの、久々だよ。なくしちゃうかも」

マヒトが鍵の輪っかに指を通し、くるくる回しながら言う。

「だからって、積極的になくそうとするのはやめなさいよ」

案の定、鍵は遠心力で指から外れ、マヒトは慌てて椅子から下りて拾いに行った。クリスが苦笑する。

「鍵は各部屋ごとに一本しかないから気をつけてくれよ。ただし、万が一鍵をなくした場合は、そこのキーボックスの中にマスターキーが入っている」

見ると暖炉の脇の柱に、白いキーボックスが取りつけられていた。金属製の小さな箱で、それ自体にロックがかかる構造ではないようだ。

「不用心だな。こんなところにマスターキーがあったら、個室に鍵をかける意味がねえだろ」

すぐ近くで鍵を拾ったマヒトが、ぶつくさ言いながらキーボックスに触れようとした。が、

「触るな！」

クリスに制され、動きを止めた。

「キーボックスを開けると、警報が鳴るようになっている。マスターキーを無断で持ち出すのは

不可能だよ」

「……そういうことね」

マヒトは肩をすくめた。

「それじゃ、きみたちの部屋に案内するよ。ついてきて」

わたしは立ち上がり、マヒトと一緒にクリスのあとに続いた。

「紅招館は一階が共用スペース、二階が個室になっている。個室の間取りはすべて同じだ」

階段を上りながら、クリスが説明する。二階に上がってみると、まっすぐに伸びる廊下の両側にドアが並んでいるだけの、こちらも至ってシンプルな構造だった。壁のところどころにあるランプがあたりを照らしているが、炎ではなく暖色の電灯だ。

廊下の途中に、翅の生えた全身金色のロボットが立っていた。すれ違いざまに、クリスが声をかける。

「やあ、P3。元気かい」

「ハイ。快調デス」

P3と呼ばれたロボットは、声まで機械じみていた。

「運営のロボット……では、ないのよね」

わたしのつぶやきに、クリスが反応した。

「もちろん彼もバタフライであり、ここの住人だ。知ってのとおり、バタフライは見た目を自由にカスタマイズできるからね」

「いかにロボットを装っていても、操作するプレーヤーは人間だってことだ。運営のロボットとの違いは、体の部分が虫型か、それとも人型かで見分けられる」

　マヒトが注釈を加える。Ｐ３のボディはずんぐりむっくりした人型で、頭部には目とおぼしき赤いランプや、開くたびにガシャンガシャンと音が鳴る口も備わっていた。

　廊下の突き当たりまで来たところで、クリスが両手を広げて二枚のドアを指し示した。

「この向かい合わせの二部屋が空室だ。それぞれ受け取った鍵で開くほうを使うといい」

　試しにわたしが右側のドアに鍵を差し込んでみると、難なく回った。ドアを押して開け、すぐ脇の壁にあるスイッチで照明を点ける。

　部屋は奥に向かって細長く、天井は平らで、真ん中が引き戸で仕切られていた。手前の部屋には机や椅子、空の書棚、ソファーなどがあり、リビングと呼んでよさそうだ。引き戸の向こうにはベッドやサイドチェストがあり、こちらは寝室である。ベッドの向こう側、正面の窓には、外から見たとおりカーテンがかかっていた。

「すごい。このベッド、ふかふか」

　わたしはベッドに横になる。脚がない箱型のセミダブルサイズのウッドフレームに、分厚いマットレスが載せられた、現実なら一目で高級とわかる逸品だ。窓際にぴったり寄せられており、夏暑く冬寒そうな配置だと感じるが、常に快適な気候が保たれているＢＷでは何の問題もない。上にかけられた毛布の肌触りもよかった。

「女の子が男性の前でベッドに寝転がるなんて、はしたないよ」

　クリスにたしなめられ、わたしはおとなしくベッドから下りた。やっぱり顔が赤いように見える。意外と保守的な価値観の持ち主のようだ。

「でもいいだろう、そのベッド。寝具にはこだわったからね。何せ、ここの住人は現実に戻って眠るわけじゃないから」

ＢＷでは睡眠をとれる。特別なことは何もなく、プレー中に眠くなったら寝るだけだ。つまりは現実にプレーヤーが眠っているのだが、ＢＷ内で眠ってもログアウトはなされず、バタフライは目を閉じるだけである。

カーテンを開けると、外の光が射し込む。

「その窓は強化ガラスだから割るのは不可能だ。無理やり侵入することはできない」

「へえ。しっかり防犯してるんだね」

窓の上部を見上げたわたしは、館の外を見て回っているときに抱いた疑問を思い出した。

「どうして窓の上に、もう一つ窓があるの」

引き違い窓の上にある、小さな外倒し窓のことだ。

「ああ、それは換気用だよ。通気用、と言ったほうがいいかな」

クリスが答える。

「通気用？」

「現実の建物と違って、ＢＷの建物には隙間という概念がないことは知っているだろう。バタフライはこの世界で呼吸をしているわけじゃないから心理的なものに過ぎないけど、住人たちから、閉め切ると息苦しい感じがする、という意見が出てね。かと言って、窓を開けておいたらよそ者に侵入されかねない。だから、追加で窓を設置したんだよ」

「なるほど、それで外倒し窓なのね」

「そういうこと。その窓の隙間程度なら、開けておいてもバタフライは入れない」

息苦しい感じというのは、何となくわかるような気がした。ちなみにＢＷでは建設やリフォームがスムーズで、建設用ロボット――ノコギリクワガタ型のロボットがノコギリを使うのを見たことがある――が到着しだい早くて即日、遅くても一週間ほどで済んでしまう。

部屋を出る。クリスはわたしとマヒトに向き合った。

「最後に、ここでのほとんど唯一の決まりごとを伝えておく。毎日、朝の七時と夜の七時に、ラウンジでミーティングをやるんだ。どうしても出席できない場合は、事前に知らせてくれ。きみたちには現実の暮らしがあるだろうからね」

当然ながら紅たちも、紅招館から外出する日があるのだという。もっとも現在、この館は孤立しているので、ログアウトしない住人たちがミーティングに出られない理由はないはずだ。

「ミーティングの目的は何？」

「いくつかあるけど……よそ者が紛れ込んでいないかを確かめる、というのもある」

「なるほど。ＩＤを照合するんだな」

呑み込みの早いマヒトに、クリスはうなずいた。

「ＢＷでは見た目を自由に変えられる。それはつまり、他人になりすますのも容易ということだ。だから毎朝毎晩、ボクが代表して住人全員のＩＤを照合する。まあ、いままでに偽者が見つかったことはないけどね」

見た目が変わる以上、個人を識別する方法は必須で、ＢＷではプレーヤーごとに割り振られたＩＤがその役目を果たす。フレンドリストに登録するには双方が同意したうえでＩＤを交換しなければならないが、他人であってもＩＤを識別する必要が生じることはあるので、アンテナに搭載されたカメラ機能を使って相手を撮影すれば自動でＩＤが記録される。画像にＩＤが書き込まれる形だ。

照合についても同様で、相手を撮影した際に、ＩＤが過去に記録されている場合はその画像が表示される。見た目が変わっていても、あのときのあのバタフライだと判明する、というわけだ。

「午前と午後の七時にラウンジに集合してくれさえすれば、それ以外の時間は基本的にどこにいて何をしてくれててもいい。もちろん、館を出ても構わない。まあ、いまはどうせあの壁の外には出られないみたいだけどね」

そしてクリスは「じゃあ、ごゆるりと」と言い残し、階段に一番近い個室へ入っていった。

マヒトが自分の鍵を使って、わたしの部屋の向かいにあるドアを開ける。彼に続いてわたしも中に入ると、そのまま作戦会議をする流れになった。

「キーボックスの件といい、ミーティングの件といい、セキュリティを強く意識している印象を受けたね」

わたしはソファーに腰を下ろして言う。

「ボニーとクライドのこともいやに警戒していたな。あんな動画を投稿されれば当然とも言えるが」

「彼らに取り上げられて活動できなくなった団体は多いからね。わたしも彼らの動画を何本か見たけど、総じて話題になりさえすればいいというスタンスで、彼らには正義がない。紅のことも、発見しだい容赦なくＩＤを暴露するんじゃないかな」

「だからここの住人にとっては、紅であることやその理由は漏らすべからざる秘密なんだろうな。その一端を知った以上、果たしてオレたちも無事に帰れるかどうか」

「わたしたちのＩＤも、すでに把握されているだろうね」

「ああ。その代わりと言っては何だが、オレもこれまでに出会った住人は全員、ＩＤを登録しておいた」

わたしは目を丸くした。

「すごい。いつの間に」

「アキがクリスや百合とくっちゃべってるあいだに、な。こういうことは、やっておくに越したことはないから」

マヒトが撮影した画像を、わたしのアンテナにも転送してもらう。画像をほかのバタフライに転送すれば、ＩＤも一緒に共有されるのだ。これでクリス、百合、うさぎ、ブーメラン、狩人、歯車、Ｐ３のＩＤが入手できた。

「紅招館の住人は十名と聞いたから、残るは三名だね」

「早めに会っておいたほうがよさそうだな」

マヒトの部屋を出ると、折よく廊下に百合がいた。

「あなたたち、館に入れてもらえたのね。よかった。緊急時は助け合わなきゃね」

彼女も歯車やうさぎと同様、わたしたちの味方と見てよさそうだ。

「復旧するまで、お世話になります。ほかの住人にも挨拶しておきたいんだけど、どんなバタフライがいるのか教えてくれない？」

わたしがすでに出会った住人たちの名を挙げると、百合は残りの住人に関する情報を提供してくれた。

「一人目は《灰《はい》》。グレイヘアのおじいさんで、お医者様をやっているの」

「医者なんて、ＢＷには必要ねえだろ」とマヒト。

「そんなことないわ。現実の体が痛みや苦しさを感じれば、バタフライも同じように痛み、苦しむもの」

「だとしても、ログアウトしなけりゃ治療もできない」

「心持ち一つで楽になることも多いわ。お医者様に原因を特定してもらう、もしくは話を聞いてもらうだけでも、ずいぶん安らぐものよ」

「ふうん。そういうものかねえ」

「でも、灰はどちらかと言えば気難しいおじいさんだから、接し方には注意が必要ね。しばしば哲学的なことや宗教的なことを言って住人たちを困惑させる、悪い癖があるから」

憶えておくね、とわたしは受けた。「ほかの住人は？」

「《ミニー》は若くてアクティブな女性。肌が黒くて、気が強く言葉遣いもときどき乱暴になるけど、正義感に満ちた女性よ」

「ふむふむ。で、最後の一人は」

「《ステラ》ね。一言で表すなら、太ったおばさん。とにかくおしゃべりで、性格はキツめかな。正直、私はちょっと苦手」

見た目を自由にカスタマイズできるこのＢＷで、アバターを太ったおばさんにするセンスは理解できないな、と思う。まだしもロボットのほうが共感できる。

「ありがとう、百合。これから一人ずつ会いに行ってみるよ」

「地震のあとで、みんな部屋にいると思うわ。ミニーの部屋は右側の手前から四番目、その向かいがステラの部屋で、灰の部屋はステラの一つ奥」

律義に部屋の場所まで教えてくれてから、百合はわたしの部屋の隣のドアに入っていった。

「さて、誰から訪ねる？」

マヒトがわたしの意向を問う。

「そうだね……何となく、話しやすそうな相手からにしたいな」

というわけで、わたしたちはまずミニーの部屋のドアをノックした。

ガチャリと音を立て、ドアが開かれる。現れた女性は、わたしたちを見るとすぐさま右の手のひらをこちらに向けた。聞いたとおり、髪を編み込んだ黒人の女性で、背が高くスタイルがいい。翅は赤く、パラダイスレーシングに参戦したときのわたしと似たようなスポーツウェアに身を包んでいる。

「ハーイ。誰、あんたたち」

わたしはクリスの説明に則《のっと》って、旅をしていたら壁に閉じ込められてしまったと話した。

「そうなんだ。大変だね。ま、ゆっくりしていってよ」

小気味いい言葉のリズムから彼女の持つ陽気さが伝わってくる。笑みを浮かべたまま、ミニーはドアを閉めた。

「嫌われてないみたいでよかったね」

「ああ。彼女とはうまくやっていけそうだ」

続いて向かいのステラの部屋へ。ノックをすると、部屋の中から声が聞こえた。

「はいはい、いま行きますよ……あら、どちら様かしら。いったい何の用？」

丸眼鏡をかけた、六十歳くらいの女性だ。白髪交じりの髪に、ナイトキャップのような帽子を被っている。襟付きのゆったりとした水色のワンピースを着ていて、背中の翅も水色だ。

「わたしたち、旅をしている最中に、分断に巻き込まれてしまって。復旧するまでここに住まわせてもらうことになったの」

「まあまあ。クリスったら、いくら非常事態だからって、どこの誰かもわからないバタフライを館に入れちゃうなんて何を考えてるのかしら。大変なときはみんな我慢しなくちゃいけないんだから、こんな子たちなんて放っておけばいいのよ。そんなことでこの館を守れるのかしらね、まったく。だいたい、ワタシはあのみょうちきりんなロボットだって迎え入れるのは反対で……」

ステラはまるで機関銃のようにしゃべる。それもわたしたちとの会話ではなく、ほとんど独り言だ。言葉の内容もきついが、それよりも耳がキーンとなることのほうがつらかった。

「とにかくあなたたち、さっさとどこかへ行ってくれる？　ワタシはあなたたちみたいな子供と話すことなんて何もないんですからね。あーあ、それでなくても地震が起きてから、何だか胸がつかえるような感じがするのに。心配の種を増やさないでほしいわ。次にクリスに会ったら、文句を言っておかなくちゃ……」

お邪魔しました、と小声で言い、わたしはドアを閉めた。

「ったく、うるせえババアだな」

マヒトの口の悪さも、いまだけは咎《とが》める気になれなかった。

「全員に歓迎されるわけはないとわかってはいたけど、それにしてもひどかったね」

「くそ、あのおしゃべりに圧倒されちまって、ＩＤを登録するのを忘れたよ」

「あ……もう一回、出てきてもらう？」

「冗談だろ。いま戻ったら、きっと噴火するぜ」

どうせミーティングで会うのだからいまでなくてもいい、ということでマヒトと意見が一致した。

隣の部屋の前に行く。ここが、灰の部屋のはずだ。

「これで最後。もうひと踏ん張りだね」

わたしは自分に気合いを入れ直し、ドアをノックする。が、反応がない。

「留守かな」

「ここにいなければ、下のラウンジにいるんじゃないか。オレたちが部屋にいるあいだに、入れ違ったのかもしれない」

階段を下りてラウンジへと戻る。すると、果たしてそこに七十代とおぼしき白髪の老人の姿があった。暖炉のほうを向いて椅子に腰かけ、太ももにひじを置いて前屈みになり、手を組んでいる。翅は灰色だ。

「あの、灰さんですよね」

ＢＷでは言語が自動翻訳され、さらにはバタフライの設定年齢とプレーヤーの実年齢は無関係であるため、敬語を使うメリットが少ない。よってわたしは相手が誰であっても原則敬語を使わないのだが、それでも灰には思わず敬語で話しかけてしまうほどの威厳が備わっていた。

灰はおもむろに顔をこちらに向ける。わたしを見ているような、見ていないような瞳をしていた。よそ者に不慣れなはずの紅招館の住人でありながら、わたしたちを見ても誰何《すいか》しない。

「わたしはアキ、こっちは相棒のマヒト。わたしたち、旅をしていて分断に巻き込まれ、復旧するまでこの館でお世話になることになりました。よろしくお願いします」

「どこから来た？」

唐突に質問される。老人らしい、しわがれた声だった。

「ここよりずっと、南のほうから……」

「どこへ行く？」

「まだわからない。分断から復旧しない限り、どこへも行けませんから」

旅人だと思われているのだ。それらしい答えを返しておく。

「この世界には国境がない。面倒な出入国審査などの手続きは不要だ。高い山も深い谷も、この翅の前では障害たりえない。つまり移動に困難は一切ともなわない。それでも、旅をする目的とは何だ」

「えっと……わたしの知らない何か、わたしの人生を一変させる何かに、出会えるような気がして」

「旅が人を成長させるのは、そこに困難があるからだ。アトリエで見れば不世出の天才画家も、道端ですれ違えばありふれた人間に過ぎん。同じように、人生を一変させる何かとやらも、困難の果てに出会わなければ価値を見出すことなくすれ違って仕舞いではないかね」

「ＢＷで旅をする意味なんてない、と？」

「その意味を見つけ出すことこそが、旅の目的だろう」

何やら禅問答じみてきた。灰の言うことは訓示に満ちているようでもあり、単に煙に巻いているようでもある。

「でも、旅先で出会うさまざまな相手と話せば、新しい見識を得られることもあると思います」

「ここはＢＷだ。旅などせんでも、そこいらに世界中の人々が集まっておる」

反論できずに黙っていると、後ろからマヒトに腰をつつかれた。無駄口叩くのはよせ、という意味だろう。わたしは話を切り上げることにした。

「ここにいるあいだに、旅の目的についてじっくり考えてみます」

「そうか。わしは医者をやっておるから、具合が悪くなったときはいつでも来るといい。もっとも、治療してやれることはほとんどないがな」

「何だか厄介そうな話を吹っかけられていたね」

灰から離れると、肩に入っていた力が抜けた。横から声をかけられる。

振り向くと、歯車が立っていた。苦笑を浮かべている。

「うん。でも、とにかくこれで住人全員に会えた」

「それはよかった。けど、きみたちを歓迎しないやつもいただろう」

「そうだね……みんな、あなたみたいにフレンドリーならいいんだけど」

「ここの住人たちの多くは内向的だからね」

「理由があるの？」

「人里離れたこんな館に、わざわざ住みたがる人たちなんだよ。社交的であるわけがない」

「そうかもしれないけど……少なくとも、あなたやミニーはそうは見えないよ」

「程度の差はあるさ。それに、こういう環境だからこそのびのび振る舞うことができる、というのもある」

そうかもしれないと思う一方で、何だかはぐらかされたようでもあった。紅が内向的だというのは、共感できる気がしたからだ。わたしだって現実では内向的で、だからこそＢＷにずっといたいと願うようになった。

住人全員と会ったところで、特にやるべきことはなくなっていた。せっかくなので、歯車ともう少し話すことにする。

「ねえ、歯車はさっき、ＢＷのルールや仕組みに詳しいって言ってたよね。教えてほしいことがあるんだけど」

「構わないよ。自分なりに勉強したからね。わかる範囲で、何でも答えよう」

わたしたちは灰から距離を取りつつ、ラウンジの椅子に腰を下ろした。

「わたし、ＢＷが開設された当初からプレーしていたわけではないんだ。今日のような地震やその他の自然災害、また壁による世界の分断などは、本当に前例のない事象なの？」

「それは間違いないね。ＢＷについてはさまざまな形で歴史がまとめられているけれど、災害が起きたなんていう話は聞いたことがない」

「運営によれば、地震はクラッキングの影響だって……でもあの地震、ものすごくリアルだった」

「アキ、大地震を経験したことがあるの？」

わたしは首を縦に振る。

「小さいときにね。わたし、日本人なの。日本は地震大国だから」

「そうか。それはお気の毒に」

「怖くなったよ。ＢＷではなく現実で、またあんな大地震が起きたらどうしようって……そのとき、わたしがＢＷにいたら、対処が遅れるかもしれない」

「ＢＷにいる限り、現実の体は動かないからね。ただ、そのあたりはちゃんと考えられてはいて、プレー中に現実で災害など不慮の事態が発生した場合でも、ある程度は対応できるようになっている」

はるか前、ＢＷのプレーを開始したときに、チュートリアルで説明を受けた気もする。だが、憶えていなかった。

「そうした場合に役に立つのが透視モードだ。アンテナを使ってこれをオンにすると、二十秒間、ゴーグルの中の映像が切れて、ゴーグルの外すなわち現実の光景が見えるようになる。同時にイヤホンの音声も消え、現実の周囲の音が聞こえる。その現実で起きた事態に即座に対応しなければいけない状況なら、いつもどおり耳たぶを引っ張ることでログアウトが可能だ」

「非常事態を感知したら自動でログアウトされるようにすれば、素早く行動できるぶんだけ安全じゃないかと思うんだけど」

「それは違う。ＢＷは、現実で体を動かせないような事態に陥っても、脳波によって他者と連絡を取ったり、助けを求めたりできるのが利点だ。周囲の状況を確認してからログアウトするかどうかを判断できる現行の仕組みのほうが優れているよ」

腑に落ちた。大地震の際、倒壊した家屋に閉じ込められて動けなくなった人がたくさん犠牲になった。あのときもしＢＷがあれば、居場所を誰かに伝えることで救出された人もいたかもしれない。

「でも、地震で椅子から落ちたり、姿勢を崩してしまう場合もあるよね。ＢＷは、安定した姿勢じゃないとプレーできない決まりでしょう。そういうときはどうなるの」

「ＢＷの画面に〈姿勢が崩れています〉とアラートが表示されるよ。ログアウトをうながされるけど、勝手にログアウトされることはないんだ」

なるほど。確かによく考えられているな、と思う。

話が思わぬ方向に進んでいる気もしたが、歯車のＢＷに関する講義は続く。

「ここまで話してきたように、プレーヤーの意思に反するログアウトは、通常は起こりえない。ところが、中には勝手にログアウトされてしまうケースもある。それは知ってるね」

「《フリーズ》だね。見かけたことあるよ」

わたしの答えに、歯車は満足そうにうなずいた。

「通常のログアウトの動作を経ると、バタフライは全身が暗くなって透き通るシャドウになる。これに対し、予期しない方法で強制的にログアウトされた場合、バタフライはコントロールを失って、マネキンのようにカチコチに固まってしまう。この状態をフリーズと呼ぶ。シャドウとは違ってそこに質量のある身体が存在し、むろんほかのバタフライが触れることもできる」

フリーズ状態のバタフライはだいたい一目でわかる。特殊な訓練でもしない限り、人間がぴくりとも動かずに静止しているのはほぼ不可能だからだ。それは脳波でも同じらしい。

「このフリーズに陥る原因はいくつかある。まず一つ目は、外部からの干渉」

「デバイスを第三者に外される、などの場合だね」

「そう。プレーヤーはただちに現実の身体を動かせるようになり、バタフライはフリーズ状態になる。二つ目は、故障ないし停電にともなう充電切れなどによる、デバイスの停止だ」

　ＢＷはスタンドアロン型ＶＲデバイスを用いてプレーする。デバイスにプレーの続行が不可能な異常が検知されると、バタフライはフリーズとなってログアウトされる。

「フリーズの原因として多いのはこの二つだね。本当は、ほかにも原因があるんだけど……これはまあ、あえて知る必要もないだろう」

　おや、と思う。歯車が説明を省略したことに、何か意図があるように聞こえたからだ。けれども彼が話をどんどん進めるので、わたしは突っ込んで訊くタイミングを逸してしまった。

「フリーズ状態に陥ると、ＢＷのアカウントに紐づけされた現実のプレーヤーのスマートフォンやＰＣなどにエラー通知が行く。プレーヤーは再ログインするか、できない場合はエラー通知に応答して状況を説明する義務がある。二十四時間以内にどちらもなされなければ、悪質なログアウトとみなされ、期限つきのログイン停止措置やアカウント停止などのペナルティが課せられる」

「でも、したくても再ログインや状況説明ができないときもあるよね？　それこそ、地震か何かでデバイスが外れて、そのまま身動きが取れなくなってしまったりとか」

「もちろん、運営はバタフライのフリーズを検知した段階で、デバイスのＧＰＳ情報などを駆使して速やかに当該プレーヤーの状況把握に努めることになっているよ。そのためにプレーヤーはアカウント作成時、本名や住所や緊急連絡先を事細かに登録するのだからね。いまや、ＢＷＬＬＣはいち国家の戸籍なんかをはるかに凌ぐ、膨大な量の個人情報を保持していると言われているよ」

それゆえ、ＢＷＬＬＣはゲームをだしにして収集した個人情報を売却しているのではないか、あるいはそれらの情報を悪用して政府の転覆を狙っているのではないか、といった都市伝説がまことしやかにささやかれていると歯車は付け加えた。

もっとも、それを聞いたマヒトは、

「バカバカしい」

と一蹴した。地震のときにいまの運営は無能だと言ったり、ＢＷＬＬＣの肩を持ったり、彼のスタンスはいまいちはっきりしない。

「僕もマヒトと同意見だ。ＢＷの運営は素晴らしいよ。知れば知るほど、この世界の仕組みはよく考え抜かれている。今回はクラッキングにより手痛い被害を受けたけど、きっと迅速に復旧してくれるはずさ。だから、少々の不便は我慢して待とう」

理知的なだけに無責任な発言はしないであろうことが伝わる歯車の、それでも前向きな言葉を聞くと、この不安な状況においても何だか心強かった。

6

ＢＷ時間で午後七時を迎え、わたしとマヒトにとっては初めての、紅招館の住人全員によるミーティングが始まった。

初めに、クリスがアンテナを使って出席者のＩＤを一人ずつ照合していく。これで、このミーティングに偽者が紛れ込むことはできない。最後に狩人が、クリスのＩＤも照合していた。

ラウンジに椅子は十脚しかなかったので、わたしとマヒトの椅子が足りない。わたしたちは自分の部屋から椅子を持ってきて、ラウンジに置いた。個室の数に比べ椅子が少ないということは、紅招館が満室になったのは初めての事態なのかもしれない。

ミーティングに際して食事やコーヒーがないのは味気ないが、何せＢＷには飲食物がないので致し方ない。現実できちんと水分や栄養を摂《と》らないと生命維持に差し障るので、ＢＷ内でそれらが補給できるという錯覚を防ぐため、あえて存在させていないのだ。また憲法で非暴力を謳《うた》っている都合上、生物を殺《あや》めて食物にすることへのアンチテーゼも含まれるのだという。洗面所やバスルーム、あるいは海があることからもわかるように、水やその他の液体は存在しているものの、飲み込むという動作はバタフライに反映されない。口の中に溜まるよだれも常に一定量が保たれるだけで、吐き出すことはできても飲み込めはしない。

そんなわけで住人たちが囲むテーブルにはいま、歯車が置いた彼のアンテナがあるのみだ。ミーティングは毎回、議事録代わりに動画撮影されており、歯車がその記録係を務めているという。

「では、いまから夜のミーティングを始める」

館の主たるクリスが仕切り役を務める。

「まず、みんなすでに知ってのとおり、われわれは客人を迎えることにした。アキとマヒトだ」

「よろしくお願いします」

わたしは頭を下げる。マヒトも渋々ではあったが、わたしに倣《なら》った。

「初めてのケースで戸惑いもあるとは思うが、どうか仲よくしてやってほしい」

「おれはまだ認めてねえぞ」

狩人が椅子にふんぞり返って言う。白のタンクトップから伸びる筋肉質の腕を組み、苛立たしげにオレンジの翅を震わせていた。

「クラッキングが起きたとき、たまたま館の近くにいた？　いかにも怪しいじゃねえか。全部、こいつらが仕組んだことじゃねえのか」

「またその話かよ」マヒトはうんざりしている。

「狩人。さっきも言ったように、ボクは彼らを迎え入れると決めた。この件に関して異論は認めない。それに、万に一つもないと思うが、彼らが世界の分断を引き起こしたのなら、なおさらボクらは彼らと友好的になるべきだ。そうすれば壁を撤去してくれるかもしれないし、反対に怒らせれば一生壁から出られないおそれもある」

「嫌だよ、ずっと出られないなんて」ブーメランが泣き声を上げる。

少しのあいだ、狩人はクリスをにらみつけていたが、最後にはやれやれと言わんばかりに手のひらを上に向けた。

「おれは忠告しておくぞ。こいつらがあの忌々《いまいま》しいジャーナリスト気取りじゃないという証拠はどこにもない。こいつらは、おれたちの生活を脅かす敵だ。クリスの決定に逆らいはしないが、おれは絶対にこいつらを信用しないからな」

「ワタシも同感だわ。こんな子たち、さっさと追い出してしまえばいいのよ。クリスのお人好しっぷりにはほとほと呆れるわ。いいことあなたたち、この館で勝手な真似をしたらタダじゃおきませんからね。あなたたちはひたすらおとなしくして、必要なとき以外は部屋から出ないこと。わかったわね」

　ステラにまくし立てられ、わたしは絶句する。もっともほかの住人たちは彼女のヒステリックな言動に慣れているようで、歯車やミニーは《相手にするだけ無駄だ》とでも言いたげな目線を送ってきた。

「ごめん、アキ。どうか気を悪くしないでくれ。ただでさえ、世界の分断というBW史上最大のトラブルに直面し、住人たちは不安を抱えている。そのうえ部外者の来訪という、これも初めての事態が重なった以上、気が立ってしまうのは仕方のないことなんだ」

　恩人のクリスに詫《わ》びられると、こちらは立つ瀬がない。

「気にしないで。泊めてもらえるだけ、ありがたいと思ってる」

「ちょっといいだろうか」

　灰が挙手したので、クリスが発言をうながした。

「おぬしら、どうやってこの館にたどり着いた？」

　突き刺すような視線に、わたしはうろたえた。

「旅をしていて、たまたま通りかかったんでしょ」

ミニーが言う。しかし、灰は追及の手を止めなかった。

「この館がたまたま通りかかるような場所にないことは、誰よりも住人であるわしらがよく知っとるだろう。旅の途中だったというのなら、せめてどこから来てどこへ行くところだったのか、納得のいく説明をしてもらえんか」

――どこから来た？

――どこへ行く？

わたしは歯噛みする。そうか、灰のあの質問には、そういう意図があったのだ。面妖《めんよう》な老人のつかみどころのない発言として聞き流した自分が憎い。この自称医者は、敏《さと》い。

「えっと、それは……特に決めてなくて、気の向くままに飛んでいたら……」

何か答えなきゃと思えば思うほど、しどろもどろになる。一方の灰は、不気味なほど落ち着き払っていた。

「旅に関する質問に、おぬしは一度も具体的な答えを返さん。分断によって閉じ込められたのは偶然かもしれんが、ここへ来たのには何か目的があったのではないのかね？」

いまや狩人やステラのみならず、味方だったはずの百合や歯車までがわたしたちを怪しみの目で見ていた。

わたしはクリスに助けを求める。クリスは低くうなったのち、告げた。

「ややこしくなるから黙っていようと思ってたんだが、やむを得ないな。このままじゃ、ボクまでみんなに疑われてしまう。――アキとマヒトは、旅人なんかじゃない。紅たちが住む館の噂を聞きつけて、ここへやってきたんだ」

住人たちがざわついた。

「ほら見ろ、やっぱり敵じゃねえか！」

狩人がわめくのを、クリスが制した。

「まあ落ち着け。アキは、紅に憧れて、自分も紅になりたいという思いからこの館の場所を突き止めたらしい。そうだよね、アキ？」

「あ……うん。わたし、ずっとＢＷにいたいなって思ってて」

なぜだろう、わたしがそう口にした瞬間、場の空気が冷えたような感覚を味わった。まずいことを言ったのかもしれないという焦りから、わたしは続けざまにしゃべる。

「あの、詳しくは言えないけど事情があって、現実には戻りたくないの」

「贅沢《ぜいたく》な悩みね」

けれどもミニーにすら突き放されて、わたしは沈黙した。

わたしは、彼らが自分と同じように、それ以上にＢＷを愛しているから紅になったと思っていたのだ。それはわたしの思い違いなのだろうか。

「何にせよ、こいつらが嘘をついていないという保証はどこにもない。いまのも全部、おれたちに取り入るための演技かもしれん」

狩人が問題を蒸し返すと、またもクリスが反論した。

「百歩譲って、彼女たちの正体がボニーとクライドだったとしよう。この状況では、たとえボクらが二人を拒んでも、分断が長引くにつれボクらのことはおのずと知れ渡るさ。だったら敵対して悪しざまに報じられるよりは、親切にして懐柔するほうがまだいい」

「クリスが優しいのはよくわかってるさ。だからこんな館を建て、おれたちを招いてくれた。だがな、その優しさはときに身を滅ぼすぞ」

不穏な空気が漂う中で、口を開いたのはまたしても灰だった。

「この際、おぬしらが何者かは問うまい。最初の質問に戻ろうじゃないか。どうやって、この紅招館にたどり着いたんだ」

「そうだよ。二人がこの館を探し当てたってことは、この館に関する情報がどこからか漏れ伝わってるってことじゃないか。その情報源を断つことを考えるべきだ」

歯車が灰の質問の重要性を指摘する。ところが、マヒトは言下に切って捨てた。

「それについては、話すつもりはないね」

「なぜだ。情報源を守るためか」と灰。

「ちょっと違うけど、似たようなもんかな。安心しろよ、これまでにも来訪者は現れなかったんだろ。あんたらが心配しているほどには情報は広まってないってこった」

「安心できないよ。その情報を入手したやつが目の前にいるんだから」

歯車が呆れる。ミニーがこちらを向いた。

「アキ、あんたの口から教えてもらってもいいんだけど」

「ごめんなさい。わたし、何も知らないの。わたし自身は、調べても何の情報も得られなくて……そしたらマヒトが突然、館の場所を突き止めたから出発する、って」

「マヒト、きみは重大な何かを隠しているね」

クリスが追及するも、マヒトはどこ吹く風だ。

「何度訊かれたって、話せないもんは話せない。追い出したけりゃ、そうすればいい」

「逆だよ。クソガキ」

狩人が、すごんでみせた。

「てめえがどうやって情報を手に入れたのか吐くまでは、決してこの館から逃がしはしねえ。覚悟しな」

「拷問でもするか？　ま、できないけどな」

二人のあいだに散った火花を、クリスの冷静な声がかき消した。

「とにかくだ。今日はいろんなことが起きすぎて、みんな心身ともに疲れていると思う。今夜はゆっくり休んで、明日以降に備えよう」

「あの……みんな、夜はどうしてるの」

居心地の悪さに萎縮しながらも、わたしは訊ねた。

「もちろん、この館で寝るよ。われわれは紅だからね」

クリスが答える。ログアウトせずにBW内で眠る、という意味だ。

「それじゃ、解散。次のミーティングは明朝七時。くれぐれも遅刻などないように」

クリスの宣言でミーティングが終了する。ラウンジにかけられた柱時計――文字盤は十一等分され、数字は一から十一までしかない――に目をやると、午後八時ちょうどを指していた。

マヒトが椅子から立ち上がり、無言で階段を上っていく。あとを追いかけ、マヒトの部屋でソファーに腰かけた彼と向かい合った。

「わたしたち、いまは紅招館の住人と仲よくすべきだと思う。どうしても、情報源は明かせないの？」

「くどいな。どうしても、だ」

マヒトはまた鼻をこすっている。半年間、フレンドとして付き合ってきた彼のことを、わたしはいまさらのように得体が知れないと感じていた――もっとも、プレーヤーの素性を暴かないことがマナーのこの世界では、誰も彼も得体が知れないのだが。

「クリスの言うとおり、さすがにオレも今日は疲れたよ。ログアウトして、ゆっくり寝たい」

わたしはうなずいた。「それがいいよ」

「アキはどうする？」

「わたしも部屋に戻って寝る」

「そうか。じゃ、また明日な」

言い終えるが早いか、マヒトは耳たぶを引っ張ってログアウトし、シャドウになった。

わたしは上腕部からアンテナを取り外した。アンテナには、現実の時間を確認する機能も搭載されている。日本時間で午後九時過ぎ。まだ、ログアウトするには早い。

マヒトの部屋を出る。廊下はしんと静まり返っていた。早々に自室に戻ったバタフライが多いのかもしれない。わたしは行動を開始した。

紅の秘密を知りたい、という思いがわたしを突き動かしていた。非常事態でも関係ない、いやむしろ好都合だ。普段は固く守られている秘密が、何かの弾みに漏れ出る可能性がある。

何でもいい。誰かの会話を盗み聞きするとか、紅に関する記録を見つけ出すとか。紅になる方法がわかったら、わたしはすぐにでもそれを実践するつもりだ。

一階に下りると、ラウンジにはまだ起きているバタフライたちがいた。歯車、ミニー、それに百合だ。だが、彼らに昼間の気さくさはなく、わたしを見るといちように顔を曇らせた。

「あの、みんな……」

「ごめん、アキ」

ミニーが三人を代表して口を開いた。

「アタシたち、いまはまだ、あんたやマヒトと話をする気になれない。三人で話し合ってたの。クリスの言い分に乗っかるか、それとも警戒しておくか、ってね」

「気を許すには早い、というのが僕らの見解だ」

歯車の声には覇気がない。百合も追従する。

「あなたたちが憎いわけじゃないの。それに私は地震の一件以来、マヒトはともかくあなたには好感を持ってる。けど……出会ったばかりで、本当の人柄なんて誰にもわからないもの」

「恨まないでよね。アタシたちだって、できることならあんたたちを仲間として受け入れたい。信用してほしければ、その方法をあんたたちで考えて」

「うん……わかった」

わたしは彼女たちの判断を受け入れた。

「今夜はもう、部屋に戻ってくれないか。言い争うようなことはしたくないんだ」

歯車の催促に、わたしはおとなしくしたがった。

いま動くのは、得策ではないらしい。彼らの信用を得ることが先決だと思い知る。二階に戻って廊下を何歩か進んだところでアンテナを見ると、十分ほどしか経過していなかった。まだ、ログアウトしたくないんだけどな――。

がっくり来て、力が抜けた。わたしはアンテナを落としてしまい、それは近くのドアに当たって大きな音を立てた。室内から声が飛ぶ。

「誰なの。いまから寝るところだったのに」

運の悪いことに、そこはステラの部屋だった。すぐさま鍵が開けられる音がして、ドアが開く。ステラは正面に立つわたしをにらみつけた。

「嫌がらせのつもり？」

「いえ、まさか……」

「あなた、早く寝るようにというクリスの言いつけを破って何をしているの？　怪しいわね」

実際に後ろめたい目的があったので、わたしはうろたえた。

「何ていうか、その……そうだ。わたし、ステラのＩＤを登録し忘れてしまっていることに気づいたの。念のため、今夜のうちに登録しておきたくて」

とっさに思いついたにしては、悪くない言い訳だった。ＢＷでＩＤを登録することがいかに重要かを誰もが理解しているので、ステラも嫌な顔こそすれど断りはしなかった。

「あら、そう。それじゃ、早くして」

わたしは毛足の短い絨毯《じゅうたん》敷きの廊下からアンテナを拾い上げ、ステラを撮影してＩＤを登録した。ありがとう、と言い終わらないうちに、ステラはドアを閉め鍵をかけてしまった。

部屋に戻ると、やることがなくなった。ＢＷで仮眠を取って時間を潰し、日付が変わる午前零時になってから、わたしは耳たぶを引っ張ってログアウトした。

現実の自室に戻る。時計は午前零時ちょうどを指していた。一日二十二時間のＢＷとは一日に二時間ずつずれるため、日本では十二日に一回、現実とＢＷが同時に午前零時を迎える。今日はその日だった。

自室のドアを開けて外をのぞく。家の中は真っ暗だった。安心してトイレを済ませ、階下へ行く。だが、キッチンにあった水のペットボトルとバナナと惣菜パンを抱えて二階に戻ってきたところで、弟の守に出くわしてしまった。まだ、眠っていなかったらしい。

「姉貴。また、ＢＷにいたのか」

「そうだよ。悪い？」

弟は一瞬むっとしたけど、それどころではないと思い直したようだった。

「何だか、大騒ぎになってるみたいだな」

「知ってるの？」

「ニュースで見たよ。クラッキングでＢＷの一部が分断された、サービスが始まって以来の非常事態だ、って」

「そうだね。みんな、動揺してる」

その分断に自分が閉じ込められてしまったことは、言わないでおいた。それでも、弟は立ち入ってきた。

「なあ。これを機に、ＢＷを卒業しないか」

「それは無理」

「これからサイバー攻撃が続けば、ＢＷは壊滅するかもしれない。そうなってから慌てたって後の祭りだよ。いまのうちに見切りをつけておいたほうが――」

「ほっといてよ！」

わたしは抱えていたものを放り出して守を突き飛ばし、自室に駆け込んだ。

空腹も、喉の渇きも癒せなかった。こんな自分がたまらなくみじめだった。それでも、ＢＷを引退するつもりはない。非常事態に乗じてやめさせようとする、守のやり口は気に食わない。

わたしはベッドに潜った。不幸中の幸いというべきか、仮眠程度では回復しきれないほど疲れていたようで、空腹を気にする間もなく眠りに落ちた。

7

午前七時になった。朝のミーティングの時間だ。

現実で少し寝てからログインしたわたしは、一縷《いちる》の希望をもって紅招館の外に出た。しかし、残念ながら鼈甲に似た壁は昨日のままで、復旧してはいなかった。

ラウンジにはすでに住人たちの姿があった。マヒトもいる。だが、椅子が一脚余っていた。

「ステラはまだか」

クリスが面々を見回して言う。ステラだけがいなかった。

「もう七時を過ぎてるぞ。ゆうべ、クリスが遅刻するなって念を押したのに」

狩人が非難し、ミニーも同調した。

「子供たちだってちゃんと集合してるのに、ねえ」

うさぎとブーメランはきょとんとしている。

「呼びにいこう。ドアを叩けば、きっと起きる」

クリスが立ち上がり、ほかの住人たちもそれに続いた。全員でぞろぞろと階段を上る。

ステラの部屋の前に到着する。狩人が一歩前に出て、非暴力のルールに抵触しないギリギリの強さでドアを叩いた。

「ステラ。いるんだろ、起きろ。ミーティングの時間だぞ」

反応はない。狩人はドアノブを握り、言った。

「鍵、開いてるぞ」

「やむを得ないね。開けさせてもらおう」

クリスの判断にしたがって、狩人がドアを押し開けた。


そのとき目の当たりにした光景を、わたしは信じることができなかった。

何かがおかしい。

こんなのは、絶対におかしい。

ここは、本当にＢＷの中なのか？

「……ステラ？」

狩人がつぶやく。

ステラはリビングの床に仰向けに倒れ、白目をむいている。ベージュの絨毯は真っ赤に染まり、その腹部には、ナイフが突き立てられていた。そばに森から拾ってきたのか緑の葉っぱが一枚落ちており、その表面に赤く、子供が書いたような拙い字でメッセージが記されている。

〈死は救い〉


灰が部屋に立ち入り、ステラの体に触れる。それから、低い声で言った。

「死んでいるようだ」

わたしはもう一度、自問する。

ここは、ＢＷなのか？

これは、ＢＷでの出来事なのか？

おかしい。何かが狂っている。

非暴力が徹底された世界で、殺人なんて起きるはずがないのだ。

クリスが譫言《うわごと》のようにつぶやいた。

「……どうなってるんだ？」

第二章　灯

1

死んでいる、とわたしの脳は判断した。

死んでいる、と灰も診断した。

だが、そもそもＢＷにおけるアバターの死とは何なのだ？

バタフライは、何をもって死んだとみなされるのか？

「誰がステラにこんなことをした。名乗り出ろ！」

狩人が怒鳴る。しかし、誰も名乗り出ようとはしない。

「どういうこと？　ＢＷは、非暴力なんじゃなかったの」

ミニーが声を震わせる。目の前の光景が受け入れがたいのは、誰しも同じだ。だが、何度まばたきを繰り返しても、ステラの腹部に刺さったナイフと、床に広がった血は消えてくれなかった。

クリスがステラに近寄り、屈んでナイフに手をかける。そのまま引き抜くと、傷口から血が少量あふれた。うさぎが短い悲鳴を上げる。

「このナイフ、物置に置いてあったものだ。凶器から犯人はたどれない」

刃物には使い道があるので、BWにも存在している。この館にも常備してあったらしい。

クリスがナイフを絨毯の上に置く。付着していた血が、絨毯を赤く染めた。

「初めて見たよ……バタフライが、血を流しているとこ」

歯車がうなる。バタフライに涙や汗と同様、血も流れていることは知識として知っていた。だが、バタフライがケガをしないように設定されているこの世界で、実際に血を見かけたことはなかった。

百合がステラのそばにひざまずき、その肩に手を当てる。

「ステラ、起きて。何かのジョークでしょう」

体を揺すられても、ステラはぴくりともしない。

「肌からわずかの振動も伝わってこなかった。そのうえ、この出血量だ。おそらく、ステラはすでに死んだと判定されている」

灰が死の診断を下した理由を説明する。けれどわたしは、納得がいかなかった。

「ステラはフリーズ中ってこと？　フレンドリストでログイン状態を確認できないの」

「無駄だ。昨日も話したように、紅たちはみんなログイン状態を非公開に設定している」クリスがかぶりを振る。

「だいたい、バタフライにナイフを刺して出血させるなんて、不可能なはずでしょう。なのに、どうしてこんなことが？」

「わからん。わしはただ、事実を告げているに過ぎん」

「恐れていたことが起きたようだ。クラッキングで、この世界の仕様が変わったんだ」

歯車が言うも、マヒトは冷静に言い返した。

「その説には賛同できねえな」

「どうして」

「どうしてもだ。この世界に、非暴力を覆す方法なんてない」

マヒトの断定は根拠に乏しい。不毛な議論になることを見越してか、歯車は反論しなかった。

ブーメランはずっと声を上げて泣いている。P3ですら、顔からは感情が読めないが、そわそわと体の一部を動かしており動揺がうかがい知れた。

再び、狩人が大声を上げる。

「どうやったかなんてどうだっていい。誰がやったかと訊いているんだ」

「自殺の線はないの？　だとしても、非暴力を破っていることに変わりはないけど……〈死は救い〉なんて、いかにも遺書めいてるじゃない」

ミニーが葉っぱを指差して言う。その葉っぱを、灰が拾い上げた。

「この文字は明らかに、ステラの血で書かれとる」

「ステラが自分のお腹を刺してから、血で書いた可能性も……」

「それはない。第一に、ステラの指は血で汚れてなどおらんし、近くに血がついた棒状のものもない。第二に、そもそもそんなことをする理由がない。遺書なら、死ぬ前に紙にペンで書けばいいのだからな。葉っぱや血を用いたのは、出どころを探られんためだろう」

「結論、ステラは自殺じゃない。この葉っぱに書かれた文句は、犯人による犯行声明文。と、いうことになるね」

歯車の断定に、現実が重くのしかかる。誰もが二の句を継げずにいる中で、口を開いたのはクリスだった。

「できるはずがないけど、仮に犯人がステラを刺し殺したとして……この館の住人に、そんなことをするやつがいるとは思えない。ボクは、自分が館に招き、ステラとともに暮らしてきた住人たちを疑いたくはない」

「それって、アキかマヒトが犯人ってこと？」

百合の言葉には邪気がないので、かえってドキリとさせられる。

「感情論で身内をかばうつもりか？　一緒に暮らしてたら、殺したいほど憎くなることもあるんじゃねえの」

マヒトは殺人が起きたことそのものを信じたくない様子だったが、それでもクリスに突っかかった。

「そうじゃない。何ていうか……わざわざ殺す意味がないんだ。無駄なことをしているように感じる」

「殺人の動機や意味合いなんて犯人にしかわからねえさ。太陽がまぶしいからってだけで人を殺したやつもいる」

それはただのフィクションでしょう、と言いかけたが、

「まあ待て。ボクが言いたいのは、住人はもちろん、アキやマヒトを疑うよりも先に、検討しなければならない線がある、ということだ」

クリスがマヒトの攻撃をいなした。

「何だ、その線ってのは」と狩人。

「ボクらはまず、この壁に閉じ込められたのが、本当にここにいるボクたちだけなのかを確かめるべきだ。もしかすると、ほかに侵入者がいるかもしれない」

「そっか。盲点だったね」

ミニーの声が心なしか明るくなる。まだしもそのほうがいいと思っているのだろう。

クリスが提案する。

「みんなで手分けして、分断されたエリアの中をくまなく探そう。ここにいる誰かを疑うのは、そのあとでいい」

ステラが減って、館には現在十一人のバタフライがいるので、三つの班に分かれて行動することになった。ラウンジに戻って、班分けについて話し合う。

「部外者二人は別行動だ。マヒト、てめえはおれが見張る」

狩人の主張に、マヒトもわたしも逆らわなかった。最初にマヒトが狩人と同じ班になり、わたしは別の班に入れられる。

「それから、敵はバタフライを傷つける方法を知っているおそれがある。いざとなったら、男が女子供を守れ。それぞれの班に、男を振り分ける」

「バタフライの身体能力に、男女差はないけど」

歯車の指摘も、狩人は意に介さない。

「だとしても、男として生きてきた時間に染みついた本能がある。男なら、考えるより先に仲間を守ろうとするはずだ」

そもそもバタフライが男性だからといってプレーヤーも男性とは限らないのだが、さりとて反対する理由もなかったので、若い男性の格好をしているクリスと歯車がそれぞれ別の班に入れられることになった。さらに女性と子供その他を振り分け、班は次のように決まった。

Ａ班……アキ、クリス、灰、うさぎ
Ｂ班……マヒト、狩人、百合、ブーメラン
Ｃ班……歯車、ミニー、Ｐ３

「それじゃあ、ボクたちＡ班は灯台のほうを見てくる。Ｂ班は館の中を、Ｃ班は館のまわりを捜索してくれ」

クリスが指揮したが、これに異議を唱えたのはＰ３だった。

「部外者ニ館内ヲ捜索サセルノハ危険デス。ワレワレＣ班ガ、館ノ中ヲ担当シマショウ」

「なるほど。一理あるな」

狩人が賛同する。槍玉に上げられたマヒトはというと、気にも留めていない風だった。

「じゃあ、Ｃ班が館の中、Ｂ班は館のまわりということでいいね」

クリスがあらためて確認する。全員が了承したのを見届けてから、彼はキーボックスを開けた。

《ファンファンファンファンファン！》

とたん、大きな警報音が鳴り響く。

クリスがマスターキーを取り出して歯車に渡す。初めて見るマスターキーは、個室の鍵とよく似た形状だった。

「これを使うといい。警報は、一分経過すれば自動でやむ」

Ａ班のわたしたちとＢ班のマヒトたちは、警報から逃げるようにして館を出た。不思議なもので、ラウンジにいるときは耳をつんざかんばかりだったのに、一歩外に出てしまうと警報はうるさく感じなくなった。

館の正面から崖の突端へ向かって延びる一本道を、うさぎが先頭に立って歩いた。ときおり軽く羽ばたき、跳ねるようにしている。幼すぎて、事態の深刻さが理解できていないのだろうか。その少し後ろに灰が続き、わたしとクリスは並んでしんがりを務めた。

「ごめんね、クリス」

わたしが謝罪すると、クリスはきょとんとした。

「何が？」

「昨日から、この館にわたしたちを入れるためにいろいろかばってくれて、本当に感謝してる。ミーティングでみんなを説得しようとしてくれたこと、わたし忘れない」

「ボクはただ、思ったとおりのことを言っただけだ」

「感情に流されず冷静な判断を下すのは、誰にでもできることじゃないよ。あのときのクリス、かっこよかった」

クリスがうつむく。照れているのかもしれない。

「それなのに、こんなことになってしまって。このまま侵入者が見つからなければ、百合が言ったように、わたしやマヒトが疑われることは避けられない。そうなったら、わたしたちを迎え入れると決めたクリスも矢面に立たされる。だから、先に謝っておきたくて」

「ステラはきみが刺したのか」

「誓って、わたしじゃない。昨日出会ったばかりのステラを殺す動機がないもの」

「マヒトについてはどう思う。彼が紅招館の場所を突き止め、館への立ち入りにも成功した。もっとも疑わしいのは彼だ」

「わからない。そういうことをするやつじゃない、と自信を持って言えない。マヒトはときどき、何を考えているか読めないところがあるから」

わたしは相棒をかばうより、正直に話すことを選んだ。

「でも、紅招館へ来ることになったきっかけは、わたしがずっとＢＷにいたいと言い出したから。それを考えると、マヒトが殺人を目論んだうえでわたしをこの館へ導いたとは思えない」

「そんな風に論理的に話してくれると、ボクも支持しやすくて助かるよ」

灯台が徐々に近づいてくる。遠くから見ていたときよりも、ずっと高く感じられた。

「何にせよ、アキがやったのではないのなら、堂々としていればいいさ。住人たちはきみを疑うだろう。ひどい言葉をぶつけてくるかもしれない。だけど、犯してもいない罪によって糾弾される筋合いはないんだ。だからボクに謝る必要だってない」

「クリスはわたしを信じてくれるの？」

答えるまでに、わずかな間があった。

「いまはまだ、何とも言えない。信じたい気持ちはある、何せボクがきみたちを館に入れたんだからね。けれど、残念ながら根拠がない」

「そうだよね」

「もちろん、それはほかの住人たちにも言えることだ。いまのところ、ボクも含めて容疑の圏外にいる者はひとりもいない」

「侵入者の仕業じゃないかと言ったのは、本気じゃなかった？」

「それも可能性の一つだよ。どのみち潰しておく必要があった」

「侵入者が見つかったらいいなと思ってる？」

「どうだろう……ともに暮らしてきた住人を疑うよりはいいけど、非暴力のこの世界には本人の意に反して他人を拘束する手段がないからね。侵入者に狙われないよう、施錠を怠らないなど自衛を徹底するしかない。それは住人の中に犯人がいる場合でも同じだけど」

　確かに現状では、たとえ犯人が判明したところでどう対処していいかわからない。暗澹《あんたん》たる思いで歩いていると、突然クリスがその場にうずくまった。

「クッ――」

「どうしたの、クリス」

　背中に手を当てる。クリスはおよそ十秒間うめいたあとで、顔を上げた。

「大丈夫、もう落ち着いた」

「どこか悪いの？」

「大したことはないんだ。ただ昨日からのストレスで、心臓に負担がかかってるんだと思う」

クリスが立ち上がり、何ごともなかったかのように歩き出したので、わたしは心配しながらもあとについていくしかなかった。

館から百メートルほど歩くと道の突き当たり、灯台のふもとにたどり着いた。

全体が真っ白で、高さは二十メートルくらいだろうか。下部は正六角柱、上部にまわりを一周する展望台があり、てっぺんはドーム型になっていた。

「この灯台も、クリスが建てたの？」

わたしの問いに、クリスは微笑した。

「ふるさとに、同じような灯台が立っていたんだ。その光景を忘れたくなくて、作った。感傷的だと笑うかい」

「ううん。でも、そんなにふるさとが恋しいのなら、ログアウトして帰ろうとは思わないの」

「帰りたくても帰りづらい事情があるんだよ」

クリスは弱々しく漏らす。家庭の事情が複雑だったりするのだろうか。

灯台の下部には、道に面した側に鋼鉄製の外開きの扉があった。鍵などは取りつけていないらしい。灰がＬ字型のレバーに手をかけて扉を開き、わたしたちは灯台の中に足を踏み入れた。

明かり取りの窓は真ん中くらいの高さに二つしかなく、内部はとても暗かった。目を凝らすと、六面の白いモルタルの壁に沿って縞鋼板《しまこうはん》の螺旋《らせん》階段が延びているのがわかる。中央は吹き抜けになっており、見上げると展望台のあたりだけが明るかった。床も壁と同じ素材でできている。

「侵入者が身を潜めているとしたら、もっとも好都合なのはこの灯台だ。みんな、気をつけて行動してくれ」

クリスが言い、四人で固まって捜索をすることになった。

螺旋階段に侵入者がいることを警戒し、わたしたちは吹き抜けを飛んで移動した。暗がりの中で周囲を見回しつつ、慎重に高度を上げていくが、人影はない。

すぐに最上部まで到達した。階段の終わりに手すりで囲まれた、これも縞鋼板の一畳くらいのスペースがある。下部の扉がある面の向かいの壁に接しており、そこには下部にあったのと同じ外開きの扉が設けられていた。扉のある壁以外の五面は展望台の高さでガラス張りになっており、外が見える。天井には梁《はり》のような白くて四角い棒が一本、扉と平行に渡されていた。

こちらの扉にも鍵はなく、わたしはL字型のレバーを回して外に出た。展望台は幅二メートルほどで、正面には大海原が見えた。

「わあ、いいながめ」

わたしはこの緊迫した状況にそぐわない感嘆の声を上げた。もっとも、五十メートルほど先の海上には巨大な鼈甲の壁がそびえ立ち、世界が分断された事実を忘れさせてくれない。

「本当に、いつかは復旧するんだろうか」

クリスが鉄製の手すりにもたれながら、不安そうに言った。

「もしも復旧しなかったら、わたしを紅招館の住人として正式に受け入れてくれる？」

「きみは、あの館にいちゃいけない」

「どうして。ＢＷは、わたしにとって理想の世界なの。ずっとここにいたいの」

「そう言い切れるきみが、ボクはうらやましいよ」

その一言で、わたしは傷ついた。

「わたしのこと、何も知らないくせに……勝手なこと言わないでよ」

クリスは口をつぐみ、水平線をじっとながめていた。

「この灯台には、侵入者はおらんようだな。ぐずぐずしている暇はない。戻るぞ」

灰に急《せ》かされ、わたしたちは手すりを飛び越えて翅をばたつかせ、地上へと降りた。

灯台の立つ崖の外側もひととおり飛んで見て回ったが、やはり何も見つからなかった。何者かが崖の下に潜んでいるということもない。

成果のないまま、紅招館に戻る。ラウンジでＢ班、Ｃ班の面々と合流すると、報告は一瞬で済んだ。

「灯台の周辺には、誰もいなかった」

「同じく、館の外にも森の中にも侵入者はいねえようだな。たかだか三百メートル四方だから、かなり念入りに探せたが、犬ころ一匹見当たらなかったよ」

「館の中もくまなく見たけど、侵入者の影も形もなかったね」

ならば、結論は一つしかない。クリスが告げた。

「きわめて残念だが——ステラを殺した犯人は、ボクたち十一人の中にいるとしか考えられない」

2

そのままラウンジで緊急ミーティングを開く流れになった。ステラがいなくなったあとの空席がいやに目立つ。死体発見から、三時間ほどが経過していた。

「本当に、クラッキングの影響で暴力が行使できるようになった可能性はないんだろうか」

歯車の発言に反応したのは、彼の隣に腰を下ろしたマヒトだった。

「気になるなら、実験してみりゃいいだろ」

マヒトは腰に下げていたナイフを握る。そしてそれを、歯車の顔面に容赦なく突きつけた。

「ヒッ！」

うさぎが声を漏らす。歯車がとっさに両手で顔をかばう。だが直後、マヒトのナイフははじかれた。

「だから言ったろ。ＢＷの非暴力プログラムはあらゆる事態に対処するため非常に複雑だ。それを書き換えるのは、地形プログラムをいじってあんな壁を作るより何百倍も難しい。運営ならまだしも、ちょっとクラッキングに成功した程度の人間が殺人を犯せるように改変するなんてありえねえっての」

「マヒト！　あなたはどうしてそんな乱暴なやり方しかできないの」

わたしが怒ると、マヒトはうるさそうに顔をしかめる。

「いいじゃねえか。見てのとおり、何も起きなかったんだから」

「何も起きなくても、やられたほうは不快になるに決まってるでしょ！」

「まあまあ。僕は気にしてないよ」

歯車の心の広さに救われた。続いてクリスが口を開く。

「やり方はともかく、実験は避けて通れなかったね。これで、非暴力条項はいまも変わらず生きていることが確かめられた」

「他者を傷つけられないからといって、自傷もできないままだとは限らないんじゃないかしら」

と百合が言ったことで、みんなの視線がいっせいにマヒトへ集まった。マヒトは言う。

「同じだよ、同じ。オレは実験しねえぞ、バカバカしい」

「怖いの？　お兄ちゃん」

最年少のブーメランにからかわれ、マヒトは顔を真っ赤にする。

「違うっての！　やるだけ無駄だからやらねえんだ」

クリスがマヒトに向かって手を伸ばした。

「貸して。ナイフ」

そしてマヒトからナイフを受け取ると、クリスは自分のお腹にナイフを刺そうとした。

ナイフがはじき返される。

「これではっきりした。自傷も無理だ」

「ったく、やるまでもなくわかるだろうが」

マヒトはつぶやくが、ばつが悪そうである。いい気味だ、と思った。

「さっきも言ったがな。どうやったかなんてのは、犯人とっ捕まえてから聞き出しゃいいんだよ」

狩人がこぶしを手のひらに打ちつけて意気込む。歯車が理解を示した。

「ハウダニットより、フーダニットについて話し合うべきだってことだね。でも、どうやって犯人を特定する？」

「アリバイっていうのか、そういうのを調べれば絞れるだろ。この中で、ステラの生きてる姿を最後に見たのは誰だ」

一瞬ののち、わたしは手を挙げた。

「もしかしたら、わたしかもしれない」

「それは、自白ととらえていいか」

狩人の発言は冗談に聞こえない。わたしは昨晩の出来事を語った。

「ミーティングのあと、わたしは二階でマヒトと話してから、一度ラウンジに下りたの。そこで歯車やミニー、百合と少しだけ言葉を交わした」

名前を挙げられた三人がうなずく。

「それからまた二階に上がったんだけど、廊下でアンテナを落としてしまったの。そのアンテナが当たったのが、ステラの部屋のドアだった。不機嫌な顔で出てきたステラに、わたしはとっさに、ＩＤを登録させてもらいにきた、と嘘を」

そのときの写真をみんなに見せた。撮影時刻が記録されている。昨日の午後八時半だった。一般のプレーヤーに撮影時刻の書き換えは不可能なので、確たる証拠になるはずだ。

「念のため、そのＩＤが正しいか確認させてくれないか」

クリスに言われ、わたしはクリスとフレンドになったうえで画像を転送する。照合の結果、クリスが登録しているステラのＩＤと一致した。

「どうやら午後八時半までステラが生きていたことは間違いないようだな。それ以降、ステラに会ったやつがいたら名乗り出ろ」

狩人が命じるも、今度は誰も反応しなかった。

「つまり、ステラが殺されたのは昨日の午後八時半から今日の午前七時までのあいだ。その間のアリバイが証明できないやつが犯人だ」

狩人は勢い込んだものの、場には白けたムードが漂った。マヒトが口を開く。

「あのな、おっさん。そんな夜中に、しかも長時間、アリバイが成立するやつなんているわけねえだろ」

「マヒトの言うとおりだ。僕ら三人は、午前零時ごろまではラウンジにいた。けど、そのあとは部屋に帰って寝たよ。それ以外には、ラウンジにやってくる者さえいなかった。姿を見せたのはアキだけだ」

歯車も同調し、ミニーがとどめを刺した。

「ていうか、そんな時間にアリバイが成立するバタフライがいたら、かえって怪しい」

「くそ、わかったよ。アリバイから犯人を絞るのはあきらめる」

狩人は引き下がった。クリスが難しい顔で言う。

「残念だけど、ほかに犯人の特定につながる手がかりも、いまのところ見当たらない。先に犯人を突き止めて方法を聞き出すというのは、一筋縄ではいかないだろうね」

「あの、ちょっといい?」

わたしは口をはさんだ。もっともシンプルな解決策を、みんな忘れているのではないかと思ったからだ。

「何だい、アキ」

「犯人を知りたいのなら、現実のステラに直接訊けばいいんじゃないのかな」

ああそうか、とマヒトがつぶやくのが聞こえた。わたしは続ける。

「だって、バタフライのステラが殺されたからって、現実でステラを操作しているプレーヤーまで死んでしまうわけじゃないでしょう。彼女——もしくは彼——はアバターを殺されて嘆いてるかもしれないけど、インターネットにアクセスすれば、BWにいるわたしたちとコンタクトを取ることはできる。だったら、彼女に訊けばただちに犯人が判明するはず」

ずっとBWにいる紅にはその発想がなかったのかもしれないが、現実と行き来しているわたしからすると当然の理屈である。なのに、どういうわけか住人たちの顔色はさえなかった。

「その点についてなんだけど」

歯車からは、慎重に言葉を選んでいる気配がうかがえた。

「館の中を捜索しているときに、ステラの遺体も少し調べてみたんだ。ステラの体は、殺される前と同じように質量があるものの、ぴくりとも動かない。端的に、彼女はフリーズ状態にあると思われる」

フリーズについては、昨日も歯車から話を聞いた。

「フリーズには大別して三つの原因がある。第一に、外部からの干渉。第二に、デバイスの故障や停止。そして、第三の原因は——」

昨日は教えてくれなかったその先に、歯車が言及した。

「プレーヤーの、操作不能なレベルの急病、ないし死亡だ」

鳥肌が立った。

「この場合も運営が当該プレーヤーにエラー通知を発し、並行して状況把握に努めることは変わらない。そしてもし運営がプレーヤーの急病を確認したら、回復を期待してアバターはフリーズのまま放置される」

　続きを聞くのが恐ろしいような心持ちで、わたしは問う。

「プレーヤーが死んでしまっていたときはどうなるの」

「この世界に集合墓地があることは、知っているね」

　わたしはうなずく。紅招館を目指して飛んでいる最中にも、集合墓地を見かけた。

「かつて運営は、死亡したプレーヤーのアカウントを速やかに削除していた。それに対し、何らかの形で死者の記録をＢＷに残してほしいという嘆願が相次いだことから、集合墓地が作られたんだ。死亡したプレーヤーのバタフライは墓地に安置され、それと同時にバタフライの死亡と墓地の場所がフレンドに通知されるから、以後ほかのバタフライは墓参りができるようになる。そして年に一度以上の墓参りを受けたアカウントについては、死後も削除されず、ほかのバタフライのフレンドリストからも登録解除されない」

　わたしもフレンドのバタフライが亡くなり、お墓参りをした経験がある。

「多くの場合、プレーヤーはログアウト中に亡くなり、運営がプレーヤーの死亡を把握するまでバタフライはシャドウとなってＢＷに残される。シャドウは質量のない存在だから、運営が随意に移動させたり消したりすることができるんだ。ところが――」

　フリーズ状態でプレーヤーが死んでしまった場合には、問題が生じるのだという。

「一般的にはめったにないことだが、ログイン中にプレーヤーが死亡した場合や、急病によりフリーズしたのち再ログインすることなく死に至った場合、ＢＷには質量のあるフリーズ状態のバタフライが残される。これを、運営が瞬間移動ないし消滅させることはできない。物理法則に反するからだ」

　ＢＷの世界観は、バタフライたちに翅が生えていることや非暴力に関することなどを除き、可能な限り現実に即している。そうすることで、プレーヤーの没入感を強めているのだ。

「だからフリーズになったバタフライのプレーヤーが死亡した際には、運営が死亡を把握すると即座に、ロボットが遺体を回収しに来ることになっている」

　この世界で労働を一手に担う、虫型のロボットのことだ。

「ああ、あの蜘蛛《くも》みたいなロボットね」

　ミニーが言ったので、わたしは驚いた。

「見たことがあるの？」

「この館に来たからね。住人の一人が急死したの」

「急死って……いきなりフリーズになったってこと？」

「そう。最初は何かトラブルでもあったのかなと思ってたんだけど、何時間か経っても再ログインしなくてね。心配した医者の灰が診察していたところに、突如ロボットがやってきて、遺体を回収しようとしたの。灰ってば、抵抗してたよね」

「仕方ないだろう、目的がわからなかったのだから。遺体回収ロボットを目撃したのは、わしもあのときが初めてだったのだ」

「とにかくさ、あのフリーズからロボットが来るまでのタイムラグが、運営がプレーヤーの死亡を把握するのにかかった時間だったんだろうね」

　ミニーはあっけらかんとしているが、ほかの住人たちの表情には影が下りた。悲しい思い出なのだろう。

　振り払うように、歯車が手をぱちんと打ち鳴らす。

「大事なのはここからだ。この館には、遺体を回収するための蜘蛛型のロボットが到着していない」

「それは、現実のステラが生きているからでしょう」

　何を当たり前のことを、と思う。いくら普段はBWを現実だと思い込んでいたとしても、実際にはBWは単なるVR空間に過ぎないのだから、アバターが殺されたからといって、現実のプレーヤーにまで影響が及ぶはずがない。

　にもかかわらず、歯車はわたしの考えに賛同しなかった。

「通常ならそういう結論になる。だけどいま、この館は壁に鎖されているんだ。この世界の各地に運営の拠点があって、ロボットはそこからやってくるんだけど、平時であれば鍵のかかった部屋のような完全な密室であろうと、ロボットはお構いなしに入り口をこじ開けて遺体のそばまで到達する。暴力行為が無力化されるのと同様に、ロボットの業務は何よりも優先されるんだ。でもこの状況では、あの壁を越えてロボットが館にたどり着けるとは思えない」

「何が言いたいの」

「館までは、たどり着けない。だからと言って、運営のロボットが業務をサボるとも考えにくい。現実のステラが死んだとしたら、ロボットはすぐ近くまで——あの壁の向こうまでは、来ているはずなんだ」

「つまり蜘蛛型のロボットが壁のすぐ外側にいたら、現実のステラに犯人を聞き出すのは叶わないってこと？」

バカバカしい、とわたしは言いかけた。ところがそこで、狩人が力なくつぶやいた。

「見たよ。捜索中、あの半透明の壁の向こうに、蜘蛛型のロボットを」

絶句する。歯車は驚かなかった。

「ブーメランから聞いたんだ。ブーメランはあのロボットの意味をよく理解していなかったみたいだけど、僕はその証言で現実のステラが死んでしまったことを悟った」

名前を出され、ブーメランはそわそわしている。

「何でこんなところにロボットがいるんだろうと思っていた。壁を物理的に破壊するつもりなのか、とかな。ステラを回収しに来てたんだな……それは、考えつかなかった」

狩人は不明を恥じている。歯車が付け足した。

「ＢＷ憲法に、次のような一文がある。〈バタフライの死とは、すなわちプレーヤーの死〉」

バタフライは、何をもって死んだとみなされるのか——わたしの抱いた疑問に、運営はすでに答えを定義していた。現実でプレーヤーが死ねば、その瞬間にアバターたるバタフライの死亡も確定するというわけだ。

「ちょっと待ってよ。バタフライが殺されただけで、現実のプレーヤーまで死ぬわけないじゃない！」

わたしは信じがたい思いで叫ぶ。だが、灰は異なる見解を示した。

「ありうるだろうな。《ブアメードの血》という実験について聞いたことがあるか」

それは一八八三年、オランダでおこなわれた人体実験なのだという。

ブアメードという名の国事犯をベッドに拘束し、医師団で取り囲んで「人体はどの程度の血液を失ったら死に至るか」という話し合いをした。「三分の一」という結論に達したところで、医師の一人がブアメードの足の指にメスを入れた。血液が、ぽたりぽたりと容器に滴る音が部屋に響き始めた。

しばらくして、医師が「溜まった血液は間もなく人体に流れる量の三分の一になります」と告げたとき、ブアメードは息を引き取った。ところが実際は、ブアメードの足の指からは血液など流れていなかった。容器に垂らしていたのはただの水で、医師たちはその音をブアメードに聞かせていただけだった——。

「聞いたことがあるぞ。それ、単なる都市伝説だろう」

水を差したマヒトを、灰がぎろりとにらんだ。

「作り話だという証拠はあるのかね。もっと身近な例を挙げるなら、偽薬によるプラシーボ効果や、偽薬にもかかわらず副作用が出るノーシーボ効果は科学的に立証されておる」

医師から薬に関する事実を持ち出されると、マヒトも黙るしかない。

「要するに、人はただの思い込みで体に変調をきたし、あまつさえ死ぬこともある。ＢＷの中だけで日常を過ごしていたステラは、ナイフで刺されるという本来ありえないはずの体験をしたショックのあまり、現実でも生命活動を止めてしまったのだ」

灰の主張が正しいかどうか、わたしには判断できない。ただ事実としては、ステラはナイフで刺されてフリーズ状態に陥り、遺体回収用のロボットが館の近くまでやってきた。

「狩人やブーメランを疑うわけじゃないが、自分の目で確かめないと気が済まないバタフライもいると思う。これからみんなで、本当にロボットが来たのかどうか見に行ってみないか」

クリスの提案で、わたしたちは全員で向かうことにした。

「ロボットがいたのは、この道の先だ」

狩人の案内で、道をたどって森に近づく。その先でうごめく物体は、遠くからでも視界に入った。

棺桶を背負った蜘蛛型のロボットが、半透明の鼈甲に似た壁に繰り返し衝突していた。窓の向こう側にいる飼い主のもとに駆け寄ろうとする、あきらめの悪い犬のようだった。

「ステラは死んだ」

クリスが厳《おごそ》かに宣告した。

ステラは死んだ。アバターが死んだだけではない。憲法に定められているとおり、プレーヤーの死をもって、バタフライの死が確定された。

「やかましいやつだったが、殺されるほどの悪人じゃなかった」

狩人がつぶやく。百合はどこの国の儀式かもわからないが、両手を組んで呪文のようなものを唱えている。ほかの住人たちもいちように、ステラの死に衝撃を受けていた。

そんな彼らをあざ笑うかのように口を開いたのは、マヒトだった。

「おまえら、本気で信じてるのか？　ＢＷで殺されたステラが、そのショックで現実でも死んじまった、なんて」

「どういう意味だ」クリスがマヒトに迫る。「ボクら紅にとっては、ＢＷこそが世界のすべてなんだ。殺されれば、死んでしまうことは考えられる」

「聞いて呆れるぜ。もっと現実的な仮説から、目を背けているだけだろうが」

マヒトの言葉に、わたしは虚を衝かれた。

「現実的な仮説って？」

マヒトはにやりと口元をゆがめる。その底意地の悪さに、わたしは背筋が薄ら寒くなった。

「犯人は、本当に殺したんじゃねえの——現実のステラを」

3

マヒトは単に、住人たちを怖がらせたいだけのように見える。でなければ、ＢＷでの殺人が現実には影響を及ぼさないことによほどの自信を持っているかだ。

「……まずありえないと思うが、犯人が現実でプレーヤーを殺したと仮定して、だ。それとＢＷで起きた殺人事件とはまったくの別物だ。ＢＷでの殺人がプレーヤーに死をもたらす可能性はあっても、現実での殺人事件がＢＷでも殺人として反映されることはない」

クリスの言うとおりだ。現実でプレーヤーの腹部にナイフを突き立てたからといって、ＢＷのアバターにもナイフが刺さるなんて考えられない。

「それだったら、自身のアバターたるバタフライが殺された結果、ＢＷのプレーが続行不能になったことを悲観して、現実のステラが自殺したというほうがまだ信じられる。ＢＷは、アカウントを作り直すことを認めてないし」

わたしは言う。ＢＷを愛するわたしには、その気持ちが理解できるような気がしたのだ。ところが、狩人がかぶりを振った。

「ＢＷではともかく、現実のステラは自殺なんかしねえよ」

「どうしてそう言い切れるの」

「どうしても、だ。おまえにゃわからんだろうが、おれたち紅には断言できる」

有無を言わせぬ口調だった。理由を説明するつもりはないらしい。しかし、そうなるとやはりブアメードのように、死んだという思い込みが現実でも死を引き起こしたのだろうか。

クリスが蜘蛛型のロボットに背を向ける形で、わたしたちの正面に立つ。

「現実での死因についてはいったん忘れよう。ＢＷのステラを殺したのは、この十一人の中にいる。それだけは確かなんだ。ならばボクはこの館の主として、犯人を突き止めたい」

「やっぱり、怪しいのはアキとマヒトよねえ。二人がやってきたとたん、事件が起きたのだから」

百合は相変わらずのんびりと言う。初めは味方だと思っていたのに、彼女の胸中が読めない。

クリスがあとを引き取った。

「残念だが百合の言うように、現状もっとも疑わしいのはアキとマヒトの二人だ。犯人ではないというのなら、その証拠を示してほしい」

「そんなもん、悪魔の証明じゃねえか――」

食ってかかろうとしたマヒトを、わたしは制した。

「わかった。疑いは、自分で晴らす」

「おいおい、正気かよ。どうするつもりだ、アキ」

「決まってるでしょう。わたしたちの力で、真犯人を明らかにするの」

住人たちの鼻白む空気が漂う。けれども、わたしは引かなかった。

「少なくとも、わたしはステラを殺してなんかいない。だけど、犯人に犯行を認めさせない限り、誰もわたしの無実を信じてはくれないでしょう」

結局のところ、真犯人を除いて、ここにいる者たちの願いは一つなのだ。

「みんなも事件の真相を知りたいよね。わたしたちが暴いてみせるから、少し時間が欲しい」

場当たり的な決意ではなかった。ステラの死に直面したときから、こうなることは予測できていたのだ。言うまでもないが殺人事件の捜査などしたことがないし、まして現実と違ってＢＷでは科学捜査もできない。それでも、容疑者最右翼のわたしとマヒトが犯人を突き止める以外に選択肢はなかった。

「とか言って、これも犯人様のパフォーマンスなんじゃねえだろうな」

狩人は懐疑的だが、ほかに表立って反対するバタフライはいなかった。

「こうなった以上は、二人がボクらの納得のいく真相を提示してくれることを期待している。困ったことがあれば言ってくれ。できる限り協力するから」

クリスが言ったのをしおに、住人たちは館へと引き上げていった。

「……ったく、安請け合いにもほどがあるぜ」

マヒトの非難がましい眼差しから逃れるように、わたしはそっぽを向く。

「しょうがないでしょう。ああでも言わないと、濡れ衣着せられて追い出されるのが関の山だったよ」

「非暴力を破る手口すら解明できていない。アリバイに関する有益な情報は絶無。ここからどうやって犯人を特定するつもりだ。魔法の鏡にでも訊くか？」

鏡よ鏡、ステラを殺したのはだあれ――とマヒトはおどける。ディズニー映画にもなっているから驚きはしないが、彼の祖国でも白雪姫はメジャーなおとぎ話らしい。

「やる前からあきらめてどうするの。大丈夫だよ、わたし、クイズはわりかし得意だし」

パラダイスレーシングのときだって、水平思考問題を参加者中最速で解いた。

「解けるように作られている謎と、解けるかどうかわからない謎を一緒にするな」

「ごちゃごちゃうるさいな。とにかく、まずは現場を調べてみよう。現場百遍だよ」

わたしたちは森を離れて館に戻り、ステラの部屋へ向かった。

ステラの遺体は、発見された状態のまま放置されていた。

現実の死体なら直視さえおぼつかなかったかもしれない。これはあくまでVR空間の映像に過ぎない、そう自分に言い聞かせれば、さほどグロテスクには感じなかった。遺体のそばにはクリスが引き抜いたナイフが捨て置かれている。

「ステラ、苦しんだみたいだね」

わたしはステラの顔を見て言った。白目をむき、唇の端からはよだれの跡が、左頬に向かって線を引いている。フリーズ状態でも、よだれは口の外に流れ出るようだ。

「まあ、刺されたら痛いだろうからな」

マヒトは少し離れたところで目を背けている。実は怖がりなのかもしれない。

腹部を観察する。ステラの着ていた水色のワンピースには切れ目が入っており、そこから傷口がのぞいていた。皮膚がぱっくり裂け、ナイフが刺さっていたことが見て取れる。赤い液体を垂らして傷に見せかけたなどの細工ではない。

わたしは床をはいつくばって、絨毯を見て回る。遺体のまわりに広がった血や凶器のナイフの下を除けば、血痕どころか染み一つなかった。

「殺害現場はここでほぼ決まりだね」

「そうとも言い切れないんじゃないか。ビニールシートに遺体を包んで運べば、殺害現場を偽装することはできる」

「でも、Ｃ班の三人が館の中を捜索したんだよ。遺体を包めるほど大きなビニールシートや不審な血痕があれば、報告してくれているはず。壁に鎖されたこの世界では、証拠を処分するのも容易じゃないし」

「まあな……ＢＷでは相手を襲って昏倒させることも、薬を飲ませて眠らせることもできないから、そもそもステラをビニールシートの上に寝かせて刺す、というのが現実的じゃない。自分で反論しといて何だが、ここが殺害現場である可能性はきわめて高いだろうな」

とはいえ昏倒させられないことの根拠たる非暴力からして、ステラが刺されたという事実の前では崩壊してしまう。何が正しくて、何が正しくないのかがわからない。

「ゆうべ最後に会ったとき、ステラは部屋の鍵をかけていたのか」

マヒトの質問に、わたしは記憶を手繰り寄せた。

「鍵が開けられる音を聞いたよ。部屋に戻るときにも鍵をかけてた」

「なら、ステラは自分で鍵を開け、犯人を部屋に迎え入れたわけだ。鍵は一本しかなく、誰にも知られずにマスターキーを持ち出すのは不可能だからな」

紅招館の住人ならば誰であれ——P３は微妙なラインだが——来訪があればステラは無警戒に相手を部屋に入れただろう。その一方で、

「ステラは明らかに、わたしやマヒトを疎んじていた。わたしたちが部屋を訪ねたところで、ステラが部屋に招き入れたとは思えない。わたしたちは、犯人じゃない。そう訴えるのはどうかな」

「ま、無駄だろうな」

マヒトに切って捨てられ、わたしはしょげた。「だよね」

「何せ、アキがステラに鍵を開けさせる前例を作っちまってるからな。甘言を弄《ろう》して押し入ったとでも疑われるのがオチだろう」

自分たちの無実の証明に、近道はなさそうだ。

「この犯行声明文についてはどう思う？」

わたしはステラのそばに落ちている葉っぱを拾い上げて言った。

「死は救い、か……犯人はステラを救ってやったとでも言いたいのかもしれないけど、陳腐と言えば陳腐なフレーズだよな。言葉そのものに大した意味はなさそうに思える」

「問題は、なぜ犯人はわざわざこんなものを残していったのか、ということだよね」

犯行声明文は、森へ行けばいくらでも手に入る葉っぱと、ステラの血を用いて書かれている。出どころを探られないため、という灰の推測はうなずける。だが、物証から犯人特定につながることを恐れるのなら、そもそもこんな犯行声明文など残さなければいいのだ。

「それでも手間をかけてまで犯行声明文を残してるってことは、犯人は何か目的があってそうしたはず」

「自己顕示欲みたいなものも感じられないしな……けど、何のためにこんなもん作ったのか、見当もつかないぜ」

念のため、わたしは自動翻訳機能を切って葉っぱを見てみた。英語で〈Death is relief〉とあった。このくらいならわたしにでも書ける。そうでなくても特定の言語を理解できないことの証明は不可能に近く、犯人を絞る役には立ちそうもない。

「うーん……いまは、この件について答えを出すのは難しいね。犯行声明文があったという事実だけ、忘れないでおこう」

その後、わたしたちはステラの部屋を、寝室も含めてつぶさに調べたものの、事件と関連がありそうなものは見つからなかった。すでにC班が捜索したあとだから当然とも言える。

ほとんど何の収穫もないまま、ステラの部屋を出る。ドアを閉めたところで、わたしはその場に屈み込んだ。

「どうした、アキ」

「見て、これ」

廊下の赤い絨毯に、人差し指と親指で作った輪っかくらいの大きさの、黒い染みがあった。血ではない。水、もしくは何らかの透明な液体をこぼした跡らしかった。

「ゆうべ、ちょうどこのあたりにアンテナを落としたんだよ。こんなところに、染みなんてなかった」

「ふうん。事件に関係あるのか、それ？」

「わかんない……でも、昨晩以降にできたのは確かだよ」

「死体を見て泣いてるガキもいたしなあ」

「涙の跡なら、もう少し散らばると思うけど……」

二人で腰を落として絨毯を凝視していたときだった。

「そこで何をしている」

頭上から声が降ってきて、わたしは顔を上げた。

灰が立っていた。その後ろには、クリスの姿もある。

「ステラの部屋を調べてました。何か、手がかりがあるかもしれないから。それより、二人こそどうしてここに？」

灰は、ステラの部屋のドアへと顔を向けた。

「ステラの遺体をこのまま放置しておくのは気の毒だ、とクリスに話した。弔《とむら》ってやりたいが、かと言って埋葬するのは大変だし、館の近くに埋めれば住人たちは今後もこの悲劇を忘れることができないであろう」

そうかもしれない。ステラとの思い出はまた別として、殺人の記憶など、できればあまり思い返したいものではない。

「そこでクリスと話し合い、ステラの遺体を水葬することにした」

水葬——日本人のわたしになじみのある言葉ではない。わたしは確認する。

「ステラの遺体を、海に棄てちゃうってこと？」

「表現が悪い」

灰ににらまれ、わたしは首をすくめた。

「水葬は現実に世界の一部でいまもおこなわれている葬儀の方法だ。それともおぬしは、水葬をおこなう文化圏の人々を侮辱する気か」

「そんなつもりは……」

「ほかの住人たちにも考えを聞いたんだ」クリスが補足する。「明確な反対意見は出なかった。たとえ水葬したとしても、ステラの墓はきちんと集合墓地に作られるはずだ。ならば、なるべく早く弔ってやったほうがいい」

「でも、現実と違って遺体が腐敗する心配はないのだから、このまま置いておいても……」

「いつ分断から復旧するかもわからんのにか？　おぬしには、慈悲がないのだろう。ステラと暮らしておらんのだからな」

灰にそう言われると、強くは反論できなかった。ＢＷは人種のるつぼだ。さまざまな価値観を持った人々が集まっている。日本に生まれ育った自分に忌避感があるからといって、それを他人に押しつけることはできない。

「わかった。ステラを水葬することには同意します。でも、その前に現場の写真を撮らせてください。今後の捜査のために」

これは灰もクリスも許可してくれた。役に立つかどうかわからなかったけれど、わたしはアンテナのカメラ機能を用いて、ステラの遺体や部屋の内部、廊下の染みなどを細かく撮影した。

「おーい、できたぞ。こんなもんでいいだろう」

と、そこに狩人が階段を上ってくるのが見えた。大きな細長い木箱の端を背負い、箱の下側は歯車が支えている。

「何、それ」

わたしが問うと、狩人はぶっきらぼうではあるが答えてくれた。

「棺桶だよ。森の木を一本切って、急いで作った。即席だから、褒められた出来ではないがな」

この短時間で木を伐採し、そこから板を切り出して棺桶を作ってしまうとは、狩人というより木こりだな、と思う。

狩人は歯車と協力して棺桶をステラの部屋へ運び込むと、棺桶の蓋――板を載せてあるだけだ――を開けた。それから狩人がステラの頭を、灰が足を持ち、棺桶の中に寝かせる。狩人はその場で棺桶に蓋をすると、ハンマーで釘を打って蓋を固定してしまった。蓋には穴が空けてあり、そこからステラの顔がのぞいている。灰が、ステラのまぶたを閉じた。

再び狩人が棺桶の前を、歯車が後ろを持ち、階段を下りていく。わたしたちもあとに続いた。階下には、すでに住人たちが集まっている。

「水葬は、崖の突端からおこなうこととする」

灰が言い、棺桶の後ろをみんなでついていった。館を出て、灯台へと延びる道をたどる。時刻は午後三時、このような悲劇のさなかにあっても、ＢＷは呆れ返るほどの青天だ。これからステラが沈むはずの海も、美しいと感じられるくらいに透き通って見えた。

「うさぎ、ブーメランは？」

クリスがうさぎに話しかけた。言われてみると、ブーメランの姿だけがない。

「みんなで蜘蛛型のロボットを見に行ったあとで、具合が悪くなっちゃったんだって。それからずっと部屋で休んでるから、そっとしておいてあげてる」

うさぎは悲しそうな顔をする。

「そうか。無理もないな。あの歳の子供にとって、仲間が殺されたなんてつらすぎる」

「早く元気になるといいんだけど……」

「あんまり心配しすぎないようにね。うさぎまで、調子を悪くしてしまうよ」

クリスに背中をさすられながら、うさぎは自分の爪先を見て歩いていた。

崖の突端に到着する。灯台の先に五メートルほど草地が続いており、そこに狩人と歯車が棺桶を下ろした。ほかの住人たちも棺桶のまわりに立つ。

灰が率先して儀式を仕切り出した。

「一人ずつ、別れの言葉をかけてやってくれるか」

一番手を務めたのはクリスだった。

「ステラ。きみがボクの誘いに応じて来てくれたおかげで、館はいつもにぎやかだった。感謝するよ。どうか、安らかに」

うさぎは涙ながらに「遊んでくれてありがとう」と子供らしいことを言い、百合も苦手だと語っていたのが嘘のように「もっと話したかった」とささやいた。狩人が、歯車が、ミニーが別れを告げ、Ｐ３すらも「天国デユックリ休ンデクダサイ」と優しい言葉をかけた。

わたしもうながされたものの、合掌するだけにしておいた。そのほうが自然だろう。マヒトは何かつぶやいたようだったが、聞き取れなかった。

「わしもじきにそっちへ行く。また会おう」

最後に灰がそう告げて、呪文のようなものを唱えた。狩人と歯車が棺桶を持ち上げ、そのまま羽ばたいて崖を飛び出し、数十メートル下の海面まで下ろす。二人が手を離すと、棺桶はゆっくりと沈んで、やがて見えなくなった。

狩人たちが戻るのを待つあいだ、誰もが無言で立ち尽くしていた。悲しみや犯人に対する憎しみ、分断に端を発する理不尽さへの憤りなどを嚙みしめていたのかもしれない。

「帰ろうか」

クリスがみんなをうながす。その声はひどく弱々しかった。

「こんなことはもううんざりだ」

狩人が、歩き出しながらぽつりとつぶやく。

「みんな、生きよう。生きて、あの壁の外に出られる日を迎えるんだ」

「そうだな」と灰。「気を確かに持つべきだ」

ここにいないブーメランを含む十一人の中に殺人犯が紛れているのだから、死を恐れるのは自然な心理だ。だが、それにしても彼らが死を具体的な脅威ととらえている様子なのが気にかかった。わたしは犯人が、このうえ犯行を重ねるとは思っていない。殺人なんて、そうそう起こるものではないからだ。けれど彼らは、まるでステラの死が端緒に過ぎないとでも考えているかのようだ。

「少なくとも、犯人がどうやって非暴力を破ったのかは早急に突き止める必要がある。でないと、いついかなるときも警戒を解くことはできず、ますます心身が弱ってしまう」

語り出したのは、歯車だった。

「そう思ったから、BWでバタフライに危害を加えられる方法が存在するのか、詳しく調べてみたんだ。今回の事件を待つまでもなく、気になっているプレーヤーは多いようで、世界じゅう至るところで実験が繰り返されていた。敵将を褒め称えるのは癪《しゃく》だけど……中でもボニーとクライドの動画は、参考になったよ」

ボニーとクライドは、バタフライを傷つける方法を模索する動画をも投稿していたのだという。

「判明したのか。犯人の手口が」

クリスが問う。歯車は、眼鏡のフレームに触れた。

「結論から言うと、否だ。ボニーとクライドはバタフライへの加害方法に関するあらゆる噂を集め検証していたが、一つとして立証されたものはなかった。彼らの執拗《しつよう》なまでの実験をもってしても、バタフライを傷つけることはできなかったんだ」

「でもさ、それってクラッキング前の話でしょう。クラッキングでルールが変わったってことはないの」

ミニーはまだその仮説を捨てていないらしい。だが、歯車は以前と違い「それもなさそうだ」と応じた。

「クラッキング以降、ネット上にはBWに関連する本当に多くの投稿がなされている。デマなども多数出回っているようだ。にもかかわらず、バタフライへの加害が可能になったという趣旨の投稿は、ただの一件も見当たらないんだ」

「一件も？」

「ああ。念入りに検索したから間違いない。これだけたくさんのプレーヤーがいて、ステラを殺した犯人を除く誰一人、非暴力のルールの変化に気づかないなんてことがあるだろうか。可能性はゼロとは言わないが、やはりＢＷでは現在も非暴力が徹底されている、と考えるほうが現実味がある」

「だから、何遍も言ってんだろ。ＢＷの非暴力は絶対だ。クラッキングごときでプログラムが改変されるはずがない」

　マヒトが断言する。

「でも、ステラは殺されたわ」

　百合に事実を突きつけられ、歯車は「そうなんだよな」とうなだれる。

　間もなく館に到着するというところで、灰が思わぬことを言い出した。

「一人だけ、バタフライを傷つけることが可能な者がおるんじゃないか」

「誰のことだ」

　訊ねた歯車をにらむようにして、灰は告げた。

「ＺＺだ」

　ＺＺ——ＢＷをたった一人で立ち上げた、アメリカ人の青年。

「ＺＺはＢＷの創造主であり、神だ。ＢＷのプログラムは現在、運営がすべて掌握しておるが、

ＺＺは事業を売却する際、ひそかに自分だけに特殊な能力を残したとされる」

「その噂なら、聞いたことがあるよ。僕は、ＺＺを神格化した何者かが言い出した神話、言い換えればフィクションに過ぎないと考えているけれど……」

　歯車は困惑気味だ。

「噂が真なら、ＺＺはこの世界で一人だけ、バタフライを傷つける能力を有しているのかもしれん。傷を負わされるはずがないと信じ込んだ無警戒のステラを葬ることなど、実に容易かっただろう」

　どうやら灰は、ＺＺに対して宗教的とも言うべき崇敬の念を抱いているようだ。そうしたプレーヤーは決してめずらしくない。ログアウトしない紅のように、ＢＷに夢中になっている者ほどこの世界の創造主を崇《あが》め奉るのは自然な心理なのかもしれない。

「つまり灰は、アタシたちの中にＺＺが紛れ込んでると思ってるわけ？」

　ミニーの詰問にも、灰は鷹揚に答える。

「ＺＺが紅だというのは、いかにもありそうなことじゃないかね。彼は自身がそこにいたいと思える世界を創造したに違いないのだから」

「ＺＺはＢＷを作ったのち、進んで紅になったとでも言うの？　そんなの無理よ」

「われわれとは違う形で、彼もまた紅なのかもしれん。それも特殊能力の一つなのだ」

　何でもかんでも特殊能力で片づけられてしまっては手に負えない。無限の能力を仮定するのなら、反論のしようがないではないか。

「この中にＺＺがいるなんて、僕には信じられないけど」歯車が口を開く。「ＺＺが特殊な能力を持っているのなら、あの壁を越えて移動することだってわけはないのかもしれない。だとしたら、僕らのうちの誰かを疑うことも、さっきの捜索も、まるで無意味だ」

「ＺＺがステラを殺したとして、その目的は何なのさ」とミニー。

「知らぬ。ＺＺの思し召しなど、われら下々のバタフライには想像も及ばぬものであろう」

ここで、意外にもＰ３が議論に加わってきた。

「クラッキングニヨリＢＷガ分断サレタトイウ事実ハ、原型トナルプログラムヲ組ンダＺＺニトッテハ耐エガタイ汚点デショウ。ケレドモ壁ニ閉ジ込メラレタバタフライタチヲ亡キ者ニスレバ、分断ニヨル影響ヲ完全ニナクシ、当然発生スルハズノクレームヲ封殺スルコトガデキマス」

「それじゃあ……まさか、ＺＺはあたしたち全員を？」

青ざめたうさぎに、Ｐ３は感情のまったく読めない機械的な音声で応答した。

「殺シテシマオウト考エテイル可能性ガアリマス」

「冗談じゃない！」

ミニーが吐き捨てる。歯車がうなった。

「もしそのとおりなのだとしたら、僕らに勝ち目はない」

暗澹たる空気が漂いかけたところで、唐突に場違いな笑い声が響いた。

「くっくっく、あーっはっは！」

こんな状況で笑える神経の持ち主なんて一人しかいない。マヒトだ。

「おまえら、そろいもそろって想像力が豊かだな。おっと、もちろんこれは皮肉だぜ」

「マヒト、急にどうしたの」わたしは慌てる。

「ＺＺはバタフライを傷つける能力を有している？　分断されたのが悔しくて、閉じ込められたやつらを皆殺しに？　バカも休み休み言えっての」

「だけど、筋は通っている」

歯車の主張にも、マヒトは耳を貸さない。

「てんで通ってないね。おまえら、ＺＺを何だと思ってるんだよ」

「おれも、そのガキの言うことに賛成だな」

思いがけないことに、狩人がマヒトの肩を持った。

「ステラの殺人をＺＺの仕業だなんて考えるのは、どうも発想が飛躍しすぎているように思えてならねえ。このクラッキング騒動に乗じて何らかの方法で殺人がおこなわれた、と見るほうがはるかに現実的だ」

「おっさん、たまにはまともなこと言うじゃねえか」

軽口を叩いたマヒトに、狩人はすごんでみせた。

「当たり前だ。おれは、いまでもおまえら部外者が犯人だと思っているからな。ＺＺ犯人説なんかに乗っかって、疑いの矛先を鈍らせるわけにはいかねえんだよ」

鼻っ柱をへし折られ、マヒトが黙り込む。

無言で館に入っていく住人たちを見送りながら、わたしは思う。

わたしも、どちらかと言えばマヒトと同じ意見だ。しかし、灰の唱えるＺＺ犯人説を覆す根拠はない。

もし本当に、無限の能力を有するＺＺが、皆殺しを目論んでいるのだとしたら——。

わたしたちに、打つ手はない。

4

疲労を感じたわたしは部屋に戻り、いったんログアウトしてトイレや食事を済ませてから、ＢＷに入って紅招館のベッドで少し眠った。

起きたときには午後五時を過ぎ、日が傾いていた。ぼんやりした頭を引きずるようにして部屋の外に出ると、うさぎが泣きながら廊下を歩いている。

「どうしたの？」

わたしは屈み、視線を同じにして声をかける。うさぎは幼い顔をこちらに向けた。

「ブーメランが、どこにもいないの」

ステラの水葬のあともいっこうに姿を見せないブーメランを心配したうさぎが、様子を見にブーメランの部屋へ行くと、もぬけの殻だったという。

「ブーメランの部屋、鍵はかかってなかったの？」

「ブーメランは子供だから、いつも鍵なんてかけないよ。だからもし、ステラを殺した犯人に狙われでもしたら、あの子は自分の身を守れない」

わんわんと声を上げて泣くうさぎの両肩に、わたしは手を置いた。

「わたしが一緒に捜してあげるから」

「本当？」

「もちろんだよ。だから、泣かないで」

うさぎは目をこする。それから、ぺこりと頭を下げた。

「ありがとう。アキお姉ちゃん」

そのあたりで、うさぎの泣き声を聞きつけた住人たちが廊下に続々と集まってきた。クリス、百合、Ｐ３に加え、マヒトの姿もある。

「みんなも手伝って。ブーメランを捜してほしいの」

わたしが言うと、マヒトは露骨に嫌そうな顔をした。

「ガキの捜索？　面倒くせえな」

「と言いながらも、手伝ってくれるのがマヒトのいいところよね」

さっさと既成事実化してしまう。マヒトはそっぽを向いて、

「……で、どこを捜せばいいんだ」

「うさぎはどこを捜したの？」

わたしの問いに、うさぎはしっかりと答えた。

「館の中。でも、ブーメランとあたし以外の住人の部屋はまだ捜してない。あとは、お庭」

紅招館に、柵などで仕切られた明確な庭はない。館のまわりと解釈していいだろう。

「誰かが部屋の中にブーメランを幽閉しているのかしらねえ」

百合が言うので、わたしは問いただす。

「何のために？」

「ソレヲ考エルノハ、ブーメランガ見ツカッテカラデイイデショウ」

「P3の言うとおり、まずはブーメランを捜すことが先決だ。順番に各部屋を見ていこう」

クリスが提案するも、マヒトがこれに反対した。

「気乗りしねえな。誰かが幽閉してるなんて疑うよりは、子供一人ではまだ捜しきれていない場所を捜すべきじゃねえか」

わたしはあらためてうさぎに訊ねる。

「まだ捜していない場所はどこ？」

「灯台のほうへは行ってない」

「灯台か。ブーメランはよく、あそこで遊んでいたからな。気分転換に訪れて、そのまま寝てしまった、なんてことかもしれない」

クリスの発言に、百合もうなずく。

「じゃあ、みんなで灯台に行ってみましょう。それとも手分けしたほうがいいかしら」

「灯台とその周辺をここにいる全員で捜して、可能性を一つ潰してしまったほうが手っ取り早いだろ」

マヒトの意見を尊重し、わたしたちは連れ立って灯台へ向かうことにした。

小走りで道を急ぐ。灯台に着いたとき、百合が耳の後ろに手を当てて言った。

「何か聞こえない？」

耳を澄ますと、かすかだが確かに声が聞こえる。はるか頭上で発されているようだった。

うさぎが灯台の扉に取りつく。L字型のレバーを握ってガチャガチャ動かしたあとで、クリスのほうを振り向いた。

「開かない」

「そんなはずは……。その扉に、鍵はつけていない」

クリスがうさぎに替わって扉を開けようとする。だが、だめだった。

「内側から固定されているようだ。あるいは、誰かが引っ張っているのかもしれない」

その場面を想像すると何やら恐ろしかったが、いまはそれどころではない。

「とにかく、上を見に行ってみよう。幸いにして、ボクらは飛べる」

クリスが飛行し、ほかの者もあとに続いた。

展望台に着地する。ガラス張りになった壁の向こうに、ブーメランはいた。

「助けて！　助けてよお」

大声で助けを求めるその姿を見て、わたしは絶句した。

ブーメランは逆さ吊りにされていた。両足を縛ったロープが、天井の梁のあたりから下りてきているのが見える。ブーメランの翅は背中でぴったりと閉じ、両腕は背中に回され、手首がロープによって縛られていた。

「何があったの！　誰がこんなことを？」

うさぎが叫ぶ。ブーメランはしゃくり上げながらも、懸命に答えた。

「わかんない。自分の部屋で寝てて、気づいたらこうなってた」

「落ち着けって。翅を使えば、体は持ち上げられるだろうが」

マヒトが言うが、ブーメランは首を横に振った。

「翅、開かない」

「開かないだと？」

「うん。なんか、くっついてるみたい」

よく見ると、ブーメランの着ている紺のＴシャツの裾に、黒いテープのようなものが貼りついている。あれで、翅を貼り合わせられているのだろうか。

「とにかく待ってて、いま助けるから！」

わたしはブーメランに向かって大声で言い、扉のほうへと走った。Ｌ字のレバーに手をかけるが、こちらも何かに引っ張られているようで、開かない。

「もう、お願いだから開いて！」

わたしは祈りを込め、レバーを力いっぱい引いた。

何かが折れる感触があった。次いで、心臓を刺すような絶叫がとどろく。

「ああああああああああああ！」

わたしは硬直した。うさぎがガラスに張りついて悲鳴を上げる。

「ブーメランが落ちた！」

それからうさぎは走ってきてわたしを突き飛ばした。

「どいて！」

うさぎがレバーを引くと、今度は扉があっけなく開いた。うさぎは灯台の中へ駆け込み、手すりを飛び越えて落下する。わたしもあとに続いて灯台に入った。

内部は前に来たときと同様に暗く、二十メートルほど下の床はまったく見通せなかった。わたしは羽ばたいて手すりを越えたものの、ブーメランがどうなったのか知るのが怖くて、ゆっくりとしか下りられなかった。クリスやマヒト、百合、Ｐ３もついてきている。

近づくにつれ、下の様子がわかってきた。少し開いた扉から光が射し込み、ロープが何十匹もの蛇のように、床の上で曲線を描いている。そして――。

ブーメランは、死んでいた。

生きてはいない、と一目でわかる有様だった。墜落の衝撃で頭部が潰れ、ぐちゃぐちゃになっている。周囲に血や髪の毛、あるいは皮膚の一部が飛び散り、腕は手首を縛られたままでおかしな方向に折れ曲がっていた。翅は黒いテープで縁を貼り合わされ、足首は短いロープで縛られている。その短いロープの先端は、輪っかを作ってその中に同じロープをくぐらせるという、ヨーヨーを指につけるときなどに使われる結び方になっていた。

遺体のかたわらには、またしても葉っぱが一枚落ちていた。今回は血ではなく、ペンのインクとおぼしき黒い線で記されていた。


〈死は救い〉


床に足をつけて初めて、自分が震えていたことを知った。ブーメランの遺体にすがりつき、うさぎが号泣している。かけられる言葉などあろうはずもなかった。

「これ――」

マヒトが腰を屈め、何かを拾い上げる。

金属の棒だった。そこに巻きつけられたロープはとても長く、反対側は灯台下部の扉の内側のレバーに結びつけられていた。

そのレバーを見たとき、マヒトが拾った棒が何であるかを悟った。クリスが言いにくそうに言う。

「……展望台から下りる直前、上の扉の内側のレバーを見た。根元から折れていたよ」

つまりブーメランが落下するまで、灯台の内部は次のような状態だったことになる。

灯台下部の扉の内側のレバーに結びつけられた長いロープが、天井の梁の上を経由して、展望台に続く扉の内側のレバーに巻きつけられていた。長いロープは、ブーメランの足首を縛った短いロープで作られた輪の中を通っていた――よく見ると途中に結び目があるので、これによってブーメランが下にずり落ちるのを防いでいたのだろう。結び目があるのは梁のすぐそば、下部の扉に近い側で、ブーメランはそこから吊るされていたことになる。

灯台の上と下にある扉はロープでつながれていたので、外から引いても開かなかった。それをわたしが力ずくで開けようとした結果、扉のレバーが耐えきれなくなって折れ、ブーメランは落下した――。

血の気が引いた。わたしはつぶやく。

「それじゃあ、ブーメランを殺したのは、わたし……？」

「違う」

クリスが即座に否定する。

「悪いのは、こんな仕掛けを作った犯人に決まっている」

「見ろよ、ここ」

マヒトが折れたレバーをわたしに向けて差し出す。

「断面の半分はきれいな平らだが、もう半分は何かでこすったみたいにギザギザだ。自然に折れたのなら、こんな断面になるわけがない。おそらく、犯人が金属用のノコギリか何かを使って、レバーに切れ目を入れておいたんだ。強い力を加えたら折れるように」

「金属用ノノコギリナラ、スグソコニ落チテイマシタ。狩人ガ館ノ物置ニ保管シテイタモノデス」

Ｐ３が指差した先には、確かにノコギリらしき工具がある。それでもわたしは、あふれる自責の念を押しとどめられなかった。

「でも、わたしが引き金を引いてしまった……わたしが無理やり扉を開けようとしなければ、こんなことには……」

「しっかりするんだ、アキ。きみがそうしなくたって、ほかの誰かが同じことをやっていたさ。でなければ、扉は永久に開かないままだったんだから」

「だけど……」

「きみはただ、ブーメランを助けようとしただけなんだ。きみの優しさに、犯人がつけ込んだんだよ。わかったら、もう自分を責めるな」

わたしは口をつぐんだ。納得なんてできるはずがない。けれどもこれ以上クリスを付き合わせるのは、館の主たる彼がほかになすべきことの邪魔にしかならない。

百合が戸惑いを浮かべて言う。

「直接危害を加えるんじゃなく、こんな風に仕掛けを用いれば、バタフライを殺すことも可能なのね」

「そんなわけない。ないはずなのに……くそっ。何がどうなってやがる」

マヒトは歯ぎしりをしている。

「ワザワザコンナ仕掛ケヲ作リ、バタフライガ死ヌ瞬間ヲホカノバタフライタチニ見セツケル。犯人ノ行動カラハ、強烈ナ悪意ヲ感ジマス」

「犯人はなぜ、ブーメランを手にかけたのかしら。仕掛けを作るのに、子供の体のブーメランが適役だったから？」

「殺害の動機なんて考えたって仕方ねえだろ。ステラもブーメランも、犯人に恨まれるような振る舞いをしたってだけかもしれないんだから」マヒトがうんざりしたように言う。

「あら。ステラはともかく、ブーメランは子供だったのよ。殺されるほどの恨みを買うなんて考えにくいわ」

「おいおい、本気で言ってるのか？　バタフライが子供だからってプレーヤーまで子供だとは限らない、なんてのは常識だろうが」

「それはわかってるけど……」

「ガキのふりして、裏で相当な悪さをはたらいていなかったとも言い切れない。何ならＢＷでの話じゃなく、現実世界で誰かの恨みを買っていたってことも――」

「ありえない！」

突如、うさぎが金切り声を上げた。涙で濡れたその顔に、憤怒をたたえている。

「ブーメランが恨みを買っていたなんて、考えられない。あの子はまだ、九歳だったのだから」

クリスが当惑しつつ問う。

「うさぎ、現実でのブーメランを知っているのか？」

「あたしが穿鑿したんじゃない。あたしのことを信用してくれたブーメランが自分から教えてくれたの」

そしてうさぎは、自身とブーメランの素性に関する告白を始めた。

「あたし、本当は三十過ぎの女よ。ずっとわが子が欲しかったけど、とうとう授からないまま紅になってしまったの。だから、この館で出会ったブーメランがかわいくて仕方がなかった。ここでは自分がこの子の母親代わりになる、あたしはそう誓って過ごしてきたわ。たとえ、見た目は十歳の少女でもね」

クリスに紅招館へ誘われたときから、うさぎは十歳の少女のなりをしていた。それはブーメランと仲よくなるにあたり、プラスに作用しただろう。

「ブーメランとは、本当にたくさんの話をした。あたしにだけ語ってくれたことも多かったわ」

「たとえば？」と百合。

「この子はね、紅になる前に通っていた小学校でいじめを受けていたの。学校で暴力を振るわれることも多く、それが原因で紅になった、とも言っていたわ。だからＢＷの中に、ブーメランは初めて安住の地を見つけたのよ。紅招館での日々を、この子は誰よりも愛していた」

わたしはひそかに、うさぎが語り続ける声が遠くなっていくような感覚を味わっていた。

「まだほんの九歳なのに、苦しい人生を歩んできたのよ。紅になったのは紛れもない悲劇だけれど、その先でやっと手に入れた平穏だったのに……殺されてしまうなんて、本当にかわいそう……」

うさぎがすすり泣きを始める。マヒトが口を開いた。

「それだって、全部あのガキの作り話かも……アキ、どうした？」

我慢できたのは、そこまでだった。

わたしはその場にうずくまる。どれだけ息を吸っても苦しくて、必死で胸をかきむしる――BWでバタフライは呼吸をしない。現実のわたしが、苦しさに襲われているのだ。

「まずいな。しっかりしろ、アキ！」

クリスがわたしの背中をさする。けれどもわたしは自分の体を支えることができず、横向きに倒れると同時に意識を失ってしまった。

第三章　貌

1

あるところに、花沢《はなざわ》亜紀《あき》という名の少女がいた。

小学五年生のとき、転校生の男の子に一目惚れをした亜紀は、彼の「バカな女子は嫌い」という発言を真に受け、真面目に勉強に取り組むようになった。成長し、初恋が破れ、彼の言葉に額面どおりの意味がなかったことを理解してからも、勉強をやめることはなかった。

高校受験は難なく合格し、亜紀は地元でトップの進学校に入学した。

同じ学年の違うクラスに、西園寺《さいおんじ》和馬《かずま》という名の男子がいた。彼は幼いころから天才と騒がれ、その評判は校内にとどまらず地域一帯にとどろくほどだった。小学生である国家資格試験に合格し、メディアの取材を受けたこともある。高校生になっても頭のよさは変わらず、定期テストのたびに学校の廊下に貼り出される成績上位者リストの一位の欄には、常に彼の名前があった。学業のみならず容姿端麗、運動もできるとあって、彼のまわりにはいつも取り巻きと言うべき生徒が男女問わず集まってきていた。

和馬のことを、亜紀は取り立てて意識していなかった。芸能人を見る感覚に近く、違う世界の住人だと認識していた。だから、成績上位者リストに自分の名前を見るとき、毎回その少し上に和馬の名前があっても、《すごいなあ》くらいにしか思わず、悔しさやライバル心は湧かなかった。

だがあるとき、そんな亜紀が和馬と関わることになる《事件》が起きた。

高校二年生の冬、二学期の期末テストでのことだった。三日にわたるテスト期間中、和馬は風邪を引いていて熱があり、本来の調子を出せなかったらしい。そんなことなど知らない亜紀はいつもどおりにテストを受け、勉強の成果を遺憾なく発揮した。

一週間が経って、成績上位者リストが廊下に貼り出された。

全科目総合の一位の欄に、西園寺和馬の名前はなかった。

代わりに掲示されていたのは、花沢亜紀の四文字だった。亜紀は、その学年において入学以来初めて和馬から一位の座を奪取した生徒となったのだ。

それまで成績が優秀であることを除けば目立たない女子生徒だった亜紀は、一躍学年の有名人となった。話したこともない生徒たちの称賛や好奇やひやかしの視線に、亜紀は居心地の悪さを感じつつも、満更でもない気分を味わっていた。

成績発表から数日で、二学期の終業式の日を迎えた。その日はクリスマスイブだった。

放課後、亜紀が帰宅すべく荷物をまとめていると、違うクラスの女子が教室にやってきて、亜紀に声をかけた。

「花沢さん、ちょっと来て」

「何？」

亜紀は戸惑う。自分より背が高く、髪にはパーマをかけていて、見るからに学年の中心にいそうな女子だった。

「和馬が、あんたに話があるって」

その態度から、いい話ではなさそうだと直感した。テストの点数で上回ったことについて、嫌味や負け惜しみでも言われるのだろうか。何にしても行きたくないなと思ったけれど、亜紀は彼女の命令を無視して帰れるほど強い立場になかった。

連れていかれたのは、学校の屋上だった。和馬とその取り巻きが、休み時間によく利用しているという噂は聞いたことがあった。屋上には和馬がただ一人、ポケットに手を突っ込んで立ち、亜紀を待ち受けていた。

「ありがとう、サヤカ。もう帰っていいよ」

和馬が口を開く。高くてよく通る声だった。

サヤカと呼ばれた女子生徒は抵抗を示した。

「あたしもここにいる」

「そういうわけにはいかない。彼女とは、二人で話がしたいんだ」

「でも……」

「いいから行け。嫌われたいのか？」

和馬が断固として言うと、サヤカは後ろ髪を引かれる様子ながらも、屋上を出ていった。

空には分厚い雲がかかっていた。冷たい風が吹き、亜紀は両腕で自分の体を抱く。コートは教室に置いてきてしまった。長時間は耐えられそうにない。

和馬がこちらをじろじろ観察するばかりでいっこうに話し出さないので、亜紀は沈黙に耐えかねて会話の口火を切った。

「話って、何？」

「テストの結果、驚いたよ。まさか、この僕が負けるとは」

和馬は氷のような表情を崩さない。先が読めず、亜紀は謙遜する。

「たまたまだよ。聞いたよ、西園寺くん、体調悪かったんでしょう」

「そんなの、言い訳にはならない。テストは本番こそがすべてだ。コンディションを整えるのも、テストのうちだ」

和馬の大仰な物言いにおかしみを感じつつも、亜紀に笑う余裕はなかった。

「テストの結果なんかより、体のほうが大事だよ。もう、具合はよくなったの？　こんな寒いところにいて大丈夫なの」

亜紀が気遣うと、和馬は意外そうな顔をした。

「僕の心配をしてくれるんだな。急に呼び出されて、不快に感じているのではないかとばかり」

「不快だなんて……ただ、どうしたんだろうとは思ったけど」

「明日、空いているか」

何を言われたのか、ただちには理解できなかった。

「明日って」

「クリスマスだ。冬休み初日でもある。もし空いているのなら、僕と一緒に過ごしてほしい」

和馬の表情はなおも変わらないが、亜紀はようやく、これはもしかするとデートの誘いというやつではないか、と気づいた。そんな展開はあまりに予想とかけ離れていたため、亜紀はうろたえた。

「えっと、その、特に予定はないけど……でも、どうして」

「きみの知性に興味があるんだ。実を言うと、これまでにも僕に勝るほどではないにせよ安定してテストで好成績を収め続けてきたきみという女性に、かねて関心を持っていた。場合によっては、男女として交際してみてもいいと思っている。だが、そうは言っても僕らはこれまで言葉を交わしたことさえない。だから、このような機会を設けた」

　どうやら口説かれているらしく、だとしたら生まれて初めての経験だったが、それにしてもこの言い草は何だろう。交際してみてもいいと思っている？　これが、曲がりなりにも意中の相手に示す態度だろうか。

　亜紀はやや醒めた気持ちで言い返す。

「どうしてわたしなの。西園寺くんのことを好きな女子は、ほかにたくさんいるでしょう。さっきのサヤカちゃんだってそうなんじゃないの。彼女、わたしなんかより断然かわいい」

「見た目がいいだけの女になんか、これっぽっちも興味はない。僕は、有意義な議論を交わせる相手を欲しているんだ。そしてきみは、僕の恋人となるにふさわしい知性を持ち合わせている。それがすべてだ」

「そんな言い方をしちゃ、サヤカちゃんがかわいそうだよ。それに、たとえ褒められてるんだとしても、わたしはちっともうれしくない。『恋人となるにふさわしい』って、別にそんなこと望んでないから」

　和馬の眉間《みけん》に皺《しわ》が寄る。亜紀はきっぱり言った。

「ごめんなさい。わたし、あなたとはデートしたくない」

　踵《きびす》を返し、屋上を去る。和馬は引き止めなかった。


　冬休みは平穏無事に過ぎた。状況が一変したのは、三学期が始まった直後のことだった。

　休み時間、亜紀が教室で自分の机に向かって予習をしている最中、突如大きな衝撃を感じた。

　少し遅れて、机の脚が蹴られたのだとわかった。顔を上げると、正面に立っていたのはサヤカだった。

「あんたさあ、和馬を振るなんて、何考えてるわけ？」

　その攻撃的な声色に、亜紀は身がすくんだ。

「だって……話したこともなかったし」

「和馬が付き合えって言ったら付き合うんだよ。あんたに拒否権なんてないから。ちょっとテストで一位獲ったからって、ブスのくせに何調子乗ってんの」

　亜紀は心臓を刺された気持ちになった。サヤカの言葉には容赦がなかった。自分自身そう認識していても、いや認識しているからこそ、見た目のことは言われたくなかった。

　震える声で、亜紀は訊ねる。

「あなたは……サヤカちゃんは、西園寺くんのことが好きなんじゃなかったの」

「は？　いまそれ関係ないでしょ」

「わたし、西園寺くんと仲いい女の子に悪いと思って、断ったんだよ」

「何恩着せがましいこと言ってんの。あんたのせいで、和馬がずっと機嫌悪くて困ってんだよ」

サヤカがもう一度机の脚を蹴る。そして、亜紀の髪の毛をつかみ、顔を近づけてすごんだ。

「あんた、絶対許さないから」

サヤカに額を乱暴に押され、亜紀は椅子の背もたれで背骨を打つ。肩を怒らせて教室を出ていくサヤカを、呆然としながら見送った。

翌日から、亜紀に対するいじめが始まった。

サヤカを含む和馬の取り巻きたちが、執拗に亜紀を攻撃してきた。教科書を汚される。ポーチをゴミ箱に捨てられる。トイレに入っているときに上から水をかけられる。黒板に悪口を書かれる。カツアゲされる。無理やり変な写真を撮られる。囲まれて罵詈雑言を浴びせられる……。もともと友達の少ない亜紀を助けてくれる生徒はおらず、教師もおざなりに注意するくらいで、誰一人真剣に対処してくれようとはしなかった。

どの攻撃もこたえたが、亜紀が一番つらかったのは、見た目を悪く言われたことだった。

――こっち見んなブス。

――おまえマジキモいんだけど。

――あたしがその顔なら、とっくに自殺してるわ。

そんな心ない台詞を投げつけられるたび、亜紀はまるで自分が生きていてはいけない人間のように思えてきて、その考えの恐ろしさに何度も泣いた。鏡を見るのが憂鬱になり、人に見られることにも恐怖を覚えるようになり、しだいに顔が上げられなくなっていった。

亜紀が不登校になるまでに、長い時間はかからなかった。

両親には事情を話し、家にいることを許してもらった。弟の守は姉に同情し、同じ学校にいたら助けてやれるのに、と優しい言葉をかけてくれた。温かい家族に感謝しつつ、それでも親を責めることにつながるので見た目に関する苦悩だけは内に秘めたまま、亜紀は当面のあいだ、人目を避けて自宅で過ごすことを選んだ。

間もなく高校は春休みを迎えた。亜紀の中には、新学年になればいじめもやむのではないか、という淡い期待があった。だからそれまでの辛抱と自分に言い聞かせ、家からは出ずに勉強をして過ごした。

四月になり、亜紀は三年生になった。始業式の日は学校に行かなかった。数少ない友達と連絡を取り、教室の雰囲気をある程度把握して、大丈夫そうなら登校してみようかと考えていた。

ところがその日の夕方、自宅に思いがけない来客があった。

「姉貴。高校の同級生が来てるぞ」

取り次いでくれたのは、弟の守だった。

仲のいい友達なら、事前に連絡をくれるはずだ。亜紀は警戒しつつ訊ねる。

「髪にパーマをかけた、背の高い女の子じゃないよね？」

「違う。男だ。なかなかのイケメンだよ」

家に来るほど自分を心配してくれる男子に、亜紀は心当たりがなかった。このころはまだ、家からは出なくとも身なりはきちんとしていたので、亜紀はすぐに自室を出て階下へと向かった。

玄関の引き戸を開けたとき、亜紀は息が止まるかと思った。

「やあ。　久しぶり」

西園寺和馬が、そこにいた。

「……何しに来たの」

亜紀は探るように、上目遣いで問う。

自分がいじめられる原因を作った、憎き相手。しかし一方で、彼の出現を前向きにとらえる気持ちもどこかにあった。

それはむろん、彼への好意などではない。ひょっとすると和馬は謝罪しに来たのではないか、そして取り巻きたちのいじめをやめさせ、安心して学校にかよえるようにすると伝えに来たのではないか——そんな願望が、亜紀の頭をよぎったからだった。多少なりとも自分に好意を抱いたはずの和馬が、取り巻きのいじめを黙認するはずがない。現に、和馬はいじめには一度たりとも加わっていなかった。

「どうしてた？　学校に来なくなってから」

世間話でもするかのような気軽さで、和馬は質問を質問で返す。

「ずっと家にいた。みんなに遅れないように、勉強だけはしてたけど」

「そうか。それでこそ、きみだ」

褒めたつもりかもしれないが、バカにされているようにしか聞こえなかった。

「もう、学校へは来ないのか」

「行ったらいじめられるから、行けない。いじめられる心配がなくなったら、また行きたいけど」

「そんなの、来てみないとわからないだろう」

「だって、もう耐えられない。とてもひどいことを言われた。ブスとか、キモいとか」

「相変わらず、知性のかけらもない言葉を使うよな。あいつらのそういうところが、僕を失望させるんだよ」

まるで他人事のような響きだったので、亜紀はついカッとなった。

「あなた、いまのわたしを見て何も思わないの。あなたのせいで、わたしはいじめられて不登校になったんだよ」

「きみを見て、僕がどう思うか？　そうだな」

和馬は優しげにすら見える微笑を浮かべ、そして――。

「いい気味だよ」

その瞬間、亜紀の抱いていた浅はかな願望は、粉々に砕け散った。

「僕の好意を、きみが踏みにじったからだろう。当然の報《むく》いだ。これに懲《こ》りて、二度と僕に対してあんな態度は取らないことだな」

亜紀の目から、涙がこぼれた。

「……最低」

「せっかくの誘いを断られ、僕だって傷ついた。お互い様だ」

「冗談じゃない。あなたはただ傲慢《ごうまん》なだけでしょう」

「いいのかい、僕を敵に回してしまって。僕が命じれば、彼女たちはいじめをやめるかもしれないのに」

「だから土下座して許しを乞えって？　あなた、そんなことを言うためにわざわざうちまで来たの」

「僕はただ、不登校のあいだにきみの知性が損なわれていないか様子を見に来ただけだ――」

「帰って。もう帰ってよ！」

亜紀は叫び、玄関を閉める。去っていく和馬の足音を聞きながら、亜紀はそれまでどうにか保っていた自分の心が、完全に折れてしまったのを知った。

間もなく亜紀は自室に引きこもるようになり、勉強もやめてしまった。幼い初恋の相手の言葉を真に受けて勉強なんてしなければ、こんな目に遭うことはなかった。そう思うと、教科書やノートなど全部焼き捨ててしまいたい衝動に駆られた。

どこへも行かず、誰にも会わず、暗い穴倉でじっと息を潜めるような毎日の中で、亜紀が何度も何度も繰り返し考えたのは、自分の容姿のことだった。

――学校にはスクールカーストというものがある。わたしはその中では下のほうで、頂点に君臨する西園寺和馬に好意を寄せられたのは恐れ多いことだった。

とはいえ、どんなに自分が異性に好かれた経験がなかろうとも、あんな態度の男性に魅力を感じるなんてありえなかった。和馬を振るのは必然だったし、その結果サヤカたちにいじめられることは避けがたかったのかもしれない。

だけど、だ。

もしわたしが、もっとかわいい顔をしていたら。それによってカーストがいまより上位になり、友達が多く、彼氏もいたりして、和馬を振ってもそれほど驚かれないような立場だったとしたら。

たとえいじめを受けたとしても、これほど深刻にはならなかったのではないか。

彼氏や友達に、あるいはわたしの容姿に魅力を感じる誰かに助けられ、なぐさめられ、支えられて、いじめに負けることなく登校を続けられたのではないか。ブスだのキモいだの罵られても事実に反していると退け、あまり気にしないでいられたのではないか。

この件で悪いのは、もちろんいじめをするサヤカたちだし、いじめの原因を作っておきながら止めようともしない和馬だし、見て見ぬふりをする教師やまわりの生徒だ。わたしは純然たる被害者で、何も悪くない。頭では、そう理解している。

だけど、でも。

本当に悪いのは、突き詰めると自分の容姿なのではないか。

わたしがもっとかわいい顔でありさえすれば、こんなことにはならなかったのではないか。

亜紀は不細工な自分を憎み、こんな顔に生んだ両親を憎み、見た目の悪さが女性ほど苦にならないように見える弟を憎んだ。不登校になった当初には抱いていた、家族に対する感謝の念は消え失せ、しばしば家族とヒステリックに言い争った。

家族に強引に連れ出される形でカウンセリングなどにも足を運んだが、それで顔が変わるわけではないので無意味としか思えなかった。病院へ向かう道中ですれ違う人々や、待合室にいる患者、さらには医師やカウンセラーでさえも自分の見た目を笑っている気がして、じきに行けなくなった。

美容整形をしたいとも考えたものの、理想の顔を手に入れるにはかなりの金額がかかることが確実だった。もともと整形に反対の両親は、家計が苦しいことを口実にお金を出してはくれず、ほかに資金調達のあてもなかった。整形以外に道はないことを訴えるべく、少しでも見た目をよくする努力を放棄し、むしろ自傷でもするかのように不潔でだらしない恰好をしていたら、いつの間にかそれが当たり前になり、ますます自分が嫌いになって部屋を出られないという悪循環に陥ってしまった。そして、社会に出て何かをしようという気力も失くした。

そんな亜紀が、ＢＷに魅力を感じたのは自然なことだった。

ここでは見た目が意味をなさない。自由にカスタマイズでき、何者にだってなれる。

ルッキズム――身体的な魅力の乏しい人々に対する差別――は醜い。ルッキズムはこの世の害悪だ。そのような考えに行き着かざるを得なかった亜紀にとって、ルッキズムの生じようがないＢＷはまさしく天国であり、ユートピアだった。

ＢＷに、ずっといたい。ほんの片時もこの世界を離れることなく、不細工な自分に戻ることなく、死ぬまでここにいたい。

いつしか亜紀は――わたしは、そう思うようになっていた。

2

「……だからわたしは、この紅招館にやってきたの。ログアウトせざる者――紅に、なりたかったから」

暖炉の前の椅子に腰かけたまま、わたしは長い話を終えて息をつく。

ラウンジには、マヒトと住人全員の姿があった。窓の外は日が落ち、夜のミーティングの時間をすでに過ぎている。

ブーメランがいじめられていた話をうさぎから聞いたわたしは、自身のトラウマが甦り、またブーメランの死の引き金を引いてしまったショックも重なって、過呼吸になって倒れた。住人たちに抱えられ、ラウンジに運び込まれ、そこで意識を取り戻したそうだ。心配する住人たちに、わたしはＢＷにおいて初めて身の上話を語った。思い出したくもない記憶ではあったが、過呼吸になった理由を説明せずに不審の念を抱かれるよりは、いっそ話してしまったほうがいいと判断したからだ。

住人たちはめいめい、テーブルのまわりの椅子に腰を下ろしている。クリスは沈痛な面持ちをしていた。狩人ですら、眼差しからは棘が消えている。誰も口を開かず、ラウンジには薪が爆《は》ぜるパチパチという音だけが響いていた。

「みんなも思わない？　ＢＷはルッキズムを克服した理想の国家、世界のあるべき形だって。見た目が意味をなさないからこそ、ここでは人格——生物としての在り方を問われる。いきおい、誰もが美しく清廉な心を追求するようになる。その先にあるのは、人類が有史以来の長きにわたり思い描いてきたユートピアに決まってる」

「果たしてそうかね」

異を唱えたのは、灰だった。

「おぬしの隣を見るがよい。その若造が、美しい心を追求しているように見えるか」

わたしの隣で、マヒトはとぼけるように鼻をこする。

「ま、美しい心を追求するなんてのは、まるっきりオレの信条にそぐわないな。同じ風が吹いても地形によって音が変わるように、人は無心にそれぞれの持ち前を発揮すべきなんだ」

マヒトのよくわからない言い分を無視して、わたしは言った。

「いまはまだ、美しくなりきれていないというだけ。時間はかかっても、いつかは皆が自然と心を正すようになる」

「だとしても、だ。価値観なんてものは国や時代によって変遷し、人がどうあるべきかなど一概に論じることはできん。ルッキズムにしたって、言うなれば価値観の一つに過ぎんのだ。さまざまな価値観が氾濫し、それに比例して異なる価値観の対立や軋轢《あつれき》が無限に生じる中で、それでも清濁併せ呑み生きていくのが人間ではないかね。たとえ概念上の理想、非の打ちどころのない完璧な指針であろうとも、心の持ちようを強制されるような世界はユートピアでは断じてない。むしろディストピアだ」

灰の論じるのに圧倒されたわたしは、負け惜しみのような言葉を放った。

「そんな風に思うのなら、ＢＷになんていなければいいのに」

「理想的な世界でなければいる意味がないと考えるのは、思春期のわがままと似たようなものだ。もろもろの欠陥も含めて、わしはこの世界を気に入っておる」

今度こそ、わたしは沈黙した。

「アキのこと、気の毒だとは思う。話を聞いて、それなりに共感した部分もあった。だが、それでもきみがどんなに望もうと紅になることはできない」

クリスが言う。わたしはあごを引いた。

「ステラに続いてブーメランまでもが殺されてしまったこの状況で、紅になりたいなんて駄々をこねるつもりはない。ただ、この中にまだわたしを疑っているバタフライがいるのなら、これだけは言わせてほしい。わたしは現実に絶望し、ＢＷに希望を見出し、紅招館の住人になりたいと心から願っている。そんなわたしが、住人を殺したりするはずがない」

「あんたはブーメランを殺したじゃない！」

うさぎが叫ぶ。彼女はわたしが気を失っているあいだに十歳の少女を装うことをやめ、見た目を大人の女性に変えていた。ドイツの民族衣装《ディアンドル》に似た服を着て、短めの赤茶色の髪は野うさぎの夏毛のようだ。

「違う……あれは、不可抗力で」

言いつくろうわたしを、うさぎはにらんだ。

「どうだか。仕掛けを作っておいて、失敗しないようみずから手を下したんじゃないの。地震のときにあたしやブーメランをかばったのも、単に取り入るためだったのかもね」

わが子のようにかわいがっていたブーメランを殺され、うさぎは錯乱している。本心というより売り言葉に買い言葉みたいなものだろうと感じたが、黙っていると犯人にされかねない。

「わたしには、ブーメランを殺す動機がない」

「あなたのお友達が言ったんだわ。動機なんて考えても仕方ないって」

百合が痛いところを突いてくる。

「クリス。いい加減、こいつらを野放しにしておくのは危険なんじゃないか」

狩人が言う。言葉からは険が取れたが、わたしたちへの疑いを解いてはいない様子だった。

「ボクは現状、二人がほかの住人以上に疑わしいとは考えていない。現場に居合わせた者として証言するけど、アキの言うとおり、ブーメランの件に関しては不可抗力だった」

クリスはわたしたちをかばったが、狩人は譲らなかった。

「だとしても、だ。それでこの二人が犯人である可能性が減じるわけじゃない」

「だからと言ってアキたちだけに疑いの目を向ければ、それこそ真犯人の思う壺かもしれないぞ」

「さらなる被害者が出たあとで、やっぱりこの二人が犯人でした、なんてことが判明すれば目も当てられない。それでもクリスは、このまま手を拱《こまね》いているつもりか？　もう、二人も殺されているんだぞ」

「ボクだって住人を守りたいさ。けど……」

「おれたちは何かしら手を打つべきなんだ。確かにこの二人は犯人じゃないかもしれない。それが判明したときは、新たな方策を考えるしかない。反対に、この二人が犯人なら、手を打てば犯行は止まる。いまは、何もしないのが一番の悪手だ」

狩人の意見は、被疑者のわたしにすら正しいように思われた。クリスはあきらめ、宣言する。

「わかった。申し訳ないけど少しのあいだ、アキとマヒトには不便な思いをしてもらう」

「好きにすりゃいいけどよ。どうするつもりだ」

マヒトが面倒くさそうに訊ねる。

「そうだな……どこかに閉じ込めておくか……」

「灯台はどう？」

ミニーが提案するも、うさぎが即座に反対する。

「やめてよ。ブーメランがまだ中にいるのよ。一緒に閉じ込めるなんてかわいそうだわ」

「だけど、ほかにいい場所なんてある？」

「発想の転換だよ」歯車は人差し指を立て、「二人には、この館を出ていってもらう。そして、館のすべての出入り口に鍵をかけるんだ。平常時ならみすみす犯人を逃がしてしまうことになるけど、いまに限ってそれはない。あの鼈甲の壁が、二人を閉じ込める牢獄の役目を果たしてくれるからね」

「分断カラ復旧シテ壁ガナクナレバ、ヤハリ彼ラヲ逃ガスコトニナリマセンカ」

Ｐ３が懸念を示すと、狩人が威圧するような声で答えた。

「そうなったときは、こいつらが犯人で確定ってこった。ＩＤも把握してるんだから、運営に通報すりゃ厳正に対処してくれるだろ」

バタフライの殺害は前例がないが、重いペナルティは避けられないだろう。濡れ衣で罰を科せられてはたまったものではない。もともとそのつもりはなかったけれど、逃げ出そうなんてゆめゆめ考えまい、と思った。

「で、いつまで館の外にいればいいんだ」

マヒトの問いに、クリスが答える。

「とりあえずは夜間だ。どうしても無防備にならざるを得ないからね。昼間はなるべくみんなで固まって行動すれば、犯人も手出しできない」

「朝のミーティングまで、ってこと？」とわたし。

「ああ。ミーティングには、二人にも引き続き参加してもらう」

「オレたちがいないあいだにもう一人ぶっ殺されたら、オレたちは無実だって認めろよ」

マヒトの過激な発言を、クリスがたしなめた。

「縁起でもないことを言うな」

「それじゃ、決まりだ。おまえたち、いますぐ館を出ていってくれ」

狩人にうながされ、わたしとマヒトは椅子から立ち上がった。玄関まで追い立てられたところで、わたしはクリスにお願いをする。

「毛布だけ、持っていってもいい？」

「構わないよ」

わたしとマヒトが自分の部屋へと戻るあいだも、住人たちはついてきた。ほかのことをする余裕はなく、ベッドから毛布だけを剝《は》ぎ取って一階に戻る。

玄関の外に出る。振り返ったわたしに、クリスが告げた。

「ごめん、アキ。いつまで続くかわからないが、ひとまず今夜は我慢してくれ」

「仕方ないよ。わたしも納得してる」

それからわたしは無理に微笑を作った。

「クリスは優しいね」

クリスが顔を赤らめる。

「ボクには、どうしてもアキが犯人だとは思えないんだ。その……さっきの話も、同情を引くための方便だとは感じられなかったから」

いじめに遭い、引きこもりになったことを指しているのだろう。

「なのにボクたちがいま、こうしてアキをいじめるのと変わらない真似をすることを、本当に心苦しく思う」

「クリスが自分を責める必要はないよ」

「ねえ、見てあれ」

ミニーが森のほうを指差したので、わたしはそちらを向いた。

はるか遠く、半透明の壁の向こうで白い光が、不規則に運動している。

あの蜘蛛のような遺体回収ロボットにライトが搭載されていることを、わたしはこのとき初めて知った。夜間にバタフライにぶつかったりするのを避けるためだろう。そして、ライトは視界に二つあり、別々の動きをしているのは明らかだった。

「遺体回収ロボットが、増えてる……」歯車がつぶやく。

「ブーメランもまた、ステラと同じように現実でも死んだのだ」

灰が重々しく告げた。うさぎがまた泣き崩れる。

「あのような痛ましい遺体を放置しておくわけにはいかない。ただちに水葬しようではないか」

「待て、灰。何も、こんなに暗くなってからやることはないだろう」

クリスが押しとどめ、狩人も同調する。

「棺桶を作るには、たとえ子供サイズでもそれなりに時間がかかるぞ」

灰はむっとしたようにも見えたが、続く言葉は譲歩を示していた。

「では明朝、ミーティングに先立ちブーメランを水葬することとしよう。そちらの二人も立ち会うように」

館の扉が閉められる。直後、鍵をかけるゴトリという音が、静まり返った夜の崖に響いた。

「……別に、毛布なんて要らなかったのに。オレらはログアウトすりゃいいんだから」

両手を腰に当て、マヒトが文句をつける。そう言いながら、彼の小脇にも丸めた毛布が抱えられている。

「何度も言ってるでしょう。わたしはできるだけログアウトしたくないの」

「オレはさっさとログアウトするぜ。外で一晩過ごすなんてかなわないからな」

両手を耳にやったマヒトを、わたしは慌てて引き止めた。

「待って。明日の朝にはブーメランの遺体が水葬されてしまうんだから、いまのうちに調べておかないと」

「そうか。確かにな」

わたしたちは毛布を持ったまま、灯台に向かった。

灯台下部の扉を開けると、中は真っ暗で何も見えなかった。幸い、アンテナには懐中電灯機能がある。明かりをつけたとたん、惨状が照らし出された。何度見てもこの光景には慣れそうにない。

まず毛布を階段に置き、ブーメランの遺体にこわごわ近づく。念のためＩＤを照合してみたところ、間違いなくブーメラン本人だった。

遺体の手足はロープでくくられている。足から延びた短いロープの端の輪には、いまは何も通されていない。もとは、下部の扉と展望台の扉のレバーどうしをつなぐ長いロープが通されていたはずだ。ブーメランが落下するときの勢いで、長いロープが折れたレバーごと輪から抜けたのだろう。展望台の扉からブーメランが吊るされていた天井の梁のあたりまでは距離が近いので、その長さぶんのロープが抜けることはじゅうぶん考えられる。

「BWは非暴力なのに、ロープで拘束することはできるんだね」

「拘束をすべて不可能にしたら、シートベルトすらつけられなくなるからな」

　わたしはパラダイスゾーンを思い浮かべる。あの遊園地にはジェットコースターもある。体を固定する安全レバーやシートベルトが使えなければ、ジェットコースターは実現できない。

「だけど、拘束は非暴力とは矛盾してるよね」

「相手の意に反して拘束するには、暴力的な段階を踏まないと無理だろ。その暴力が許されていないんだから、この世界での拘束は非暴力とは矛盾しないのさ」

「でも、現にブーメランは寝ているあいだに、本人の意思に反して拘束されてるじゃない。それに、同意のうえで拘束されたって、相手が裏切るおそれもあるでしょう」

　すると、マヒトの表情が曇った。

「それなんだが……拘束そのものは可能でも、受けた本人の意志に反した時点で、そいつは拘束を強制的に解くことができるようになってる」

「どういうこと？」

「今回の例で言えば、ブーメランがそうしようと思ったら、あのロープは力ずくで引きちぎれたはずなんだ。特に手は、不自由になるとログアウトすらできなくなるから、動かせなくなるなんてことは絶対にない」

「でも、ブーメランは拘束から逃れていなかったよね」

「子供だから、その辺の仕様をきちんと理解してなかった可能性は多分にあるが……」

その瞬間、わたしはマヒトの奥歯にものが挟まったような物言いの理由を察した。

「わたしたちが窓の外から、落ち着いて拘束を解くように指示していれば、ブーメランの両手は自由になり、落下を防げたかもしれないってことだね。わたしが焦って扉を開けたりしなければ――」

「そんな風に考えるのはよせ。あんな場面に遭遇したら、子供はもちろん大人だって冷静でいられないのは無理もない。拘束を解けるはずだと知っていたのに、とっさにそれを説明できなかったオレにだって責任はあるんだ」

「でも……」

「嘆いたって、ブーメランは帰ってこない。犯人でもないのに、こんなところで自分を責めて何になる？」

マヒトの言葉はありがたく、とはいえわたしの自責の念は消えはしなかったけれど、これ以上彼の足を引っ張るわけにもいかない。

「そうだね、ごめん」

わたしは気を取り直して、ブーメランの足を縛る短いロープを指差した。

「このロープの結び方、少し気になるのよね」

「何が？」

「こうやって、輪っかを作って長いロープを通す必要があったのかなって。普通に結びつけるだけでいい気がするんだけど」

「これはエイトノットループといって、釣りなんかでもよく使われる結び方だ。下手に直接結ぶよりよっぽど強度が高いんだぞ。ブーメランが暴れてもロープが外れたりしないよう、この結び方にしたんだろう」

わたしが抱いた違和感は、マヒトには伝わらなかったようだ。ちなみにわたしは釣りをしたことがない。

「そういやこいつ、翅が開かないとも言ってたな」

マヒトがブーメランの翅に触れる。翅は黒い布テープで、上と下と真ん中の三ヶ所を留められていた。

「思い出した。わたし、吊るされたブーメランのTシャツの裾に、黒いテープみたいなものが貼りついているのを見たんだよね。やっぱりあれが、翅を留めていた布テープだったんだ」

「犯人がテープを切り貼りしているときに、誤ってTシャツにくっつけちまったんだろうな。

……あれ、でも遺体のTシャツにはテープなんてついてないぞ」

わたしはブーメランのTシャツの、黒いテープが付着していたと記憶している箇所をあらためる。マヒトの言うとおり、何もついてはいなかった。

「落下したときにはがれたのかも」

床を見て回るも、テープはどこにも落ちていない。空中ではがれた可能性もあったが、手がかりになるかもわからないテープ一枚を、そこまで真剣に探す気にはなれなかった。

下部の扉の内側のレバーにはいまも、ロープの片側が結びつけられていた。レバーをいろんな角度からよく見るが、切れ目は入っていない。こちらは力いっぱい引っ張っても、折れることはなかっただろう。

「この扉を外から引っ張って、上の扉のレバーが折れることは想定していなかったのかな」

そうなった場合には、もしかすると地面に激突する前にブーメランを助けることができたかもしれない。しかし、マヒトは首を横に振った。

「上の扉を外から引くのと、下からロープで引っ張るのでは、力の加わる向きが違うからな。同じ結果にはならなかったと思う」

マヒトが本当にそう思っているのか、それともわたしをかばうための発言なのかはよくわからなかった。

「今回も、犯行声明文があったね」

わたしはブーメランのそばにある葉っぱを拾う。〈死は救い〉の黒い文字が禍々《まがまが》しい。これを書いたとき、ブーメランはまだ死んでいなかったので、今回は血が使えずペンで書かれたのだろう。

「相変わらず、こんなものを残す目的がわからないなあ」

「自分の犯行に酔ってるんじゃねえの。ステラのときはそう思わなかったが、やっぱり自己顕示欲を満たしたいだけなのかもな」

「そんなことのために、わざわざ葉っぱを拾ってきて、こんなものを作ったりするかな……」

「じゃあ、連続殺人だと印象づけたかったとか」

その意見に、わたしは引っかかりを覚えた。

「わたしたち、同一犯による連続殺人であることを前提に考えてたけど、本当にそうだと言い切れるのかな。ステラを殺した犯人と、ブーメランを殺した犯人は別人である可能性もあるよね」

「ＢＷじゅうで誰も知らないはずの非暴力のルールを破る方法を知っている者が、この鎖された空間に二人もいるって？　考えられないな」

「でも、最低でも一人は知っている以上、教えることはできるよ」

「その方法を教えられた奴が、ステラが殺された段階で告発してなきゃおかしいだろ」

「だとしたら、ブーメランを殺した犯人は、ステラを殺した犯人に罪をなすりつけるつもりで、非暴力を無効にする方法を黙っていたのかも……」

「あのな。そうなることを、ステラを殺した犯人は予測できないだろうが。第一の殺人を犯した時点で告発されるはず、と考えるのが普通だ。そうなると、殺人を実行に移すわけにはいかなくなる」

「あ、そうか」

「犯人は、自分だけがバタフライを殺害する方法を知っているからこそ、この閉鎖空間の中で強気に出られたんだ。同一犯であることに疑問の余地はない」

　一理あると感じたので、わたしは別人による犯行説を取り下げた。

「じゃあ、この犯行声明文も同一犯に見せかけるためのフェイクなんかじゃなくて、同一犯によるマーキングと解釈したほうがよさそうだね」

「だから、自己顕示欲に見えてきたんだよな。犯行方法で犯人だと見破られることを回避しながらも、声明文では自分の犯行だと主張したがっているかのようなゆがみを感じる」

マヒトの言うとおりなのだとしたら、声明文を残す目的について考察しても仕方がないのかもしれない。

「ここはとりあえずもういいかな。次は、上を見てみよう」

わたしは葉っぱを床に置いて飛び上がり、マヒトも続いた。展望台の扉の内側、縞鋼板の上に降り立つ。

扉のレバーは根元からぽっきり折れている。断面を見ると、金属用ノコギリで縦に切れ目を入れられているのがわかる。この形なら、外から扉を引くことによって折れやすく、ロープで斜め上から引っ張る形では折れにくかっただろう。マヒトの考えは正しい。

「もう一度、仕掛けを整理してみる。間違ってるところがあれば指摘してほしい」

オーケー、とマヒト。

「展望台の扉のレバーと下部の扉のレバーは、天井の梁の上を通した長いロープによってつながれていた。ブーメランは梁の近くに、足を縛った短いロープの輪に長いロープを通す形で吊るされており、ずり落ちないように長いロープには結び目があった。扉どうしをつなぐ長いロープは弛《たる》みがないようきつく結ばれていたから、外から扉を引いても開かなかった。そこで展望台の側から扉を力いっぱい引っ張ると、切れ目を入れてあったレバーが折れ、ブーメランは墜落した。そして、ロープが緩んだことで下部の扉も開くようになった」

「それで合ってると思うよ」

脳内でシミュレートしてみるが、無理はなさそうだ。現実では灯台の高さが障害となって仕掛けを作ること自体困難だが、ＢＷなら翅があるので難しくない。

それはさておき問題なのは、

「犯人は、なぜこんな大仕掛けを作ったんだろう」

第一の殺人においては、犯人はステラを刺して遺体を部屋に転がしたまま、鍵を開けっぱなしにして部屋を出ていった。とても単純な犯行だ。それに比べると今回は、不自然なほど手が込んでいる。

「こんなからくりを用いるなんて、ろくなやつじゃねえな」

マヒトが非難めかして言う。

「どういう意味？」

「機械を使うやつは機事をするようになって、心の純粋さを失うってことだよ」

「でも、わたしたちは機械を使ってＢＷをプレーしているよ」

「ふん。混ぜっ返すなよな」

と言われても。

「仕掛けが非暴力を破るのに有効かもしれないってことは理解できるの。だとしても、ここまでの大仕掛けである必要はあったのかなって。だって、これを作るのはかなり大変だよ」

マヒトはあごに手を当てて考え込んだのち、一つの仮説を唱えた。

「アリバイをごまかすためじゃないか。ステラのときと違って、ブーメランが狙われたのは全員で蜘蛛型のロボットを見に行った昼ごろから、灯台で発見された夕方までのあいだ、すなわち、まだみんな起きて活動している時間帯だ。犯行時刻が特定された場合、犯人以外のすべてのバタフライにアリバイが成立することもじゅうぶん起こりうる」

「そうだね」

「だけど今回のように、仕掛けを作って誰かがそれを作動させるという形で殺せば、被害者が死んだ時刻を特定したところで何の意味もない。つまり、アリバイは必要なくなる」

「でも、現実世界では科学捜査で被害者の死亡推定時刻が狭められるけど、ＢＷではその心配もないんだよ。犯行を目撃されるのさえ防げば、犯行時刻なんて特定されようがないと思うけど」

「そうとは言い切れないだろ。遺体の発見が早ければ早いほど、犯行時刻は限定される」

「それを恐れるのなら、ブーメランもステラと同じように、夜中に殺しちゃえばよかったんだよ。どうせブーメランは自室に鍵かけてなかったんだから。わざわざ日が高いうちに拉致しておいて、アリバイを作るためにあんな仕掛けをこしらえるなんて本末転倒だよ。ブーメランを灯台まで運んでいるところや、仕掛けを作っているところを目撃されるリスクと釣り合ってない」

　そもそも犯行時刻をわからなくする方法なら、いくらでもあるのだ。それこそ遺体を海に投げてしまえば、犯行の発覚を遅らせるどころか、犯行そのものを隠蔽することだって不可能ではない——。

「そうか」

　わたしのつぶやきに、マヒトが眉根を寄せる。「どうした？」

「かたや深夜に犯行を起こし、かたや子供を灯台まで運んでる。どちらの場合も、遺体を海に遺棄するのなんてわけなかったはずなんだ。そうすれば、住人がいなくなったことでわたしたちはもちろん騒ぐけど、犯行の発覚はずいぶん遅れ、わたしたちの警戒も強まりはせず、連続殺人を目論む犯人にとってはいいことずくめの展開になったに違いない。なのに、どうして犯人はそうしなかったんだろう」

「ブーメランはともかく、ステラは太ったおばさんだぜ。運ぼうったって一筋縄じゃいかない」

「殺人の罪を逃れるためなんだよ。そのくらいのことは、死にもの狂いでもやるでしょう」

「まあな。ただ犯行声明文からも察せられるとおり、犯人からは自己顕示欲のようなものが感じられる。自分がバタフライを殺したことを、ほかの住人たちに知らしめたかったんだろう」

　非合理的だが、そもそも殺人犯の精神状態が正常とは言いがたい以上、そうした心境にも至りうるのかもしれない。あるいは単に、そこまで頭が回らなかったとも考えられる。

「話を戻そうか。これだけの仕掛けを作ったのが犯行時刻のアリバイを作るためだったとしても、結局仕掛けに時間がかかるから、その間のアリバイは確保できないよね。今日の昼から夕方にかけての全員のアリバイを確かめたら、それだけで犯人が特定できちゃうなんてこともあるかもしれない」

「それは明日以降調べるとして、犯人はそうなるリスクを冒してでも仕掛けを作ったわけだ。なら、何のためだろうな……まんまと仕掛けを動かしてしまった者に罪の意識を植えつけたかった、とか？」

　わたしは弱々しく微笑んだ。

「だとしたら、わたしは犯人の思う壺だね」

　マヒトは決まり悪そうに、

「いまの発言は軽率だった。繰り返しになるが、アキは悪くない」

「頭ではわかってる。でも、やっぱり後ろめたい気持ちは消えないよ。死刑執行ボタンを押すときだって、人は罪悪感を覚えるというから」

「犯人の思う壺、か……案外、的を射てるのかもしれないな。死の瞬間を目撃したバタフライにトラウマを残したい、とかな……この仕掛けからはそういう、どす黒い悪意を感じるよ」

灯台の中の闇が、いっそう濃くなった気がした。払拭するように、マヒトがしっかりした声を放つ。

「現時点では、アキの言うように、非暴力の無効化という以外、仕掛けを作った目的は判然としないな。仕掛けを用いればバタフライを殺せるということ自体、オレはかなり懐疑的なんだが」

「それなら実験してみようか」

「どうやって？　同じ仕掛けを試して、万が一にも非暴力を無効化できたら、死んじまうかもしれないんだぞ」

「大丈夫、安全に実験するよ」

わたしは再び床まで下りた。マヒトがついてくる。

下部の扉のレバーに結ばれたままになっているロープをほどく。そして、それを灯台の真ん中くらいの高さにある階段の手すりに結び直すと、同じロープの一メートルほど垂れ下がったあたりを手首に巻きつけ、羽ばたくのをやめてぶら下がった。

「マヒト、ロープを切って」

「おいおい。何考えてるんだ」

床に立って見上げるマヒトは呆れ顔である。

「わたしを落とせるかの実験。安心して、ケガしないようにちゃんと着地するから。マヒト、ナイフ持ってるよね」

不承不承といった感じで、マヒトはわたしの頭上まで来ると、腰に提げていたナイフでロープを切った。

瞬間、重力の法則に従って、わたしは落下した。床に衝突する前に、力を込めて羽ばたく。無事、着地できた。

「これでわかったでしょう。仕掛けによって、バタフライを落下させることは可能なんだよ。いまみたいに着地するのを防ぐため、ブーメランの翅は貼り合わされていたんだろうね」

下りてきたマヒトに、わたしは胸を張って言う。しかし、マヒトはまだ腑に落ちない様子だ。

「落下させることは、な。だけど、それで危害を加えられるかとなると……」

わたしはステラの水葬の直後に、歯車から聞いた話を思い出した。

——ボニーとクライドはバタフライへの加害方法に関するあらゆる噂を集め検証していたが、一つとして立証されたものはなかった。彼らの執拗なまでの実験をもってしても、バタフライを傷つけることはできなかったんだ。

「ロープを使って、高いところから落とす……そのくらいのことなら、誰だって思いつきそうだよね」

「ああ。それでバタフライが傷つけられるなら、とっくに話題になってたはずだ」

だが、実際にはバタフライに危害を加える方法は、これまで発見されていなかった。

「でも現に、ブーメランはわたしたちの目の前で死んだよ」

「そうなんだよな……まったく、何が起きてるんだかさっぱりだぜ」

マヒトが頭をかきむしる。

やはり本当に、犯人だけがこの世界の非暴力を無効化できるのだろうか？

3

その後、マヒトはログアウトし、わたしは館の近くの草の上で毛布に包《くる》まって朝を迎えた。

午前七時に灯台のある崖に向かうと、マヒトと住人たちの大半が集まっていた。小さな棺桶に取りすがり、うさぎが泣いている。

「クリスがいないね」

わたしが声をかけるとミニーは、

「館を見回ってから行くって言ってたよ。ほら、来た」

一本道を歩いてくるクリスの姿が見え、わたしは安堵した。これで全員がそろったことになる。昨晩、欠けた住人はいなかったようだ。

めいめいブーメランに別れの言葉をかけ、棺桶が海に運ばれる。純真無垢な子供が亡くなったせいか、あるいは二人めだからか、果ては次は自分かという思いがあるのか、ステラのときに輪をかけて重たく悲しい空気が流れていた。

水葬を終えて紅招館のラウンジに戻り、ミーティングが始まる。クリスによるＩＤの照合が済むと、真っ先に口を開いたのは歯車だった。

「まだ、信じられないよ。ブーメランが死んだなんて」

歯車はブーメランの捜索に加わっておらず、落下の瞬間も目撃していない。わたしは訊ねる。

「わたしたちがブーメランを捜していたころ、歯車は何をしていたの」

「クライドが緊急ライブ配信をおこなってたから、見てたんだよ。イヤフォンをしていたせいで、騒ぎに気づかなかった」

意外な返答だった。マヒトが指摘する。

「クライドってアメリカ人だよな。あの時間帯、アメリカは真夜中だったはずだぞ」

「ＢＷの時間を基準に、見やすそうな時間帯にしたんじゃないかな。クライドの配信は、世界じゅうのバタフライたちが注目するだろうし」

ＢＷ内でアンテナを用いて配信を見れば、音声はリアルタイムで翻訳される。クライドのしゃべる英語が理解できなくても、問題なく視聴できるわけだ。

「それで、何の配信だったの」

「どうもこの数日、クラッキングはボニーとクライドの仕業じゃないかという噂がＢＷ内で広まってたらしいんだ。彼らのもとに抗議が殺到していて、いわゆる炎上状態になってたみたいでね。配信は、クライドみずからその噂を否定するものだった」

「あいつらなら、そのくらいやりかねないからな」と狩人。

「話題性ばかり重視して、罪もない人々の平穏を平気で破壊する連中だからね。クラッキングに成功すれば、過去最大級の反響を得られるのは間違いないし。もっともクライドは、噂は完全なるデマだ、みんな騙《だま》されるな、って繰り返し訴えてた。だけど、無実を証明する手立てがない以上、疑惑が百パーセント払拭された、とは言いがたいんじゃないかな。何よりも、あの配信には大きな問題があった」

「大きな問題？」ミニーが訊き返す。

「配信に、ボニーが登場しなかったんだよ。この三ヶ月、ボニーとクライドは別々に動画を投稿していて、同時に姿を見せることがなかった。そのせいで不仲説など、さまざまな憶測が飛び交っていたのはみんなも知ってるだろう。そんな彼らに対するぼんやりとした不審の念が、今回のクラッキング疑惑につながったんじゃないかと思う」

「姿ヲ同時ニ見セナイコトト、クラッキングニハ何ノ関連モナイト思ウノデスガ」

　P3の思考はしごく合理的だ。だが往々にして、人間はもっと感覚的な生き物なのだ。

「怪しいところがわずかでもある限り、何もかもが疑わしいように感じるのは人の性だよ。僕は、噂をしっかり否定して炎上を鎮めたければ、ボニーとクライドは二人そろって画面に登場すべきだったと思うね」

「そろそろ本題に入っていいかな」

　クリスが焦《じ》れたように言ったので、歯車は手のひらを上に向け《どうぞ》と示した。

「昨晩、ボクは眠れずにずっと事件のことを考えてた。すると、ある疑問にぶつかったんだ。犯人は、なぜ住人を殺し始めたのだろう」

「だから、動機なんて考えたって仕方ないって――」

「そうじゃない」

　水を差そうとしたマヒトを、クリスはさえぎって続けた。

「犯人がアキとマヒトではなく、紅招館の住人の中にいると仮定しよう。その場合、犯人には住人を殺すチャンスなんてこれまでいくらでもあったはずなんだ」

「ずっと機会をうかがっていて、とうとう実行に移しただけなのかも」

そう言ったわたしに、クリスは顔を向けた。

「言い方を変えよう。もしボクが犯人で、殺人の機会をうかがっているうちにこの分断に巻き込まれてしまったとしたら、たとえ復旧がどのくらい先になるか読めなかったとしても、それまでは決して犯行に手を染めようとは考えない。なぜなら、致命的なほどに容疑者が絞り込まれるからだ」

あ、と思った。確かにあの鼈甲の壁さえなければ、犯人はいくらでも殺人の罪を部外者になすりつけられたはずなのだ。

「にもかかわらず、犯人はよりによって分断が起きてから、連続殺人を開始している。これは、どう考えても妙だよ」

「そっちの二人が犯人なら、それほど妙だとも思わんがな」

狩人がわたしとマヒトのほうにあごをしゃくる。昨日憐れみを見せてからというもの、それまでむき出しだったほどの敵愾心は感じない。彼はあくまで論理的に意見を述べている。

「そうだろうか。彼らが犯人だったとしても、数少ない容疑者に加えられてしまうという点では一緒だ。やはり、復旧を待つのが得策であることに変わりはない」

「復旧すれば、館から追い出されるぞ。いまがチャンスと考えるのは道理だ」

「ボクらは外出だってするだろう。あとをつけて殺害するのは難しくない。非暴力の無効化さえ可能なら、ね」

「そもそも、犯人は罪が露見するのを恐れているのかしら？　ＢＷ憲法に殺人を裁くための条文はないわよ。何せ、すべての生き物に危害を加えることがプログラムによって禁じられているのだから。法治国家なら無罪放免だわ」

首を傾げた百合に、歯車は苦笑で応じた。

「ペナルティはすべて憲法で事細かに制定されているわけじゃないよ。あらゆる出来事に柔軟に対処すべく、運営の恣意的な運用が可能になっているというのが実態だ。だから殺人犯が特定された場合に、運営がお咎めなしで放置するとは考えられない。まず間違いなくアカウント停止だろうね」

ＢＷでは網膜などの個人情報とアカウントが紐づけられているため、アカウント停止はすなわちＢＷからの永久追放を意味する。言うまでもなく、もっとも重いペナルティだ。

「逆に言えば、アカウント停止されても構わない、二度とＢＷをプレーする気がないプレーヤーなら、殺人を犯すことに抵抗はないわけだ」

マヒトのつぶやきに、灰が反発した。

「そんなことを考えるやつは、紅の中には断じておらん」

「わたしだって、ＢＷから追放されるなんて絶対嫌だよ」

わたしも必死に言い返す。マヒトも同調した。

「オレも、ＢＷはやめたくないな」

「やっぱり、犯人は罪を逃れたがっていると見るのが順当だろう。ＢＷに、アカウント停止を恐れないプレーヤーはいないと思う」

　クリスがまとめ、百合は引き下がった。

「話を戻すと、犯人は疑われるリスクを承知の上で、分断の最中に二度も殺人を犯した。この点が、犯人を突き止める鍵にならないだろうか」

「アタシはむしろ、分断が殺人の引き金になったような気がしてたけど」ミニーが言う。

「クラッキングによって何らかのルールが変わり、殺人が可能になったことを犯人だけが知りえた？」歯車は昨日みずから否定した仮説を持ち出す。

「分断から復旧すれば、もう殺人を犯せなくなるのかも」百合がもっともらしい説明をつける。

「つまり殺人犯とクラッキング犯は同一人物ってことか？」狩人はこちらを見ながらピントのずれた推理を披露する。

「ＢＷのサーバをクラッキングし、殺人を可能にするプログラムの改変をおこなえるほどの力を持つのは、ＺＺ以外に考えられん」灰はまだＺＺ犯人説に固執している。

「だから、ＺＺは関係ねえって」マヒトがうんざりした様子で突っぱねる。

　昨日と同じく、一気に議論が錯綜してきた。うさぎは下を向いてさめざめと泣き続け、Ｐ３は燃料でも切れたみたいに固まっている。

「どうやら、ボクらにはまだ情報が足りないみたいだな」

　クリスが手を叩き、一同を黙らせた。

「けれどもこの疑問は重要だと思う。引き続き、何か気づいた者はミーティングなどで発言してほしい」

ほかに言いたいことがある者はいるかと問われ、わたしは手を挙げた。

「この中に、黒の布テープを持ってるバタフライはいる？」

「黒の布テープ？」とクリス。

「ゆうべ、ブーメランの遺体を確認したところ、翅がテープで貼り合わされていたの。黒のテープなんて、誰もが持ってるものではないでしょう。だから、出どころはどこなのかなって」

「布テープなら、ブーメランの部屋にあったんじゃないかしら。彼は工作が好きだったから」

百合に言われ、わたしは暖炉に目をやった。上に紙や木の枝などでできた、子供の工作じみたものがいくつも置かれている。よく見ると、黒の布テープで留められているものもあった。

「じゃあ、あの工作もブーメランが？」

「ええ。どんどん新しいものを作って飾ってたから、ブーメランが布テープを持ってることはみんな知ってたと思うわ」

ブーメランは自身の発言から、部屋で寝ているところを拉致されたと見られている。犯人はそのときブーメランの部屋に入っているのだから、布テープを持ち出すのは造作もなかったことになる。

「そう……ちなみに、翅が布テープで留められることはみんな知ってた？　わたし、知らなかったんだけど」

「そういや、ちょっと前に騒動があったね。狩人が、『翅が動かねえ！』って騒いで」

歯車が語り、狩人はばつが悪そうになる。

「ブーメランがいたずらで、ラウンジで昼寝してたおれの翅を貼り合わせやがったんだよ」

「あった、あった」百合は笑いをこらえきれないようだ。

「ブーメラン、たまに子供っぽいいたずらしてたね」ミニーもつられて笑顔になる。

「テープくらい、力を込めればすぐはがれただろうに」歯車は呆れている。

「うるせえなあ。あのときは寝ぼけてて、思うように翅が動かないからパニックになっちまったんだよ」狩人がふてくされる。

「あのころは、平和だったな」

クリスが遠くを見るようにして言う。場がしんみりとしてしまった。

「とにかく、布テープで翅を留められることはみんな知ってたんだね。でも、それならブーメランも逆さ吊りにされたとき、翅が動かないのは布テープのせいだと気づけなかったのかな」

疑問を口にしたわたしを、うさぎがにらみつけた。

「ブーメランは子供だったのよ。あんな状況で、そこまで冷静に考えられるわけないでしょう」

それもそうかと思ったのと、うさぎの視線から逃れたかったので、わたしは話を変えた。

「じゃあ、ロープはどこから出てきたんだろう」

「おれが取り寄せて、物置に置いてたよ。ほら、そこ」

狩人が階段の下を指差す。そこにはいまも工具などが雑多に置かれていた。

「住人たちもたまに使うから、いろいろ仕入れてたんだ。ロープもその中にあった。いまはもう、持っていかれちまったけどな」

それではロープの出どころからも犯人を絞れない。余ったロープがどこかにあるのかもしれないが、まさか犯人が自分の部屋に保管するなどというへまをやらかすとも思えなかった。

郵便はがき

料金受取人払郵便

牛込局承認

7395

差出有効期間
2023年6月
1日まで

162-8790

新宿区東五軒町3-28
㈱双葉社
文芸出版部 行

ご住所	〒	
お名前	(フリガナ)	☎
		男・女　　歳 / 既婚・未婚
職業	【学生・会社員・公務員・団体職員・自営業・自由業・主婦(夫)・無職・その他】	

ご購読ありがとうございます。下記の項目についてお答えください。
ご記入いただきましたアンケートの内容は、よりよい本づくりの参考とさせていただきます。その他の目的では使用いたしません。また第三者には開示いたしませんので、ご協力をお願いいたします。

書名（　　　　　　　　　　　　　　　　　　　　　　　　）

●本書をお読みになってのご意見・ご感想をお書き下さい。

※お書き頂いたご意見・ご感想を本書の帯、広告等（文庫化の時を含む）に掲載してもよろしいですか?
1. はい　2. いいえ　3. 事前に連絡してほしい　4. 名前を掲載しなければよい

●ご購入の動機は？
1. 著者の作品が好きなので　2. タイトルにひかれて　3. 装丁にひかれて
4. 帯にひかれて　5. 書評・紹介記事を読んで　6. 作品のテーマに興味があったので
7.「小説推理」の連載を読んでいたので　8. 新聞・雑誌広告（　　　　　　　　）

●本書の定価についてどう思いますか？
1. 高い　2. 安い　3. 妥当

●好きな作家を挙げてください。
（　　　　　　　　　　　　　　　　　　　　　　　　）

●最近読んで特に面白かった本のタイトルをお書き下さい。
（　　　　　　　　　　　　　　　　　　　　　　　　）

●定期購読新聞および定期購読雑誌をお教えください。
（　　　　　　　　　　　　　　　　　　　　　　　　）

「誰かが物置からロープを持ち出すところを見たバタフライはいない？」

わたしは粘ったが、

「昨日は、ステラの水葬のあとで、部屋に戻ったバタフライが多かったからね。ラウンジに人目のない時間は長かったと思う。それより前に、ロープを持ち出していたかもしれないし」

これも歯車に退けられてしまった。

クリスがミーティングを締めにかかる。

「ではみんな、くれぐれも警戒を怠らないように――おや」

そのとき全員のアンテナが、いっせいに着信音を発した。見ると、運営からのメッセージが届いていた。

〈速報です。ＢＷサーバへのクラッキングと地形プログラムの改変をおこなった容疑者が逮捕されました。容疑者は日本在住の男です。現在、日本の警察によって取り調べが進められています。運営は復旧の方法について引き続き調査する方針です〉

「よかったじゃねえか。分断を引き起こした犯人なら、復旧のやり方も知ってるだろう」

狩人が喜び、歯車も笑顔を見せる。

「この状況がいつまで続くのか不安だったけど、もう長くはなさそうだね」

それは世界が分断され、二度の殺人が起きてしまった閉鎖空間において、初めてもたらされた吉報だった。

「どう思った？　クリスの疑問」

ミーティング後、わたしとマヒトはラウンジを離れ、灯台のある崖で立ち話をしていた。直接言われたわけではないものの、一部の住人から《出ていけ》という圧を感じたからだ。

「犯人はなぜ、分断が起きているこの状況で殺人を犯したのか、ってやつか」

マヒトは海上にそびえ立つ鼈甲の壁に目を向ける。

「オレはまだ、犯人が現実でステラやブーメランを、というより二人を操作しているプレーヤーを殺した可能性を捨てていない。そっちの都合で、いま殺すしかなかったというのは考えられる」

現実で殺人を犯す都合上——その発想はなかった。マヒトがミーティング中にこの説を蒸し返さなくてよかった、と思う。でなければ、とんでもなく不穏な空気になっていたはずだ。

「だけど、ＢＷのプレーヤーは世界各地に散らばっているはずでしょう。一人ならともかく、同じ犯人が二人も殺したというのは現実的じゃないよ」

「そうとも言いきれないぞ。案外、ステラとブーメランは近くに住んでいたのかもしれない」

その発言を聞いたわたしは、突然あることをひらめいた。

「ねえ、紅招館の住人たちは現実でもひとところに集まって共同生活を送ってる、ってことはないかな」

「共同生活？　なぜそう思った」

「それなら、現実で殺したと考えるのにも無理がないなって」

「なるほど。しかし残念ながら、それはありえないな」

　マヒトに一笑に付されても、わたしはあきらめきれない。

「どうして」

「どうしても、だ。だいいち、共同生活をしているのなら、やつらが現実のプレーヤーに異変が起きたことを真っ先に確かめようとしない理由をどう説明する？　ブーメランの場合なんて、直前まで生きてたことがわかってるっていうのに」

「うーん……」

　わたしが言い返せないと見るや、マヒトはフォローに転じた。

「ま、発想は悪くないけどな。何にせよ、紅ってのは尋常ならざる連中だ。そしてオレたちが犯人ではない以上、紅の中に殺人犯がいるのは明白なんだ。常識の枠内で考えると、足をすくわれる」

　ログアウトしないというだけでも常識が通用しないのに、さらに殺人まで起きてしまった。マヒトの言うとおり、固定観念を取り払わなければ真相にはたどり着けない。

「アバターたるバタフライの死と、現実におけるプレーヤーの死がリンクしている……それじゃあ、こういうのはどうかな。紅たちは、実は生身の人間じゃない」

「何？」

「彼らはみんな、プログラムなんだよ。ＮＰＣってやつ」

　ＮＰＣはノンプレーヤーキャラクターの略で、ゲームの世界では、人間ではなくコンピューターが操作するキャラクターを意味する。

「それなら彼らがログアウトしないのは当然だし、現実のプレーヤーが死んだなんてとうてい受け入れがたいことを考えなくてよくなる。ＮＰＣにとっては、この世界での死とプレーヤーの死は同義だろうから」

「それはないよ。それだけはない」

なぜか、マヒトは否定を強調した。

「どうして？」

「現実の人間社会に宇宙人が紛れ込んでいる、と本気で信じるようなものだ。バタフライは、すべて人間が操作しているんだよ。その前提は覆らない」

「マヒト、何か知ってるの」

「アキは、自分が人間だと思って接してた相手が実はＡＩだったとしたら、どう感じる？　それがたまらなく好きな相手だったら？　きっと、絶望するんじゃないか」

そうかもしれない。騙されたことを、恨まずにはいられないだろう。

「わかるだろ。バタフライの中にこっそりＮＰＣを混ぜるなんてのは、禁忌中の禁忌なんだ。オレは、いまの運営は無能だと思ってるけど、そこまで極悪非道だとは思わない」

「そう、なのかな……」

「それにＢＷのプレーヤー総数は常に世間に公表されているが、それはＢＷに存在するバタフライの数と一致している。ＮＰＣでプレーヤーの数を水増ししたなんてことになれば、それは紛れもなく粉飾で、たとえ少数であっても大問題だぞ。そんな危険を、ＢＷＬＬＣが冒すメリットがない」

ＮＰＣ説は単なる思いつきに過ぎなかったので、わたしは引き下がった。しかし、それにしてもこのマヒトのアレルギーじみた拒絶反応はいったい何に由来しているのだろうか。

「でも……そうなると、現実のプレーヤーをどうやって死なせたのか、という問題が立ちはだかるわけだよね。やっぱりＢＷで殺されたショックが、現実のプレーヤーをも死に至らしめたのか……」

「オレはその説にも賛同しないが、仮にそのとおりだとしても、犯人からするとアバターを殺せばプレーヤーも死ぬとの確信は得られないぞ。プレーヤーが生きてさえいれば、誰に殺されたのかを運営に通報できるんだから、殺人を犯すにはリスクが高すぎる。それでも、犯人はたまたま運よく二人とも死に至らしめることができた、と本気で信じるか？」

少なくとも、犯人がそんな幸運に期待したとは思えない。ＢＷでの死と現実の死がリンクするところに紅の秘密が関わってくるような気もするけれど、いまのところＮＰＣ以外では説明できそうにない。

「ステラやブーメランのプレーヤーが現実で死んだ状況を把握できない以上、現実の死を絡めて議論するのは無理筋かな。いずれにしても、現実での殺人がＢＷでの殺人を可能にするわけではないし」

「そうだな。ＢＷでどうやってバタフライを殺したのか、という疑問から向き合うべきだろう」

「仮にブーメランの殺害は仕掛けで説明がつくとしても、ステラの部屋には仕掛けの痕跡なんて見当たらなかったよね」

もっとも、仕掛けが殺人を可能にするのなら、犯人はその方法を秘匿すべく入念に仕掛けを片づけるだろう。第一の殺人は、非暴力を無効化する手口を悟られぬよう単純なものに見せかけた、とも考えられる。

「昨日も話したように、仕掛けさえあれば殺せると決めつけるのは早計だと思うけどな」

「じゃあ、対象が紅という特殊な存在であることが、非暴力を破るのに関係している可能性はある？」

「まあ、考えようによっては……ステラは夜間に腹部を刺されているし、ブーメランも寝ているところを拉致されている。普通、プレーヤーは就寝時にはログアウトするだろ。シャドウになってしまえば、殺すどころか一切手出しできない。寝込みを襲われているのは、紅だからこそ起こりえたと言える」

「あ」そこで、わたしは再びひらめいた。「シャドウ状態のバタフライの体を刺すようにナイフを固定しておけば、再びログインしてきたときにそのまま刺さらないかな」

「それはもう、ボニーとクライドが実験済みだよ」

マヒトは昨晩ログアウトしたのち、歯車が見たというボニーとクライドの動画をチェックしたらしい。わたしがいま思いついた方法は、すでに彼らが試し、ログインの瞬間にナイフがはじかれて失敗に終わっていた。

「そっか。妙案だと思ったんだけどな」

「自分たちが思いつくようなことは、たいてい誰かが先に思いついてるもんだ」

「ていうか、紅は自分の意思でログアウトしないから、シャドウにはならないんだっけ。どのみち、この方法は使えないか」

「紅がログアウトしないという点に関しては、絶対とは言い切れないけどな」

「え、そこから疑う？」

「だって、すべてのバタフライは随意にログアウトが可能なんだぞ。そうしたがらないだけで、あいつらが耳たぶを下に引っ張れば、ちゃんとログアウトされるんだ。何なら本人の意思に関係なく、現実で頭のデバイスを外してやれば、強制的にログアウトさせることだってできる」

「それだと、シャドウじゃなくてフリーズになっちゃうじゃない――」

　そのとき、ある疑問が生まれた。

「シャドウを傷つけられないことはわかった。じゃあ、フリーズはどうなの？」

「フリーズは動けないだけで、ログイン中のバタフライと何も変わらねえよ。ボニーとクライドも、そんなバカげたことは実験すらしていなかった」

「常識の枠内で考えると足をすくわれる、って言ったのはマヒトでしょう。バグだってあるかもしれないし、殺せないとは言い切れない」

　マヒトは腰のナイフを右手で握った。

「そこまで言うなら、試してみるか」

「マヒト、フリーズになれる？」

「オレは独り暮らしだから無理だな。アキは？」

「わたしは家族と住んでる……けど、そんなことは頼みたくない」

「何わがまま言ってんだよ。アキが言い出したんだぞ」

「そうだけど――あれ？」

わたしは頭が揺さぶられるのを感じ、直後、意識が飛んだ。


「……姉貴？　起きろ、姉貴」

聞き慣れた声で呼ばれ、わたしの目の焦点は正面に立つ人物に合う。

守だった。その手には、ゴーグルが握られている。頭に手をやると、デバイスが外されていた。

どうやらわたしは、守によって強制的にＢＷを離れ、現実の自室に戻ってきたらしかった。

「何するの、返してよ！」

わたしが手を伸ばすと、守はデバイスを頭上高く持ち上げた。飛びつこうとするわたしを、必死でなだめる。

「話を聞けって。こんなことをしてる場合じゃないんだ」

それで、わたしは動きを止めた。

「何かあったの」

「落ち着いて聞いてくれ。いま、玄関に警察が来てる」

「警察？」

「ああ。姉貴と話がしたいそうだ」

戸惑うわたしに、守は心配と疑念とが入り混じった声音で訊ねた。

「なあ、姉貴――ずっと部屋に引きこもってたはずなのに、いったい何をやらかしたんだ？」

信じがたい気持ちで、わたしは問う。

「本当に、西園寺くんがやったんですか」

「現時点では、西園寺は犯行の認否について黙秘しています。ただ、すでに彼の所有するＰＣからクラッキングの形跡が発見されているので、ほぼ間違いないかと」

事実を受け止めきれない。ほんの数時間前、容疑者逮捕の第一報を運営から受け取った時点では、自分の知り合いだなんてことはつゆほども想像できなかった。

「でも、どうして刑事さんたちがわたしのところに？　西園寺くんは確かに知り合いですけど、高校三年生の四月に会ったのが最後で、それ以来何の関わりもありません」

福間美幸が一瞬、隣のおじさん刑事――名刺には前崎尚道《まえざきなおみち》とある――と目を見合わせた。それだけでわたしは、これから重大なことが語られるのを予感した。

「西園寺は黙秘を続けていますが、ある条件を呑むなら話をしてもいい、と言っています」

福間が重々しく言った。

「条件？」

「花沢亜紀を連れてきてほしい。これが、西園寺が出した条件です」

こめかみを殴られたような衝撃に見舞われた。この短時間に、わたしはいったいどれだけ驚けば許されるのだろう。

「どうして、わたし……？」

「わかりません。心当たりはありますか」

わたしはかぶりを振る。

「さっきも言ったように、西園寺くんとはずいぶん前に顔を合わせたきりなんです。こんな犯罪に、わたしが関係しているとは思えない」

「ですが、彼はあなたに会いたがっています」

「ご協力を願えませんかねえ」

前崎が口を開いた。歳相応にしわがれていて、高圧的な声だった。

「嫌です」

自分でも思いがけないほど、わたしはきっぱり断っていた。

「もう長いこと、この家を出てもいないんです。とてもじゃないけど無理です」

「花沢さんに来てもらえんと、手間がかかってしょうがないんですわ。われわれもこんな、たかがゲームの不正なんかにいつまでもかかずらっていられるほど暇じゃないんですよ」

「前崎さん」

横柄な先輩刑事を、若き女性刑事がぴしゃりと黙らせる。不満げな前崎を放置して、福間はわたしに向き直った。

「面会室でガラス越しに会うだけですから、花沢さんに危害が及ぶことはありません。もちろんわれわれも立ち会い、花沢さんが不快な思いをされないようサポートします」

「わたし、西園寺くんの取り巻きたちにいじめられてたんです。それがきっかけで、こんなみじめな生活を送る羽目になってしまいました。彼と話すことなんて何もないし、顔も見たくない」

わたしは写真を押し返す。これを目にしたときのわたしの反応を見ただろう、という抗議を込めた動作だった。

束の間の沈黙が流れる。前崎が鼻から息を吐いたあとで、意表を衝くことを言ってきた。

「花沢さん、あなたこのバタフライワールドってのに入り浸りなんでしょう」

わたしははっとする。「どうしてそれを」

「西園寺が教えてくれたんですよ。『花沢亜紀はいま、BWの分断によって孤立した地帯でプレーを続けているから、自宅に行けば捕まるはずだ』って。あなた先ほど、この犯罪に自分は関係ないと言ったが、そりゃとんだ見当違いだ。西園寺は、あなたを狙ってサイバー攻撃を仕掛けた。われわれはそう見込んでおるんですわ」

もはや、何を言われているのか理解するのさえ難しかった。驚き疲れ、脳の処理能力の限界を優に超えてしまった。

「いいんですかねえ。このままだとあなた、いつまで経っても閉じ込められたままですよ。速やかにご協力いただいたほうが、あなたのためにもなる――」

「帰ってください」

低い声で、わたしは告げた。

「花沢さん……」福間がつぶやく。

「何を言われようと、彼に会う気はありません。もう帰って」

わたしの剣幕に押されてか、刑事たちは立ち上がった。玄関を出たとき、福間美幸は振り返って言った。

「また来ます。必ず」

わたしは玄関を閉め、上がり框《かまち》にへたり込んだ。

「大丈夫か、姉貴」

　守に後ろから声をかけられたけれど、意思とは関係なしに嗚咽してしまい、返事もできない。

「つらいのはわかるけど、警察に協力したほうがいいんじゃないか」

　守は気遣う様子を示しつつも、わたしを追いつめる。

「……無理だよ。外に出て、この顔をさらして、誰かと会うってだけでも怖い。ましてその相手が、あの西園寺和馬だなんて」

「そうやって、死ぬまで家から出ないつもりか？　親は先に死ぬぞ。ぼくだっていつか結婚でもすれば、姉貴の面倒を見ることはできなくなる」

「どうしていまさらそんなことを言うの？　どうせわたしの人生なんて、もう取り返しがつかないよ」

「そんなことないって。いじめの原因を作ったやつが、対話を求めてきてるんだ。かつての嫌な記憶を書き換える、またとない機会かもしれないじゃないか。ＢＷでも、閉じ込められて困ってるんだろ。この状況を変えたいって気持ちが少しでもあるのなら、いま勇気を出すしかないんだよ」

「やめてよ！」

　わたしは叫び、耳をふさいだ。

「お願いだから、もうやめてよ……わたしはこの見た目に生まれてしまった時点で、ろくな人生を歩めないことが確定してたんだから。いまさらあがいたって無駄なんだよ」

　それでも、守の声は聞こえてしまう。

「いつまでいじめてきたやつらに言われたこと気にしてるんだよ。語彙力のないバカな連中が、決まり文句で罵ってきただけだろ。姉貴がいじめられたのは西園寺和馬のせいであって、見た目が原因ではなかったはずじゃないか」

「見た目の悪さで見下されていたことが、いじめにつながったの」

「見た目さえよければいい人生になるなんてのは幻想だよ。高校生でそう思ってしまうのは仕方ないとしても、社会を見渡せばそんなことはないとすぐにわかる」

「他人がどうかなんて関係ない。見た目がよくなれば人生がよくなるかどうかは、まずこの見た目をよくしてからようやく確かめられることでしょう。わたしは何も悪くないのに、生まれつき見た目がよくないというだけで苦しまなければならないいわれはない」

　だから、美容整形しかないという結論に至る。そのためには費用が要るが、この見た目ではただ仕事を見つけることすらままならない。このいかんともしがたさに、わたしはとうに匙を投げてしまった。

　弟とこの議論をするのは初めてではない。整形そのものに理解がない両親とは違い、弟はわたしの願望をある程度肯定してくれている。だが、わが家は決して裕福ではなく、わたしはいまだに費用を調達できずにいるのだった。

「……わかってる、わたし最低だって。自分で解決しようともしないで、家族に迷惑ばかりかけてさ。もう、死んだほうがいい」

「家族は誰もそんな風に思ってないよ。父さんや母さんが、いまでもどれだけ姉貴のこと心配しているか」

「その父さんや母さんを、わたしは恨んでる。こんな見た目に生んだから」

わたしは守のほうを振り返り、微笑した。

「だけどね、ＢＷにいると、父さんや母さんを恨まなくて済むの。ＢＷでは、見た目が意味をなさないから。ルッキズムが存在しえないから」

「姉貴……」

「それに、ＢＷと出会うまで、わたしは死ぬことばかり考えてた。こんな風に部屋に引きこもって、こんな見た目のままで、家族に生かされててもしようがないって。だけど、いまは死にたいとは思わない。ＢＷにいると、心から楽しいって感じられるから。ＢＷが、わたしを救ってくれた」

「そのＢＷを、姉貴なら救えるかもしれないんだぞ」

「わたしが出ていかなくても、きっと警察や運営が何とかしてくれるよ。わたしにできることなんて、何もない」

「……もういい。勝手にしろ」

守が立ち去る。階段を上る足音は、踏み抜くんじゃないかと気がかりになるほどだった。

5

「うおっ」

ログインしたわたしが動き出すと、そばに立っていたマヒトがビクッと身を引いた。

「アキ、戻ってきたのか」

崖の風景が視界に戻ってくる。時刻は午後に差しかかったころ、高く上った陽に照らされた純白の灯台がまぶしい。現実での出来事で憔悴《しょうすい》したあとだったので、ＢＷにいるというだけで、最悪の状況でもほっとしてしまう。

「ごめんね、いきなりフリーズしちゃって」

「びっくりしたぜ。家族には頼みたくない、なんて言ったそばからフリーズしてみせるとは、いったいどんな魔法を使ったんだ？」

「たまたまだよ。用事があって、家族にデバイスを外されちゃった」

マヒトの隣には、なぜかクリスの姿もあった。

「アキ、何かあった？　何て言うか、泣いてたように見える」

「何でもない。心配しないで、大した用事じゃなかったから」

わたしはまだ、西園寺和馬の件を話す気にはなれなかった。

「わたし、けっこう長い時間、フリーズしてたよね。その間、マヒトはずっとここにいたの？」

「アキが言い出したんだろ。フリーズ状態のバタフライなら、傷つけることができるかもしれないって。そのアキがフリーズになったんだから、利用しない手はない。たっぷり実験させてもらったぜ」

マヒトがニヤリとするので、わたしは眠っているあいだに体をまさぐられたような不快感を覚えたが、この事態を招いたのはわたし自身なので抗議はしなかった。

「で、だ。オレの証言だけでは、アキが信じないかと思ってな。どうせなら動画に撮ってやろうと考え、撮影係を呼んできた」

「それが、ボクってわけだ」

　クリスが胸に手を当てる。

「クリスなら、話が通じそうだったからな」

「最初は、フリーズのアキを襲うなんて何を考えてるんだ、と思ったよ。だけど話を聞くと、どうやらアキの望みらしい。だから協力することにした」

　クリスは腕からアンテナを取り外し、わたしに見せる。

「この中に、マヒトがきみを傷つけようとした様子が記録されている」

「マヒト、エッチなこととかしなかったでしょうね」

「バカ言え。おまえみたいなガキに興味ねえっての」

　即座に切り返しながらも、マヒトがうろたえているのがおかしかった。ＢＷでは、現実だと口にしないような軽口が出ることにいまさらながら驚く。

　クリスからアンテナを受け取り、動画を再生する。結論から言うと、フリーズ状態のわたしを傷つけることは不可能だった。マヒトは自身のナイフを用いてわたしの体のあちこちを刺したり切ったりしようとしたものの、すべて跳ね返された。

　それだけではない。マヒトはさらにマッチの火を近づけたが、衣服や肌に触れる前に消えた。ロープで首を絞めようとしても、物理的な攻撃同様はじかれた。

「バタフライは呼吸をしないけど、それでも首を絞めるのはだめなんだね」

「現実で加害とみなされるような行為は全般禁じられている。呼吸という動作をするかどうかにかかわらず、な。だから、水に溺れることもないようになってる」

「水に潜ること自体はできるよね？　長時間潜っていたらどうなるの」

「一分を過ぎると、問答無用で水面まで浮き上がる。物理的に押さえている場合や、重しをつけられている場合でも一緒だ。それらの力よりも、バタフライの浮力のほうが無条件で勝る」

「じゃあ、水面に刃物が固定されていたらどうなるんだろう」

「怖いこと考えるなあ」とクリス。

「刃物がはじかれて吹っ飛ぶか、それも無理なら刃物が折れるさ。バタフライの体を守ることが最優先だから、その他の物体は状況に応じて壊れたりすることもある。前に話したとおり、手を縛ったロープなんかも同様だ」

「地中に埋めようとした場合は？　あるいは、完全な密室に閉じ込めることもできる？」

「まず、酸欠や餓死、脱水で死ぬことはない。圧死につながるケースに関しては通常の攻撃と同じで、ある程度の重さを超えたらはじき返される。密室に閉じ込めることは可能だが……まあ、常にアンテナを所持しているからな。いくらでも助けを呼べるし、相手の意に染まない閉じ込めを起こしたバタフライには運営からペナルティが課されるだろうさ」

「飲み込む動作ができないから、服毒はないよね。毒ガス、あるいは熱湯や硫酸は？」

「体に害のあるものははじかれるよ。物理攻撃と同じ扱いだ。お湯なら一定以上の温度になったら、だな。電流なんかも含め、目に見えないものや形がないものであっても、危険ならちゃんとバタフライの体からはじかれる」

「医療行為はどうなるの？　注射とかは難しそうだけど」

「鍼灸だろうが心臓マッサージだろうが開腹手術だろうが、暴力に類する行為はできない。だいいち、この世界で医療行為をしても、現実のプレーヤーには何の意味もないからな。できるのはせいぜいカウンセリング程度のもんだ。灰だって、治療できることはほとんどないと認めていただろう」

非暴力を徹底するにも、さまざまなパターンに対処しなければならないようだ。わたしは言う。

「マヒト、詳しいのね」

「……いま話したようなことはたいてい、ボニーとクライドの動画の中で実験されていたからな」

わたしはクリスにアンテナを返す。マヒトが言った。

「ま、やるまでもなくわかりきってたけどな。フリーズであろうと、バタフライを傷つけることはできない。これで気が済んだろ」

「でもそうなると結局、ステラを殺害した方法は謎のままだね」

謎、謎、謎。どんどん増えていく、解けるものは一つとしてないままに。

「あのさ、マヒト。ここらでいったん、いまある謎を整理しておかない？　よかったら、クリスも付き合ってよ」

この提案に、二人は乗ってきた。めいめい崖の上に腰を下ろしたところで、わたしは語り出す。

「まず第一の殺人。犯人が深夜にステラの部屋を訪ね、ステラ自身に迎え入れられたのち、彼女の腹部を刺して殺害したと考えられる」

「ステラの部屋のリビング以外に血痕が見つかっていないことからも、犯行現場はステラが倒れていたあたりで間違いないだろうな」

「遺体発見時、部屋のドアに鍵はかかっていなかった。犯人が犯行後、そのまま部屋を出ていったと見ていいだろうね」

「となると謎はただ一つ。犯人は、どうやって非暴力を無効化し、ステラにナイフを刺したのか」

もっとも根本的な疑問だ。クリスが考え込む。

「どうやって、が一番重要だ。でも、それに付随する謎があるね。犯人はどうして、非暴力を無効化できると知っていたのか。あるいは、もし犯人だけが無効化できるんだとしたら、なぜそんな仕様になっているのか」

「仮に犯人がこの世界のプログラムを改変するなどして無効化したのなら、クラッキングと同一犯だと考えられるよね。クラッキングの犯人はいま、逮捕されていてＢＷにはいないはずだよ。でも殺された住人以外、欠けたバタフライはいない。つまり、クラッキングの犯人と殺人犯は別人と考えられる」

「そう断ずるのは早計じゃないか。クラッキングと非暴力の無効化は、何らかの形で関連しているとは思うけど、ひとまず分けて考えたほうがいい」

クリスの発言に分があると思ったので、ここは譲歩する。

「灰の仮説は検討に値する？　非暴力のルールを破れるのはＺＺだけだ、っていう」

「一顧の価値もないな。耄碌《もうろく》した老人の妄言だよ」

マヒトが切って捨てる。

「ボクも同感だ。ＺＺ犯人説は、わからないことをすべて押しつけるようでちょっと都合がよすぎると思う」

クリスも反対した。ステラの殺人については、現段階ではこれ以上、建設的な議論ができそうにない。わたしは話を進める。

「第二の殺人。仕掛けを用いれば、バタフライを墜落死させられることがわかった。それを踏まえても、あの仕掛けはあまりに大がかりすぎる」

「展望台の扉を開けたときにブーメランを落下させたいだけなら、ロープを下部の扉までつなぐ必要はないよね。たとえば展望台の扉のレバーと梁をロープでつないで、そこにブーメランを吊るしたうえで、ロープに切れ目を入れて扉が引っ張られると切れるような仕掛けにしておけば、はるかに短時間で準備できたはず」

「下部の扉をふさぐ必要はあっただろうがな。下から入れたら、ブーメランを助けられちまうから」

「だとしても、下部の扉のレバーと近くの階段の手すりをつないで扉を固定してしまえばよかったんだ。何も、仕掛け全体を一本のロープで作ることはない」

「そのとおりだね。やっぱり、時間も手間もかかるのを承知であんな仕掛けを作った理由が気になる」

「時間も手間も……そもそも、どのくらい時間がかかるんだろうな。それによっちゃ、全員のアリバイを調べるだけで犯人が絞り込めるかもしれないぞ」

「実験しないとわからないね。あとでやってみよう」

いまはひとまず謎の整理に集中したい。わたしは続ける。

「ほかにも謎はある。クリスがミーティングで話していた、分断の最中に殺人を犯すのはおかしいというのもその一つ」

「分断が起きてから犯行に及んだ結果、容疑者はいま生き残っている十人に限定されてしまっているのだからね。罪を逃れたいと考えているはずの犯人の行動として、これは不可解だ」

「それからゆうべ、マヒトと灯台を調べていたときに気づいた謎もある。犯人はなぜ、遺体を海に遺棄するというシンプルな方法を採らなかったのか」

「灯台で仕掛けを作ってまでブーメランの最期をオレたちに目撃させたことからも、あの何の意味もなさそうな犯行声明文からも、犯人は犯行を隠すどころかむしろ見せつけたがっているように感じるな」

軽いめまいを覚えつつ、わたしは言った。

「これだけ多くの謎に説明をつけないと、犯人を突き止められないのかな……恐ろしく遠い道のり、って感じ」

「謎はまだあるよ。これは、事件との関連はいまのところ不明だけど」

クリスはそう前置きして、

「クラッキングに関する謎が残っている。逮捕された日本の男はなぜ、あたかもこの紅招館を切り取るように世界を分断したのか。クラッキング犯の狙いは何なのか……アキ、どうかした？」

よほど顔色が悪かったらしい。わたしは慌てて手を振った。

「ううん、何でもない。クラッキングについては、犯人ももう捕まってるわけだし、わたしたちが考えなくても警察が明らかにしてくれるんじゃないかな」

その犯人——西園寺和馬の狙いがわたしだったらしいとは、口が裂けても言えない。分断が殺人の引き金を引いたのだとしたら、突き詰めればステラやブーメランの死さえもわたしの責任ということになるのだから。

「日本の男、か……」

と、マヒトがぽつりとつぶやいた。

「マヒト、気になることでもあるの」

「ん？　ああ。アキ、おまえも確か日本人だったよな」

どきりとする。昨日、ラウンジで身の上話をしたとき、日本人であることは全員の前で白状していた。あまつさえ、ＢＷを分断させた張本人たる西園寺和馬との因縁も、どんな運命のいたずらか打ち明けてしまっていた。

「そうだけど、それが何か？」

「いや……悪い。オレ、ちょっとログアウトするわ」

マヒトがいきなり耳たぶに触るのを見て、クリスが色をなした。

「待てよ。まだ話の途中だろう」

「だから、悪いって謝っただろ」

「ログアウトするなら、せめて理由を言って行けよ」

マヒトはわたしを一瞥《いちべつ》し、面倒そうに告げた。

「調べたいことができた。もしかしたらまったくの見当違いかもしれないし、だとすると無駄に二人を混乱させるおそれがあるから、いまはまだ話さないでおく。オレの考えが正しいことが確認できたら、そのときは二人に報告する。これでいいか」

「どうしても、いま調べなきゃいけないことなんだな」

「そうだ。それだけは、断言できる」

眉間に込めていた力を、クリスは抜いた。

「わかったよ。行け」

「ったく、偉そうに。何でログアウトするのに、おまえの許可がいるんだよ――」

ぶつぶつ言いながら、マヒトは耳を引っ張ってシャドウになった。

悪い予感が、胸の中に渦巻く。マヒトはクラッキングの犯人が日本人であることを気にしていた。まさかそれだけで、わたしとのつながりを看破したとは思えないが――。

「マヒトもいなくなっちゃったし、これからどうしよう……」

「アキ」

突然、クリスに正面から両肩をつかまれ、わたしは頰を赤らめた。

「えっ、何。クリス、いまはこんなことしてる場合じゃ」

「マヒトって、何者なんだよ」

彼の表情が真剣そのものだったので、わたしの心は一瞬で冷えた。クリスの体を押し戻しつつ、ちょっとぶっきらぼうになって言う。

「何者って、そんなの知らないよ。ＢＷでは、プレーヤーの素性を穿鑿しないのが鉄則でしょう」

「そうだけど。あいつ、何か怪しいよ」

「どうかしたの？」

「さっきの非暴力に関する説明、詳しすぎなかったか？　ボニーとクライドの動画を観て学んだというより、元から知っているかのようだった」

「あの態度は、単にマヒトの性格からくるものだと思うけど……」

「それだけじゃない。アキがフリーズになっているあいだに、妙なことがあったんだ」

それは、マヒトが館にクリスを呼びに来た直後に起きたのだという。

「マヒトから、アキが崖でフリーズになっていることを聞いた。協力を承諾したボクに、彼は言った」

――アキがいつ戻ってくるかわかんねえから、急ぐぞ。

「ボクらは館の外に出て、崖まで飛んで移動した。そのとき気がついた」

「何？」

「あいつ、速すぎないか」

そのことか、と思う。クリスは興奮気味に続ける。

「BWでは見た目を自由に変えられるし、運動能力も見た目によってある程度、左右される。だが、年齢がほとんど変わらず、特別太っているわけでもないボクとマヒトのあいだに、飛行速度の違いがあるとは思えない」

　クリスの言うとおりだった。たとえばパラダイスレーシングのような複雑な飛行を要求されるときに、体重移動などのテクニックの違いがタイムの差として現れることはある。だが、単純にまっすぐ飛ぶ場合に出せる最高速度は一律である。ステラや灰、ブーメランのような見た目なら格別、若くて健康的な男女の容姿を選んでいれば、通常は誰もが等しい最高速度になるのだ。

「にもかかわらず、崖を目指して飛んでいるとき、明らかにマヒトのほうが速かった。ボクが全速力で飛んでも、彼との差は開くばかりだったんだ」

「そうなんだよね。マヒトって、なぜか飛ぶのが他人より速いの」

クリスが目を丸くする。「知ってたのか」

「うん。だからマヒトと組むと、レースでいい成績を残せるの。ちょっとしたバグみたいなものなのかな、と思ってたんだけど」

「ちょっとした、どころじゃない。彼だけが、いや彼だけなのかはわからないが、少なくとも彼はＢＷにおいて特別扱いされている。これは、きわめて重大な事実だぞ」

わたしはまばたきを繰り返した。

「飛ぶのが少し速いってだけでしょう」

「思い返してもみろ。アキたちが初めて紅招館にやってきたとき、マヒトが口走った台詞を」

――それにしちゃあ、ずいぶん長いことログアウトしてないやつばかりみたいだが。

「どうして彼がそんなことを知っている？　彼は、ＢＷにあるデータは必ず誰かしらが閲覧できるとも言った。その誰かしらに、マヒトが含まれるのか？　なぜ彼が、そんな重要なデータにアクセスできるんだ」

あのときは、単にマヒトのブラフだと思ったのだ。だが、思い返すと意味深長だ。

「ボクはきみたちを追い返すつもりだったから、あの時点では彼が何者だろうと興味がなかった。

そして直後に地震と分断が起きてからは、あんな発言のことなんて頭からすっかり抜け落ちていた。だけど、彼がもし本当にＢＷの各種データにアクセスできるんだとしたら、一つ解決される謎がある」

「解決される謎？」

「マヒトがどうやって紅招館の場所を突き止めたのか、だよ」

言いたいことが読めてきた。クリスは語る。

「実は、紅招館の存在やその場所を知るのは、不可能じゃない。少数ながらも、ＢＷにはボクに館へ招かれながら断った紅がいるからね。彼らの中には、館の場所まで教えたのに結局来なかった、という者もいた。そういう紅に接触できれば、ここまでたどり着くことはできる」

「事実、ボニーとクライドも似たような経緯で紅の噂をつかんだわけだしね」

「ところで、二人が調査を始めてからこの館を目指して出発するまでに、どのくらいの日数がかかったんだ」

わたしは指折り数え、「三日間」

クリスはかぶりを振った。

「早すぎる。そんなに都合よく、紅招館の場所を知る紅に接触できたとは思えない。もともと知り合いで本人からその話を聞いたことがあった、というのでない限り」

わたしはマヒトとの会話の中で、初めてログアウトせざる者たちの存在が示唆されたときのことを振り返る。確か、マヒトはこう語っていたはずだ。

——どこで聞いたんだったかも思い出せないな。

「マヒトの知り合いに紅がいる、という感じではなかったよ。ただ噂を聞いたことがあるだけ、って印象だった。だからわたし、ボニーとクライドの動画を観たんだろうなって思ったんだもん」

「なのに、わずか三日後には紅招館の場所を特定していた。普通はそんな芸当、まずできっこない。だが、仮に彼がプレーヤーのログイン時間と所在地のデータにアクセスできるとしたら？」

　簡単な話だ、とクリスは言った。

「ログイン時間が異様に長いプレーヤーを調べて、それらが固まって暮らしている建物を当たればいい」

　一般的なプレーヤーはトイレや食事の問題があるから、ログイン時間は睡眠を含めたとしても、長くて十二時間がいいところだろう。たとえば二十四時間以上ログアウトしていないプレーヤーを検索するだけで、容易に紅をあぶり出せるわけだ。そんなプレーヤーが同じ場所で複数見つかれば、そこが噂の館だと確信できる。

「要するに、だ。マヒトは、ほかのバタフライより速く移動したり、非公開のデータにアクセスできたりといった特権を有していると考えられるんだ。なぜか」

　見当もつかない。半年の付き合いでも、わたしはマヒトのことを何も知らない。

なのに、クリスは思いがけないことを言い出した。

「思いつく理由が、一つだけある」

「えっ。何？」

「その前に、アキはマヒトという名前がどういう意味を持つのか、考えたことがあるか」

わたしはぽかんとして、

「自動翻訳されないから、ドイツ語圏あたりに実在する名前なんじゃないかと思ってたけど……」

「違う。翻訳機能を切ってみるといい」

言われたとおり、アンテナで自動翻訳を切ってからマヒトのプロフィールを確認すると、スペルはMahitoとなっていた。ドイツ語なら、こうはならないだろう。

「でも、訳されないことに変わりはないのだから、結局は固有名詞なんでしょう」

「確かにマヒトは、どの言語圏の住人からもそのままマヒトと呼ばれているようだ。Mahitoなんて単語、英語やその他アルファベットを用いる言語圏には存在しないみたいだしね」

そのあたりの確認を、クリスはわたしたちを招き入れて間もない段階ですでに済ましていたらしい。

「しかし、でたらめに文字を並べたというのでもない限り、固有名詞にも元となる言語はある。そしてボクは、『マヒト』という言葉は日本の固有名詞じゃないかとにらんでいるんだ」

「日本の固有名詞？　聞いたことないけど……」

戸惑うわたしに、クリスは自信に満ちた微笑を見せた。

「なら、調べてみるといい。そこに、マヒトの正体の鍵がある」

クリスに教えてもらったマヒトの正体に、わたしは驚倒した。そしてクリスの推測を裏づけるための調査に、半日を費やした。

マヒトはログアウトしたきり、なかなか戻ってこなかった。彼がやっと姿を見せたのは、夜のミーティングの席だった。

「アキ。おまえ――」

ラウンジに入ってくるなり、彼は目を三角にしてわたしに詰め寄ろうとする。それを、クリスが制止した。

「待て。こっちの用件が先だ」

「うるせえ。おまえにオレの行動を許可する権限なんてねえっつってんだろ」

「マヒト。あなたの正体がわかったの」

わたしが言うと、マヒトはすとんと落ち着いた。

「ほう。おもしろいこと言うじゃんか」

「正体って、何のこと？」

ミニーが眉根を寄せる。ほかの住人たちも、すでにラウンジにそろっていた。

マヒトが空席に腰を下ろし、全員のＩＤ照合が済むのを待って、わたしは語り出した。

「このバタフライワールドのコンセプトは、『荘子』に記されている胡蝶の夢というエピソードが元になっている。有名な、『知らず、周《しゅう》の夢に胡蝶と為《な》るか、胡蝶の夢に周と為るかを』という、あれ」

「何だそれ。聞いたことないぞ」

狩人が口をはさむ。彼はＢＷの設定に無頓着であるらしい。

「周という人が蝶の夢を見たのか、それとも蝶が周という人の夢を見たのかわからない、ってことだよ。この周こそが荘周、すなわち荘子なの」

「いまさらだな。そんなことは、ＢＷのプレーヤーなら誰だって知っている」

マヒトは狩人の無知を嘲《あざけ》る。

「ところで、そのコンセプトを用いてＢＷを創設したのは、ハンドルネームＺＺを名乗るアメリカ人の青年だとされている。このＺＺという名前にも、ちゃんと由来がある」

わたしはアンテナのメモ機能を起動し、指先で画面に文字を書いた。

〈Zhuang Zhou〉

「これは、荘子の英語名のスペル。つまりＺＺは、ＢＷのコンセプトを『荘子』から引用しただけでなく、みずからも荘子を名乗っていた」

「それも広く知られていることだな」

マヒトに動揺は見られない。

「さて、いよいよ本題。日本人以外には聞きなじみがないかもしれないけど、はるか昔の日本に、聖徳太子というとても偉い政治家がいたの。彼は冠位十二階と呼ばれる、日本で最初の位階制度を制定した。その中の最上位が大徳《だいとく》といい、別称マヒトキミとされる」

「マ、ヒ、ト、キ、ミ」

Ｐ３がいかにもロボットらしく、一音ずつ区切りながら繰り返した。

「マヒトキミという言葉には、由来があった。『荘子』の中で荘子は、人としてあるべき理想の姿を説き、その人を《真人《シンジン》》と呼んだ。この真人という言葉が日本に輸入され、大徳をマヒトキミと称するようになったの」

「よくわからないけれど、要するにそのシンジンって漢字を、日本ではマヒトと読んだのね」

百合の解釈は正しい。

「そして荘子の教えを受け、中国の古代王朝である唐の六代皇帝玄宗は、荘子に南華真人という称号を与えている。ここで、真人と荘子は一致する」

わたしはアンテナに、次のように記した。


〈ＺＺ＝荘子＝真人＝マヒト〉


「ここに、荘子を自称する尊大な人物が二人もいる。この二人を同一人物だと見るのは、それほど突飛な推理とも思われない」

マヒトの顔から、表情が消えた。

「噂では、ＺＺはＢＷの事業を売却する際、ひそかにいくつかの権限を自分に残したとされている。たとえば、人より少し速く動き回れる。あるいは、ＢＷの非公開データを参照できる。そう言えば昨日、灰が唱えた犯人＝ＺＺ説を笑い飛ばしたのは誰だった？　非暴力のルールが変わった可能性を、一人だけかたくなに否定していたのは？」

紅たちがざわつき始める。灰が思わずといった感じで漏らした。

「おぬし、まさか」

「やっと気づいたか」

万事休す、といった感はない。マヒトの態度は堂々たるものだった。

「オレももう、隠すつもりはねえよ。それどころじゃなくなったからな」

「認めるんだな」

クリスが念を押す。マヒトは不敵に笑い、言った。

「ああ――オレが、ZZだ」

第四章　性

1

クリスが導き出し、わたし自身で裏を取った真実だ。

それでもわたしは、心のどこかで期待していたのかもしれない。マヒトが「そんなわけねえだろ」と、わたしたちの疑惑を一蹴してくれることを。

だって、あまりに信じがたかった。わたしがユートピアと崇めるＢＷ、その創造主と、半年ものあいだ行動をともにしていただなんて。

「あなたさまがＺＺでいらっしゃいましたか」

灰がやにわに椅子を下り、床にひれ伏した。マヒトは気分がよさそうである。

「おうよ。紛れもなく、このオレがＺＺさまだ」

「そうとは知らず、数々のご無礼をお許しください。ＺＺが荘子を自称していることは存じ上げておりましたが、なにぶんあなたさまの振る舞いは、荘子の思想とはずいぶんかけ離れているようにお見受けしましたゆえ」

マヒトはがっくりきたようで、

「あのなあ。持ち上げるのか蹴落とすのか、どっちかにしてくれよ」

「わしは嘘偽りなき本心を述べているに過ぎませぬ。あなたさまは横柄で尊大で、荘子の語る真人の像とはちっとも似たところがございません。もっとも、あなたさまが創造主たるＺＺならば、われわれ下賤《げせん》なバタフライどもにへりくだりもおもねりもしないのは当然でございます」

「オレはただ、無為自然に生きているだけなの。ありのままってやつよ」

無為自然は老荘思想の重要な哲学である。マヒトはわたしに何度も、無為自然で生きていると語った。それだけではない。思い返せば、彼の正体のヒントはその発言の随所にちりばめられていた。

マヒトはレースの最中に「色即是空、空即是色」と言った。中国では魏晋南北朝時代に仏教が流行し、インドから入ってきた仏典の翻訳には『老子』や『荘子』の言葉が流用され、強い影響を及ぼした。般若心経もその一部で、「空」の概念は初め老荘思想の「無」の概念によって解釈された。そのあたりの関係性を把握していたからこそ、マヒトは般若心経の著名なフレーズを口走ったのだろう。アメリカ人であるにもかかわらず、「色」がcolorを意味する字であると知っていたのも関心の表れである。

紅招館を目指して移動している最中、午前中に長距離を飛んだほうが楽だと話すわたしに、マヒトは打てば響くように「朝三暮四みたい」と応じた。朝三暮四は、『荘子』の「斉物《せいぶつ》論篇」に記された逸話だ。英語で言及したのが、そのまま日本語の四字熟語に翻訳されたのだろう。

わたしがラウンジで過去を語ったあとで、マヒトは「同じ風が吹いていても地形によって音が変わるように、人は無心にそれぞれの持ち前を発揮すべきなんだ」と話した。あれもまた、『荘子』の「斉物論篇」の中で語られる言葉だ。

さらに灯台を調べていた際、マヒトは「機械を使うやつは機事をするようになって、心の純粋さを失うってことだよ」とも言った。『荘子』の「天地篇」には、井戸のハネツルベを使おうとしない老人が、これと同じ発言をするエピソードが登場する。

このように、荘子に造詣が深い人が聞けば、マヒトが荘子に傾倒していることは数々の発言から明らかだった。アメリカで荘子や道教がどれだけ知られているのかはわからないが、これほど荘子の思想を熟知しているのは、完全に彼の個人的な趣味だろう。言うまでもなく、わたしはこれまで荘子について学んだことがなかったので、マヒトの発言の底に流れるものに気づけなかった。こうやって思い当たったのは、ミーティングの時間までに必死で『荘子』の入門書を読んだからである。

「こいつがＺＺだって？　大ボラ吹いてるだけじゃねえのか」

いぶかった狩人に、マヒトは目を細めて告げた。

「ニキータ・スミルノフ。モスクワ在住。四十三歳。男性」

狩人が、愕然とした。

「なぜ……おれのプロフィールを知っている」

「オレがＺＺで、ＢＷに登録された個人情報にアクセスできるからだ。ほかに公表してほしいやつはいるか？　ここの住人の本名くらいは、とっくに脳内にインプット済みだぞ」

住人たちは絶句している。素性を暴かれたくないのは、誰しも同じなのだろう。

わたしは、紅招館の住人たちが現実でも共同生活を送っているのではないかという仮説を唱えた際に、マヒトが問答無用で切り捨てたことを思い出した。あのときはもっともらしいことを話していたが、何のことはない、彼は住人たちの現実での居住地を把握していたのだ。

一同を見回してから、マヒトはやれやれといった感じで言った。

「どうやら、信用してもらえたみたいだな」

「ねえマヒト。一つ、教えてほしいことがあるの」

一番の友達だったはずなのに、もはやマヒトを遠くに感じながら、わたしは訊いた。

「ＢＷを象徴するいくつかの特徴――非暴力、経済格差やルッキズムの根絶などは、すべてあなたが考えたの？　これはあなたの思想であって、あなたが思い描いた理想の世界の形？」

回答しだいでは、わたしはきっと灰以上にマヒトを信奉していただろう。

だが、そうはならなかった。マヒトは鼻白んだ様子で、

「崇高な理念なんてもの、オレにはねえよ。荘子だって、目標を持って日々を一所懸命生きる、みたいなスタンスには否定的だからな」

「じゃあ、どうしてこのような仕様に？」

「オレがＢＷを作っていた当時、先行するＶＲ空間がすでにいくつかあった。そのうちのとあるサービスの設定を見て、これは今後人気が出そうだなと思ったから、丸ごとパクったんだよ」

スペ何とかって言ったっけ、とマヒトは独りごつ。憧憬《しょうけい》と崇拝に染まりそうだったわたしの胸中は、一気に失望へと塗り替えられた。

「そう、だったんだ……そんなものをわたし、ユートピアだと持ち上げてたなんて」

「サービスの成り立ちに貴賤はねえだろ。アキが気に入ったのなら、それがＢＷのすべてさ」

そのとおりだと、頭では思う。けれど、洗脳が解けたような感覚に変化はなかった。

「マヒトがある事業の立ち上げにあたり借金をしたと言ったのは、ＢＷのことだったんだね。開設当初はいまより完璧に近かったというのも、自分で作ったからだったんだ」

「ああ、そうだよ。よく憶えてるな、そんな細かい発言」

理念はなくとも、彼は自分の作り上げたＢＷという世界に自信を持っていた。でなければ、借金をしてまでサービスを立ち上げたりはしないだろう。彼がいまの運営を罵倒しつつ、一方で運営の肩を持つことが多かったのも、創造主としてＢＷについて知り尽くしているからこそのスタンスだったのだ。

「マヒト。いや、ＺＺと呼んだほうがいいか」

クリスに顔色をうかがわれ、マヒトはうるさそうに手を振った。

「マヒトにしてくれ。おまえらだって、バタフライの名前でしか呼び合わないだろ」

「では、マヒト。きみがＺＺだと判明した以上、荒唐無稽に思えた灰の仮説は無視できなくなった。この中に紛れ込んだＺＺが、非暴力を無効化して殺人を犯しているのではないか、というものだ」

結果的に、ＺＺがこの中にいるという推測は当を得ていた。

「きみが、ステラとブーメランを殺したのか？　本当に、非暴力の無効化なんてことが可能なのか」

「恥ずかしい話だけどさ」

マヒトはばつが悪そうに、鼻をこすっている。

「ＢＷの事業を売却したとき、オレがひそかに権限を残したのは事実だ。でも、いまの運営もそこまでバカじゃなくてな。オレが残そうとしていた権限の大半は、あっけなく見つかって取り上げられちまったよ」

「そうなのか？」

「何とか守り抜いた権限は、たったの二つだ。それがさっき指摘された、一部データの参照と高速移動。それ以外、オレはおまえら一般のバタフライと何ら変わりはしないのよ」

「つまり、殺人なんてできやしないと？」

「そうだ。これに関しては、証明なんてできっこないけどな」

「殺人の方法についても、開発者として見当はついていないのか」

「残念ながら、な。少なくともオレが作り上げたＢＷでは、こんな事件は断じて起こりえなかった」

マヒトが嘘をついている可能性もあるが、そこを疑い始めたら事態はいよいよ混迷を極める。結局は、マヒトもまた容疑者の一人に過ぎず、ＺＺが見つかったところで事件の捜査は進展しないのだ。

「一部データ、と言ったな。ステラが刺されたときやブーメランが逆さ吊りにされたときの映像を確認することはできないのか」

食い下がったクリスを、マヒトは鼻で笑った。

「あのな。ＢＷが、どれだけ広大だと思ってるんだよ。全世界の映像を記録してたら、あっという間にサーバがパンクしちまう。映像データなんて残ってねえよ。だから、アンテナに撮影機能がついてるんだろうが」

犯人を突き止めるというわたしの宣言に呆れつつも、その後の捜査に協力してくれたマヒトに、事件の真相に直結するような事実を知っている素振りは見られなかった。彼がＺＺであることは、謎の解明に何ら寄与しないらしい。

住民たちが口をつぐんだのを見て、わたしはごく個人的な質問をした。

「どうしてＺＺが、半年ものあいだ、一プレーヤーに過ぎないわたしなんかとつるんでたの」

「オレだって、普通にＢＷで遊びたいのよ。それじゃだめか？」

マヒトは答えるが、本心でないことは見え透いている。彼は肩をすくめ、冗談だって、とつぶやいた。

「半年と、もう少し前かな。ＢＷのサーバに、不正アクセスを試みた形跡が見られるようになったんだ。一度だけならめずらしくもなかったが、そのクラッキングに関しては頻繁《ひんぱん》で、執拗だった」

ＺＺはＢＷの各種データを閲覧していて、運営が騒いでいるのを知ったのだという。

「その時点では、クラッキングはＢＷのセキュリティによって跳ね返され大事には至っていなかった。だけど放置してはおけないと思って、問題のクラッキングを監視しているうち、オレはあることに気がついたんだ。クラッキング犯は明らかに、とあるバタフライの居場所周辺の地形プログラムに狙いを定めて、クラッキングを繰り返していた。そのバタフライというのが――」

マヒトに指を差され、わたしは身のすくむ思いがした。

「おまえだよ。アキ」

この半年ものあいだ、わたしはそんな攻撃を受けていたことにまったく気づいていなかった。

いや、一つだけ心当たりがある。バタフライレーシングの最中に登場した、あの鼈甲の壁。あれは、確かにわたしの進行方向に作られたものだった。あの時点で、すでに西園寺和馬はクラッキングを成功させていたわけだ。

「運営もアキの存在に目をつけていたのかは知らない。少なくとも、運営のほうからアキに何か言ってくることはなかったみたいだからな。だが、オレは気になった。クラッキング犯からつけ狙われるバタフライが、いったいどんなやつなのか。だから、接触してみることにした」

わたしははっとする。

「じゃあ、あのときわたしがマヒトをいじめから助け出したのは、偶然じゃなくて……」

「おまえ、オレ以外にもいじめられているバタフライを助けたことがあったろ。その現場を目撃したから、オレも現実世界で人を雇って、ＢＷでいじめられているふりをしたんだよ」

過去にいじめられてつらい思いをした経験があったから、見て見ぬ振りができなかったのだ。善意につけ込まれたと知って、わたしは気分を悪くした。

「そうしてオレはアキに近づき、半年にわたって行動をともにした。ところが、アキのことを知れば知るほど、なぜ狙われているのかわからなくなっていった。どう見ても、どこにでもいる普通のバタフライに過ぎなかったからな」

マヒトは、わたしへの狙いが現実世界での因縁に端を発しているとは考えなかったのだろうか。この場合、それが正解だ。ただし、ＢＷにはプレーヤーの素性をみだりに暴かないという鉄の掟がある。プロフィールを閲覧するくらいはお手の物でも、一人の日本人女性の私生活についてそれ以上の調査を進めるのは、ＺＺといえども一個人に過ぎない彼の手には負えなかったのかもしれない。

「そうこうしているうちに、アキがずっとＢＷにいられたら、と言い出した。紅の館の存在を示唆した段階では、ただの思いつきを口にしたに過ぎなかった。けれどアキが乗り気になったとき、ひょっとすると彼女の希望を叶えてやれば過去や素性を語ってくれるかもしれない、そしてクラッキング犯の狙いが明らかになるかもしれない、と考えたんだ。だから、紅招館の場所を突き止めた」

　ログイン時間が極端に長いプレーヤーの所在を調べ、集中している建物を探す。ものの数時間で終わる作業だった。それでも三日待ったのは、あまり早すぎると怪しまれると思ったから、だそうだが、クリスが疑惑を抱くのを防ぐにはじゅうぶんな期間ではなかった。

「そうしてこの館にやってきたんだが……まさか、閉じ込められてしまうとはな。返り討ちに遭った気分だよ」

「今日、マヒトはログアウトしているあいだ、何を調べてたの」

「これまでオレはもちろん運営も、繰り返されるクラッキングに手を焼きつつ、その犯人を特定しあぐねていた。それだけクラッキングは慎重になされていたんだ。だが今回、クラッキング犯は無茶をした。強引な地形プログラム改変をおこない、そこから足がついたってわけだ。だから日本の警察レベルでも、こんなに短期間での犯人逮捕に至ったんだな。これは憶測だが、アキが崖の付近にとどまっているという状況が、世界を分断して閉じ込めるのに好都合だったんじゃねえかな」

わたしのまわりを壁で囲むだけなら、どこにいたって同じではないかとも思う。ただもしかすると、街中で壁を作って多くのプレーヤーに影響を及ぼすのは本意ではなく、人里離れたこんな場所でわずかな人数とともに閉じ込めるほうが、まだしも気が楽だったのかもしれない。

「オレは今日、現実に戻って、逮捕されたクラッキング犯について調べた。日本の男、というのが引っかかったんだ。これまでアキが狙われたのは、ＢＷでの行動が原因だろうと考えていた。ＢＷで攻撃するのは、ＢＷでしかアキを知らないからに違いない、とな。だが犯人がアキと同じ国の人間ということなら、動機は現実での出来事にあるのかもしれない。そう思って報道で氏名を確認したら、びっくり仰天」

「知ってる名前だったのか」クリスが問う。

「西園寺和馬。昨日、アキがいじめのきっかけを作った張本人として語った名前だよ」

ここでうまく驚いてみせれば、隠し立てをしていたことまでは悟られなかったかもしれない。けれどもわたしは、黙ってうつむくことしかできなかった。

「知っていたんだな。アキ」

クリスの声は優しげだ。対照的に、マヒトは辛辣《しんらつ》である。

「おおかた、今日フリーズしたときにそれを知らされたんじゃないか。まったく、さっさと話してくれればいいものを」

「だって……受け止めきれないよ。クラッキング犯が自分の知り合いで、しかもこの犯罪はわたしを狙ったものだったなんて。西園寺和馬は、わたしとの面会を希望したんだよ。わたしが来るまでは何も話さないって。どうして？　もうずっと、顔を合わせてもいなかったのに」

　クラッキング犯の要求を知って、場からどよめきが漏れる。

「そのうえ今度は、身近にＺＺがいたなんてことまで判明して……わたしもう、どうすればいいかわからなくなっちゃった。どうして、わたしのまわりでいろんなことが一挙に起こるの？　こんなの、小説ならご都合主義だってそしりを受けてもしょうがない――」

「それは違うぞ、アキ」

　マヒトはわたしの眼を射抜くように見つめた。

「ご都合主義でも何でもない。アキと西園寺のあいだに火種があって、西園寺がアキへの攻撃を始め、それに気づいたオレがアキに近づいて、アキを狙った分断が成功し、その結果――かどうかはまだ断定できないが――殺人が起きた。すべてはつながっているんだ、おまえという一人のバタフライ、いや人間を介してな」

　鳥肌が立った。マヒトは力を込めて断ずる。

「わかるか、アキ。いまこの瞬間、ＢＷの中心はおまえなんだよ。もしこれが小説であるのなら、おまえこそがその主人公なんだ」

「わたしが、主人公……？」

　体が震え出す。まわりを見回すと、紅たちは誰もがわたしに何かを期待するような、あるいは非難するような、逃れようのない視線をぶつけている。

「ちなみに、日本語でいうところの《小説》という言葉の最古の用例が『荘子』であることは知ってるか。取るに足らない論説、といった意味だ。おまえがいかにも小説的だと感じたこの展開だって、はたから見れば取るに足らないものかもしれない」

　そんなことを言われても、わたしの気休めにはならない。

「そしてまた、老荘思想が多大な影響を与えた禅には、《主人公》という言葉もある。この《主人公》は、日本人が通常想起するところの主人公とは意味が違う。自分がやりたいことやなりたい姿を完全に忘れ、あるがままの状況に身を浸しきれる人、それが《主人公》だ。荘子は何事にも受け身で臨み、没主観であることが理想的だと説いている。ならばアキ、おまえも主人公として、この状況に逆らわずにいるべきだ」

　マヒトはとうとうと語り、指令を下した。

「西園寺和馬に会いに行け」

　それを伝えるために、マヒトは正体を隠すのをやめたのだという。

「西園寺が話をしたがっているんだろう。要求にしたがえ。いまこの紅招館を、ＢＷを救えるのは、おまえしかいないんだ」

「嫌だ……彼とは、会いたくない」

　わたしはかぶりを振る。しかし、マヒトは許してくれなかった。

「花沢亜紀。いつまでそうやって、過去から逃げ続けるつもりだ？　警告しておくが、おまえがここで対処を誤れば、分断は復旧せず、館の住人やオレからも見放され、現実にもＢＷにも居場所はなくなるぞ。おまえはもう、主人公であることを知られちまったんだからな」

　その言葉は、もはや完全なる脅しだった。

　爆発しそうな衝動に駆られ、わたしは勢いよく立ち上がった。弾みで椅子が倒れ、耳障りな音を立てる。

「嫌なものは嫌！　刑事も弟もマヒトも、みんなしてわたしを責め立てて……わたしの気持ちなんて、これっぽっちも考えてくれない！」

「アキ！」

クリスが呼び止める声も無視して、わたしは館の外へ駆け出した。

2

鎖された世界に逃げ場なんてない。そんなことは、わかっていた。

灯台の展望台に上がり、星空の下、わたしはひざを抱えていた。涙が止まらない。ときおり漏れる声は、はるか下方から聞こえてくる波音に紛れる。壁で囲われていても波は起こるのだな、なんてことを思う。

マヒトの言うことは正しい。守の言うことも。わたしだって、頭ではちゃんと理解しているのだ。けれども心が拒絶していて、それは交渉の余地すらないほどで、いまのわたしにはどうすることもできない。

どのくらい、そうしていただろう。

「アキ」

声がして、わたしは顔を上げた。

展望台の手すりに、クリスが腰かけていた。

「隣、いいかな」

わたしはあごを引く。クリスは触れるか触れないかの位置で、わたしと同じようにひざを抱えた。

夜でよかった。涙でぐちゃぐちゃになった顔を、クリスに見られないで済む。いや、本当はBWでは見た目なんて気にしなくていいはずなのだけれど、それでもやっぱり、わたしは泣き顔を見られたくなかった。

「少しは落ち着いた？」

「……うん」

「みんな、心配してたよ。こんなときに一人きりになって、殺人犯に狙われやしないかって」

「ごめんなさい」

「謝らなくていい。こうなるまでアキを追いつめたマヒトに、住人たちは怒ってた」

いまは、人の優しさが痛い。わたしは弱々しく笑った。

「分断がわたしのせいだってこと、バレちゃった。もう、みんなとはうまくやっていけない」

「そんなことないさ。きみは、純然たる被害者なんだ」

「そうとらえてくれるのはクリスだけだよ。きっと、みんなわたしを恨んでる」

ログアウトせざる者たちにとって、BWは人生そのものなのだ。それを、わたしが紅招館へやってきたばかりに、奪い取ってしまった。狭い世界に、彼らを押し込めてしまった。どう顔向けすればいいかわからない。

「今日フリーズしたときにね、刑事が二人、わたしの家に来てたの。西園寺和馬と会ってほしいって。わたし、会いたくありませんって伝えて、刑事たちを追い返しちゃった」

「不登校になってから、ずっと憎んでいた相手なんだろう。会いたくないのは当然だよ」

「それだけじゃない。家から出るだけでも怖い。見た目のことで、また人から悪く思われるのが怖いの」

我慢しようと思ったけれど、できなかった。再び泣き始めたわたしの肩を、クリスがそっと抱いた。温もりが伝わる。

「わかってる。このままじゃ、だめなんだってことくらい」

「ボクは、アキが会いたくないって言うのなら、無理強いはしないよ」

クリスがふっと微笑む音がする。

「ＢＷの運営は優秀だ。これまで何年にもわたって、大きなトラブルなくこの世界を管理してきた。今度の分断という事態からも、じきに復旧してくれるさ。それまでのんびり過ごすのも悪くない」

「もし、復旧しなかったら？」

「アキと一緒にいられるのなら、閉じ込められたままでも退屈しないで済みそうだ」

わたしはクリスの肩に頭をあずけた。

「本当に、クリスは優しいんだね。紅たちのために館を作ったり、わたしなんかの味方でいてくれたり――」

そこで、わたしの言葉は途切れた。

クリスが、わたしの体を正面から抱きしめたからだ。

「好きだ。アキ」

　唐突な告白に、頭が真っ白になった。

「クリス、本気なの」

「こんなこと言ってる場合じゃないと思う。だけどもう、黙っていられない」

　うれしい気持ちと、戸惑う気持ちがないまぜになる。

「どうして？　わたしたち、まだ出会ったばかりだよね。わたし、クリスに好きになってもらえるようなことした覚えない」

「誰かを好きになるのに、理由なんて要るのかな。きみの仕草や表情が好きだ。言葉遣いや考え方が好きだ。現実で苦しみを味わいながら、それでもＢＷで明るく生きていこうとする姿勢が好きだ。気がついたら、好きになってたんだよ」

「それは、同情や一時の気の迷いじゃなくて？」

「絶対に違う。確信があるから、伝えたんだ」

「現実でのわたしを知ったら、きっと後悔するよ。わたし、かわいくないから」

「構うもんか。きみがどこの誰だっていい。どんな見た目だろうと関係ない。ボクは、きみという人を好きになったのだから」

　わたしの目尻から、涙がぽろぽろとこぼれた。さっきまで一人きりで流していたのとは、全然違う涙だった。

「ありがとう。わたし、人から好きって言ってもらったの、生まれて初めて」

　それに近いことを和馬に言われはしたが、あれはノーカウントでいいだろう。

「初めてが、クリスでよかった」

「実はボクも、告白をしたのは初めてなんだ」

クリスが体を離す。そして、顔を近づけてきた。

展開が早すぎることへの驚きはあった。けれど、同時に喜びも込み上げていた。拒みたいとは思わなかった。

わたしは目を閉じ、クリスの唇が自分のそれに触れるのを待った。


……おかしい。

いくら待っても、唇に感触はなかった。

「姉貴！」

耳元で大声を出され、わたしは現実に引き戻される。

守がわたしのVRデバイスを手に立っていた。またしても、わたしはフリーズ状態にさせられたようだ。

「もう、いいところだったのに！」

わたしはありったけの殺意を込め、守をねめつける。守はたじろぎつつ言った。

「また、警察が来てる」

耳を疑った。前回の訪問から、まだ半日しか経っていない。

会いたくないと思いはしたものの、進展があったのなら知りたかった。階下に下りていくと、すでにダイニングの椅子に二人の刑事、福間美幸と前崎尚道が座っていた。

「先ほどはわれわれの配慮が足りず、大変申し訳ありませんでした」

福間が頭を下げる。形式的ではあったが、前崎も倣った。わたしは面食らいながら、

「わざわざ謝罪しに来たんですか」

「いいえ。西園寺のせいで花沢さんがいじめられていたと知って、酷なことをお願いしたと、深く反省しました。しかしながら西園寺の態度はかたくなで、われわれ警察としては花沢さんにすがるしかない状況に陥っています」

「何度お願いされても、会いに行くつもりはありません」

「そうおっしゃると思いまして、われわれも考えました。どうしたら、花沢さんのご負担を最小限に抑えつつ、西園寺と対話をしていただけるだろうかと」

福間はテーブルの上に、あるものを置いた。

「こちらを使って、西園寺と映像通話をしていただけないでしょうか」

それは、銀色のノートパソコンだった。

「映像通話……？」

「はい。それなら花沢さんに、ご自宅から出ていただく必要はありません。もちろん危害が及ぶこともありませんし、万が一不快な思いをされた場合でも、操作一つで遮断できます」

広げられたノートパソコンの、起動する前の黒い画面に、わたしの顔が映り込んでいる。どうすべきか、悩んでいる表情だった。

西園寺和馬とは、たとえ映像通話だろうと顔を合わせたくないし会話もしたくない。それは偽らざる本心だった。しかし一方で、直接会うよりははるかに気が楽であることも否めなかった。

家を出なくて済む。すなわち、ほかの誰かにこの醜い顔を見られ、罵られたり笑われたりする心配はない。それは、わたしにとってもっとも高いハードルの撤去にほかならなかった。

迷い、ためらうわたしの脳内に、いくつかの言葉がフラッシュバックする。

――この状況を変えたいって気持ちが少しでもあるのなら、いま勇気を出すしかないんだよ。

――いまこの紅招館を、ＢＷを救えるのは、おまえしかいないんだ。

――アキと一緒にいられるのなら、閉じ込められたままでも退屈しないで済みそうだ。

クリスの優しさが、何よりわたしの心に響いた。本当は復旧を願わないわけがないのに、わたしを責めないためにあんなことを言ったのだ。クリスに気を遣わせてしまっている自分を、わたしは恥じた。

深呼吸をする。口に出したら、もうあとには引き返せない。わたしの声は震えた。

「やってみます」

福間美幸が思わずといった感じで微笑した。美しい、と感じたけれど、嫉妬や憎しみは浮かばなかった。

ノートパソコンを起動し、映像通話のアプリを立ち上げる。呼び出し音がしばらく鳴ったのち、前触れもなくそれは途切れ、画面に通話相手の顔が映し出された。

反射的に逃げ出したくなった。守が背後に立っていなければ、本当にそうしていたかもしれない。

つんと尖った鼻。薄い唇。涼しげな目を覆い隠すほど長い前髪は、高校生のころと変わっていない。

西園寺和馬が、そこにいた。

わたしは何も言えなかったし、言うべき言葉を持ち合わせていなかった。和馬の目はうつろだったが、それでも画面越しにわたしの像を結ぶと、第一声を放った。

「ＢＷでも、狭い空間に閉じこもっているのかい」

分断により孤立したことを指しているのだろう。非難したい気持ちが先行し、わたしは言い返した。

「そうだね。あなたのせいで、ＢＷでも引きこもりになった」

すると、和馬は笑って、

「いい気味だよ」

画面から、和馬の顔が消えた。

少し遅れて、何が起きたか理解する。わたしの手は、反射的に通話を終了するキーを押していた。

前崎のため息が、静まり返ったダイニングにこだまする。

「……すみません。やっぱり、映像通話でも無理です」

うなだれたわたしを、守がかばってくれた。

「今日のところは、このくらいで勘弁してやってもらえませんか」

福間は落胆を隠さなかったが、それでもこちらの要望を聞き入れた。

「わかりました。また来ます」

二人の刑事が帰っていく。わたしが椅子から動けずにいると、見送りに行った守が戻ってきて、気色ばんだ。

「ぶん殴ってやりてえ」

わたしは萎縮した。

「でも……あれ以上は、本当に無理で」

「姉貴のことじゃない」

守は握りこぶしを震わせていた。

「姉貴をこんな風にして、長いあいだ苦しめて、このうえBWでも孤立させただって？　あいつ、何なんだよ。ぶん殴ってやればよかった」

わたしはようやく理解した。暴力を行使した経験などほとんどないはずの守が、和馬を殴りたいと言っていることを。

「姉貴はよくがんばったよ。一瞬だったけど、とても勇気が要ったと思う」

守の言葉に、わたしは泣きそうになった。彼はいつだってわたしを心配してくれていた。わたしは彼に、これまで冷淡な対応ばかり繰り返していたというのに。

隣の椅子の座面を、わたしは手のひらでぽんぽんと叩いて言った。

「守。ここに座って」

「何だよ、あらたまって」

「いいから。少し、話をしようよ」

それからわたしと守は、しばらくのあいだ思い出話をした。守がまだ保育園に行っていたころ、わたしと二人だけで近所のスーパーにお菓子を買いに行ったのが、大冒険のように思えたこと。

守が小学生のとき、かわいらしい女の子の友達を家に連れてきたので、ひやかしたら一週間も口を利いてもらえなかったこと。わたしが高校に入った年の夏、両親と四人で熱海へ行ったのが、最後の家族旅行になってしまっていること……。車輪が坂道を転がるように、語り始めると話題は尽きず、わたしたちはいつ以来かも思い出せないくらい久しぶりに、たくさんしゃべって笑い合った。

「あんた中学生なのに、わざと家族とはぐれて秘宝館に行こうとしたよね。エッチなところだって知ってたんでしょう」

「うるさいな。中学生のガキにとっては、そういうものを見られる数少ないチャンスだったんだよ」

「わたし、必死で探したんだよ。そしたらあんた、秘宝館の入り口で立ち尽くしててさ。未成年だから入れなかったんだよね。あのときのあんたの顔、見ものだった」

「忘れてくれよ、そんなこと」

あははと笑っていると、また涙が出てきた。おもしろすぎて泣いているのか、ほかに理由があるのか、よくわからなかった。

守が口元を緩め、しみじみと言う。

「姉貴とまた、こんな風にゆっくり話ができる日が来るなんてなあ」

「ごめんね。心配かけて」

謝罪の言葉が、自然と声に出た。自室に引きこもり始めて以降、初めてのことだった。

守は、いいんだよ、とは言わなかった。代わりに真剣な面持ちになると、

「明日からも、刑事たちはうちに来ると思う。気が向いたらでいいから、また西園寺と話してみてほしい。ぼくが、必ずそばについてるから」

「うん。ありがとう」

すでに夜が更けつつあった。守は時計を見て、椅子から立つ。

「そろそろ寝るよ。姉貴はどうする？」

めずらしく気分が軽かったので、お風呂に入ろうと思った。食事もしたいし、睡眠もしっかり取りたい。

「もう少し起きてる」

「そうか。じゃあ、おやすみ」

守が二階へ上がっていく。一階にある浴室に入り、シャワーのお湯を頭に当てていると、またどうしようもなく泣けてきて、わたしは思いきり号泣した。

風呂から上がったところで、ＢＷのフリーズ状態になったことによるエラー通知に返信していないことを思い出した。二十四時間以内の再ログインは可能なので問題はなさそうだったが、念のため携帯電話をチェックする。

そして、届いていたニュースに愕然とした。

〈【速報】ＢＷジャーナリストを自称する人気ユーチューバー、ボニーとクライドのボニーが拳銃で撃たれ亡くなった模様。先日発生したＢＷサーバへのクラッキングについて、無実を訴えるクライドの配信を見たアンチ、ボニーとクライドに反感を持つ人物に自宅を襲撃された、という

情報が入っている。なお、犯人はすでに州警察に確保されているとのこと。犯行予告などはなく、突発的な犯行と見られている〉

背筋が寒くなった。ＢＷに関することで、現実でも殺人事件にまで発展してしまうなんて——しかも、クラッキング犯は日本の男であって、ボニーとクライドではなかったことはもうみんな知っているはずなのに。

一刻も早くマヒトやクリス、歯車らと話がしたかった。とはいえＢＷは現在深夜で、焦ってログインしたところで彼らには会えそうにない。

わたしは食事を摂り、ベッドに入って眠った。それから、ＢＷ時間で朝七時を迎えるより早く起きて、ログインをした。

3

灯台の展望台へと意識が戻る。さすがにクリスの姿は見当たらなかった。

そのクリスは、紅招館のラウンジにいた。わたしを見て、椅子から立ち上がる。

「アキ！　戻ってきたのかい」

「うん。また自宅に警察が来て、弟にデバイスを外されちゃったの」

クリスは肩の力を抜いた。

「ステラやブーメランみたいに、現実のアキまで死んでしまったんじゃないかと気が気じゃなかった。よかった、無事で」

「ごめんね。ところでさ」

わたしはラウンジにいるほかの住人たちに聞かれないよう、クリスの耳元でささやいた。

「したの？」

「したって、何を」

「だから、その……ね？」

わたしが自分の唇を指差すと、クリスは頬を赤らめ、手をぶんぶんと振った。

「し、してないよ。だってアキ、突然体の震えがぴたりと止まったから、これはフリーズだと一瞬でわかったし。そんな卑怯な真似をする男だと思ってもらいたくないな」

「そう。ならいいんだけど」

わたしがつんとしたのを、クリスは不思議そうに見ていた。別に、してくれたって構わなかったのだ。わたしもその気だったのだから——まあ、ファーストキスの記憶がないというのも、それはそれで残念だけど。

「クリス、さっさとミーティングを始めようぜ」

ラウンジに全員がそろったのを見計らって、狩人が言う。昨晩も館の外で過ごしたらしいマヒトを含め、今朝も欠けたバタフライは一人もいなかった。

「じゃあ、まずはみんなのＩＤを……灰、大丈夫か？」

クリスの言葉に、わたしは灰へと視線を移した。

灰は青ざめ、体を震わせていた。見るからに具合が悪そうだ。隣に座っている百合が、灰の背中をさすっている。

「しっかりして、灰」

「ああ……すまん。ありがとう、百合」

「どうかしたのか」

クリスの質問に、灰は一拍置いて答える。

「大したことはない。過度なストレスが、体に負担をかけているのだろう。この状況では無理もないことだ」

医者の不養生だな、と灰は自嘲する。灰を操作するプレーヤーが日本人ではないのだとすれば、彼の祖国にも同じような言い回しがあるのだろう。クリスが言った。

「実はボクもここ数日、心臓の調子がよくない。亡くなったステラやブーメランも似たようなことを言っていたみたいだ。みんな、難しいとは思うがくれぐれも気を確かに、なるべく自愛して過ごしてほしい」

分断と殺人の二重苦で、心にゆとりを持てるはずがない。反応する者はいなかった。

ＩＤ照合の結果に問題はなかった。新たな事件が起きていないこともあり、ミーティングの議題は少ない。うさぎは悲嘆に暮れ、Ｐ３は寡黙なロボットのまま、ミニーは封鎖状況に苛立ちを募らせているらしい。

それでもわたしは、みんな奥歯にものが挟まったような物言いをしていることを感じ取っていた。その遠慮を破って直球を投げてきたのは、やはりマヒトだった。

「アキ。一晩経って、気は変わったか」

相変わらず容赦がなく、もはやかつての友情は影も形もない。わたしは縮こまりつつ報告する。

「……ほんのちょっとだけ、西園寺和馬としゃべった。映像通話だけど」

「おお、そうか。で、復旧の方法は聞き出せたのか」

「それはまだ。一言二言、交わしただけだから」

マヒトが露骨に失望する。

「もたもたすんなよ。アキさえしっかりしてくれりゃ、こんな辛気くさい館とはすぐにでもおさらばできるんだぞ」

「黙れマヒト」

クリスがマヒトをにらみつける。ほかの住人も、どちらかと言えばわたしに同情的だった。マヒトは舌打ちをし、椅子の背もたれに寄りかかる。

話題を替えてくれたのは、歯車だった。

「そう言えば、気になるニュースが飛び込んできた。ボニーが死んだらしい」

「何だって？」狩人にとっては初耳だったようだ。

「クライドの配信を見たアンチに殺されたんだってさ。もう、クラッキングの真犯人は捕まってるのに……ボニーのことは敵だと思ってたけど、こんな悲劇はやりきれないよ」

「……許セナイ」

Ｐ３のつぶやきは、隣にいるわたしにしか聞こえなかったかもしれない。忘れそうになるが、彼も人間なのだ。人並みに正義感があるのだろう。

「でもこれで、あいつらを恐れてびくびくする必要はなくなったわけだ」

狩人の発言は無神経だ。ミニーがちくりと刺す。

「この状況じゃ、どのみちあいつら館にやってこられやしなかったよ。死んでくれて助かった、みたいな言い方は気に入らないね」

「ふん。おれはこの館を守りたいだけだ。綺麗事言ってんじゃねえ」

何だかみんなギスギスしている。断ち切るように、クリスが手を叩いた。

「とにかく、各自今日もよくよく注意して過ごしてほしい。では、ミーティングを終了する」

住人たちが席を立ったところで、わたしはクリスに話しかけた。

「ねえ、クリス。よかったら、捜査を手伝ってくれない？」

クリスは目をしばたたかせ、

「いいけど、マヒトはどうするんだ」

「……いまは、近寄りたくないの」

マヒトは足早に紅招館を出ていった。彼のほうでも、わたしと行動をともにする気はないらしい。

「それもそうか。わかった、足手まといにならないよう精一杯がんばるよ」

「ありがとう。心強い」

わたしは微笑む。捜査を手伝ってもらえることはもちろん、クリスと一緒にいられるのがうれしかった。

「それで、これからどうするかなんだけど……まずは、第二の事件におけるみんなのアリバイを調べたいの」

「そのためには、仕掛けを作るのにどれくらい時間がかかるか、確かめる必要があるんだったね。よし、それじゃあ例のロープの仕掛けを、二人で実際に作ってみようか」

「そうだね。かかった時間を計測しよう」

替えのロープはなかったので、気は進まないがブーメラン殺しに使われたものを用いることにする。一方で、ブーメランの部屋に行くと、布テープにはじゅうぶんな余りがあった。遠慮なく拝借する。

灯台へ向かう道の上で、わたしはあることが気になった。

「ブーメランって、自分の部屋で寝てるところを拉致されて、灯台まで連れてこられたんだよね。ブーメランが発見されたのが夕方だった以上、拉致は日が上っているあいだの出来事ということになるけど、誰かに目撃されなかったのかな」

「人目を避けてブーメランを灯台まで運ぶのは、それほど難しくなかったと思うよ」

クリスが即答したので、わたしは首をかしげた。「どうして?」

「それは、この道に立って館を振り返ればわかるんじゃないかな」

指示にしたがったわたしは、クリスの言わんとしていることを察した。

「館の窓は、灯台のほうを向いてないんだ」

「設計ミスだったかな、と反省している点でもあってね。灯台から森へとまっすぐ延びる道に面する形で玄関があって、二階の各部屋の窓は玄関と同じ向き、もしくはその真裏にあるから、窓を開けて首を出さない限り灯台方面は見えないんだよ」

自室にいて、何気なく窓に目を向けると、ブーメランを運ぶ怪しい影が視界に入る――といったことは起こりえなかったわけだ。

「念には念を入れて、犯人はブーメランを担いだまま窓を出て上空高く飛び上がり、灯台まで向かったのかもしれない。そうするともう、館にいるほかの住人に見つかる可能性は限りなくゼロに近くなる」

「確かに……いずれにしても、目撃したバタフライがいたらとっくに名乗り出てるはずだから、犯人はうまくやったってことだね」

話し合っているうちに、灯台に着いた。

仕掛けを再現するにあたり、見かけ上は男性のクリスが、犯人役を務めることになった。わたしは縛られるブーメラン役である。灯台の中に放置されたロープをいったんすべて外し、床に丸める。

「それじゃ、始め！」

クリスが号令をかけ、わたしはアンテナに内蔵されたストップウォッチをスタートさせた。

クリスの手際は悪くなかった。まず短いロープで輪っかを作り、反対側の端でわたしの足を縛る。別のロープでわたしの手を縛り、翅を布テープで貼り合わせる。長いロープの適当な位置に結び目を作り、わたしの足を縛ったロープの輪に通してから、下部の扉の内側のレバーに結びつけ、長いロープのもう一方の端とわたしの体を抱えて天井へと飛び上がる。わたしをいったん梁に寝かせ、長いロープを梁の上に通すと、展望台の扉のレバーに弛みのないようきつく引っ張りながら結ぶ――レバーは折れているので、代わりに近くの手すりに結びつける。最後に、わたしを梁から下部の扉側へ下ろし、金属用のノコギリで展望台の扉のレバーに切れ目を入れる——ふりをする。

逆さ吊りになったわたしは、縛られた手でストップウォッチを止めた。

「……二十五分か。館からブーメランを運び出す時間を含めると、最速で三十分といったところだね」

三十分間の空白。決して短い時間ではない。だが——。

「三十分くらいなら、アリバイを証明できないバタフライも多いだろうね」

梁の上で足の束縛を解いてもらいながら、わたしは言った。

「残念ながら、ボクもだ。あの日はまだ、連続殺人が起きることまでは想定してなくて、みんなで集まって行動してはいなかったからね」

「わたしもステラの水葬のあとで部屋に戻っちゃったよ」

「それに、ボクたちA班が灯台を捜索して以降、犯人以外に灯台に入ったバタフライがいなければ、前もって仕掛けをある程度準備しておくことで、さらに時間を短縮することもできる」

「うーん、ステラの事件同様、アリバイから犯人を絞るのは難しい、か……」

がっくりきたわたしは、仕掛けを回収すべく下部の扉のレバーからロープをほどこうとして、ある疑問に行き着いた。

「あれ……？」

「どうした、アキ」

「ねえ、犯人はこの仕掛けを作ったあと、どうやって灯台の外に出たの」

クリスが愕然とする。

「言われてみれば……ロープによって、二つしかない出入り口はどちらとも閉じられていたはずだ」

「これ――密室だよね！」

何ということだ。そんな重要な事実を、わたしはいまのいままで見逃していた。

「じゃあ、犯人はブーメランを逆さ吊りにしたのち、何らかのトリックを使って、この灯台の中から脱出したのか」

「そう言えば、わたしたちが落下したブーメランを追って床まで下りたとき、下部の扉は開いてたよね。犯人は仕掛けを作ったあとも灯台の中に隠れていて、ブーメランの落下によってロープが緩んだ瞬間に逃げ出したんじゃない？」

「それは不自然だよ。犯人が灯台の中にいたのなら、下部の扉が開かないようにするには内側から引っ張っておくだけでいい。あるいはほかの方法でもいいけど、とにかくブーメランの落下と連動した仕掛けを作る必要はない。ブーメランが落下した一瞬を狙うなんて、犯人にしてみれば逃げ遅れるかもしれずリスキーだからね」

「そっか。扉の前からわたしたちの気配が消えた時点で、さっさと逃げたほうが安全だもんね」

しかし、となるとますますわからない。犯人はなぜ、こんな大仕掛けを作ったのか。どうやって、密室状態の灯台から逃げ出したのか。

「うーん……あ」

うなっていたわたしは、ふいに固まる。

「どうかした？」

わたしは舌をちろりと出した。

「ごめん。また来たかも」


「姉貴。警察だ」

フリーズも三度目ともなると、わたしは驚きもしないばかりか、予感すらできるようになっていた。実際は、部屋に入ってくる守の気配を感じ取ったのだろう。

まだ、早朝と呼んでもいいくらいの時間帯だ。警察もよほど気が急いたらしいと思いつつ、おとなしく一階のダイニングへ向かう。福間美幸はわたしの顔を見るなり、仰々しく謝罪した。

「昨日は大変申し訳ありませんでした」

「いえ……防ぎようのないことでした」

謝罪を受け入れたことに、自分でもびっくりした。見ると福間も前崎も、ふいを突かれたような顔をしている。

「では……本日も、西園寺和馬と対話をしていただけますか」

「はい。ここまで来たら、乗りかかった舟ですから」

わたしは隣に目を走らせる。守がそばにいてくれるだけで心強かった。姉として、もう彼をがっかりさせたくはない。

映像通話が開始され、和馬の顔が画面に映し出される。昨日と同じくうつろな目をしていて、わたしの顔に焦点が合っているようには見えなかった。

呼び出したのは、彼のほうだ。なのに和馬は、自分から語り出そうとはしない。

わたしはしびれを切らして、

「西園寺くん、わたしと何を話したかったの」

反応はない。

「昨日みたいな一言を言うためだけに、呼び出したわけじゃないよね。BWのクラッキングに関する、大事な話があるんだよね。違う？」

和馬の頬のあたりに、苛立ちに似たゆがみが走った。

「ねえ、教えてよ。あなたの目的は何なの。あなたのせいでいじめに遭って、引きこもりになって、わたしはあなたのことなんてもう忘れてしまいたかったのに、どうしてあなたはいまでもわたしに執着しているの」

それでも和馬は、沈黙を保っている。

頭の中で、何かが切れた。わたしは両手で力一杯、テーブルを叩いた。BWでは感じられない痛みが、手のひらをじんじんと痺れさせる。

それから肝を潰した様子の和馬に向けて、わたしは記憶にないほど大きな声で、ありったけの感情を込めて叫んだ。

「いい加減にしてよ——あれからもう、十二年も経つんだよ」

4

わたしは現在、満三十歳になる。

西園寺和馬からデートに誘われ、その後いじめを受けて不登校になったのは高校二年生の終わり、十七歳のときだった。そして最後に和馬に会ったのが、高校三年生の初日。それから十二年が経ち、いまでもわたしは引きこもり生活を続けている。

普段は意識しないように努めているけれど、過ぎた歳月の重みを思うと気が狂いそうになる。わたしはもう、ちょっと学校に行けなくなってしまっただけの少女などではない。いまさら立ち直るとか、人生やり直すとか、そんなことは考えられないくらいに歳を取ってしまった——心は高校生のままで。

二歳下の弟の守は、五年前に若くして専業小説家になった。志望した理由のうち、わたしに関係しているものは二つあり、一つは家にいてわたしの面倒を見られるから。いま一つは自著が売れれば、美容整形をしてでも見た目を変えたいと願うわたしを金銭的にサポートできるかもしれないからである。会社勤めではそう簡単に捻出できない大金を、ベストセラーによって賄《まかな》おうとするこの方法はしかし、いまのところ失敗続きで、弟はデビュー以来なかなかヒット作を出せずにいる。

父親は単身赴任で、母親は自分の親の介護のために遠方の実家へ帰省しており、昨晩在宅していたのはわたしと守の二人だけだった。弟が働くようになって少しはマシになったが、持ち家を購入する際に背伸びしてローンを組んだことが災いし、わが家の生計は昔からカツカツだ。それを知りながら、わたしは自分の醜さから気力を失くし、働くことはおろか家の外に出ることすらもできず、何もかもをあきらめ家族に依存して生き永らえてきた。

「十二年だよ……もう、十二年も経ってしまったんだよ。なのにどうして、あなたはわたしを放してくれないの」

口に出すとなおさら、救いのない人生が自覚されて絶望感が募っていく。わたしは和馬を罵りながら、同時に自分の心をも切り刻んでいた。

「あなたなら、ほかにいくらでも素敵な女性と仲よくできたでしょう。新しい恋をすれば、わたしなんてすぐに忘れられたはず。どうしてそんな風に考えられなかったの。こんなにも醜いわたしとのことをいつまでも引きずって、本当にバカみたい――」

「言ったはずだ。女性の見た目なんて、僕にとってはどうでもよかったと」

和馬がようやく口を開いた。わたしに反駁《はんばく》したその目には、軽蔑の色がにじみ出ていた。

「なぜ？　もしかしてあなた、女性の美醜が見分けられないとか？」

「そうじゃない。お世辞にも、きみの顔は美しいとは言えなかったよ。だけど、そんなことは問題じゃなかった。きみの知性が、何よりも魅力的に感じられたんだ。だから、デートに誘った」

「あんな上から目線の誘い方じゃ、オーケーする女の子はいないよ」

すると、和馬はすねてみせた。

「黙れ。あのころはまだ、幼すぎたんだ」

わたしと違って、彼はこの十二年間を彼なりに有意義に過ごしてきたはずだ。高校生の自分を、幼かったと断じることができる。そのことに、わたしは一抹の寂しさを覚えた。

「だからって振られた腹いせに、取り巻きたちにいじめをさせるなんてひどいよ。あれは、幼さで許される振る舞いじゃない」

恨みを込めてわたしが言うと、和馬は慌てた。彼のそんな人間らしい反応を見るのは、初めてのことだった。

「ちょっと待て。僕がいじめをけしかけたと思っているのなら、それは大間違いだ。あいつらが勝手に始めたんだ。僕に忖度《そんたく》したつもりか知らないが、こっちは別にそんなこと望んでなんかいなかった」

「直接けしかけたのではないにしても、原因を作ったのはあなたなんだから、責任を感じてしかるべきでしょう。なのに、あなたはいじめを止めようとしなかったじゃない。あなたの言うことなら、彼女たちは聞く耳を持ったはずなのに」

「したさ。止めようと」

わたしは耳を疑った。

「……それ、本当なの？　ここにいない取り巻きの子たちに、罪をなすりつけるのは卑怯だよ」

和馬が吐き捨てる。

「きみは、あれから僕の身に何が起きたのか知らないんだろう」

引きこもりになってしまったわたしに、学校生活の近況を報告してくれるような友達はいなかった。最後に顔を合わせたあの日以降、和馬の噂は何も聞いていない。

「正直に話せば、初めのうちはいい気味だと思っていたよ。きみに振られたことで、僕は寂しさを味わった。同じように、きみも寂しくなればいいと思った」

　サヤカたちがきみをいじめる場面を見かけたことはなかったしね、と和馬は言う。

「僕は少し楽観的に考えすぎていた。学年が変われば、きみはまた学校に来るようになるだろうと決めつけていたんだ。でもそうならなかったから、家まで様子を見に行った」

「あれで、心配してたって言うの？　わたしだって、もういじめられそうにないことがわかればまた登校するつもりだったよ。あなたがとどめを刺したんじゃない」

　和馬はうなだれる。

「あのころの僕は、プライドのお化けみたいなものだった。謝罪したら死ぬとでも思い込んでいたんだろうな。本心はもう少しまともなところにあるのに、全然違う言葉が出るんだ」

　非難すべき立場なのに、わたしは共感してしまった。彼ほどプライドが高かったわけではないが、若かりしころ、人に素直に謝れない時期がわたしにもあった——ようやく守に謝れたのも、つい昨晩のことだったのだ。

「あのあとも、きみは学校に来なかった。僕はサヤカを問い詰めた。花沢亜紀が不登校になったのはどういうわけか説明しろ、と。そしたらサヤカ、笑って言ったんだ」

　——自業自得でしょう。ブスのくせに、和馬を振ったんだから。

「おかしいと思った」

　手前の台に載せた彼の右手が、強く握られる。

「僕が振られたことは、きみの見た目とは何の関係もない。では、きみがもっと美しければ、彼女は納得したのか？　振られた僕の心の痛みは変わらないのに」

バカみたいな理屈だ、と彼は言う。見た目が醜いと他人から寄せられた好意を拒むことすら許されないなんて、バカげているにもほどがある、と。

「彼女の見た目を悪く言うのはやめろ、と僕は戒めた。サヤカは、本当のことを言って何が悪い、と開き直った。だから、僕は言ってやった」

――きみは本当にバカだな。人でなしで、下品で、まったく救いようがないよ。

「当然、彼女は怒った。あたしは和馬のためを思って、なんてことさえ言ってきた。だから僕は言い返したのさ。本当のことを言って何が悪い、とね」

つくづくこの男は性格が悪い。頭の回転の速さを、ろくでもない方向に活かす典型例だ。そう思いながらもわたしは、どこか痛快に感じてしまう自分がいることを否めなかった。

「僕は、言わばサヤカに鏡を向けたつもりだったんだよ。同じことをされて不快な思いをしたのなら反省しろ、と伝えたかった。そういう理屈が通じるのは知性を持った生き物だけだということを、僕は忘れていたんだね。彼女を痛罵したことは、瞬く間に知れ渡った」

和馬はサヤカの友人だけでなくほかの同級生たち、さらには教師からもしだいに白い目を向けられるようになったらしい。サヤカだってわたしをいじめたくせに、男子から罵られたとたんに被害者ぶるのは許せない。ただ、和馬が総スカンを食ったのは、それまでに積もり積もった彼の言動にも一因があったのではないか。そう思ったけれど、わたしは口にしなかった。

「取り巻きたちは僕から離れていき、あっという間に僕はのけ者になった。大して気にも留めなかったけどね、幸いきみみたいに直接的な危害を加えられたわけではなかったし。危害があればただちに法的手段に訴えると脅していたのが、功を奏したんだろうな……でも、もはやそんなことはどうでもよかった。言ってしまえば、僕は何もかもにうんざりしていたんだ」

　サヤカのほうから、和馬に和解を持ちかけてきたこともあったのだという。謝ってくれるのなら許してあげる、と。和馬は拒んだ。悪いことを言ったと思ってないから謝る必要性を感じなかった。彼はますます孤立したが、それでも何とか卒業まで耐えたそうだ。

　知らなかった。わたしがいなくなったあとの学校で、そんなことが起きていたなんて。かつての同級生たちに問い合わせれば、和馬の話が事実かどうかは判別できる。簡単に露見する嘘を、和馬がつくとは思えない。

「……どうして、もっと早く教えてくれなかったの」

　わたしは声を震わせた。彼がサヤカと敵対した事実は、それがわたしにとって優しかったからこそ、かえってわたしを打ちのめした。ほんの少し何かが掛け違っていれば、わたしは十二年にもわたって引きこもらずに済んだかもしれないのだ。それはいまのわたしにとっては、希望ではなく絶望だった。

　和馬は沈痛の面持ちになり、

「学校に居場所がなくなったからって、どの面下げてきみに会いに行けると？　きみへのいじめをやめろと訴えたところで、もはや誰も僕の言うことを聞きはしない。僕は、きみを救うのに失敗したんだよ」

　わたしには、言いたいことがあった。けれども和馬が続けざまに語るので口を閉じていた。

「だけどそれからも、僕の中にはずっと、強烈な反感が渦巻いていた。どうして優れた知性を持つきみが、ただ見た目がよくないというだけでいじめを受けなければならなかった？　それが世界の掟なのだとしたら、一般的な価値観なのだとしたら、間違っているのはこの世界のほうだ」

彼もまたわたしと同様、あの体験によってルッキズムを憎むようになっていた。何たる皮肉だろう。

「だから、僕は考えた——見た目なんて何の意味も持たない、人がその人柄によってのみ評価される世界を、この手で構築しようじゃないか、と」

その言葉には、狂信的な響きがあった。

「高校卒業後、僕は東京大学に進学すると、すぐさま理想の国家の建設に乗り出した。と言っても、この社会をどうにかしようと考えたわけじゃない。人類の長い歴史の中で、遺伝子が見た目の優れた男女を追い求めてきた。そんなことは僕にだってわかっている。本能レベルで染みついた価値観を、一朝一夕で根絶しようなどとは夢物語だ。——そこで僕は、ＶＲ空間の開発に乗り出した。その世界では、見た目を自由に、思いのままにカスタマイズできる」

はっとした。どこかで聞いた話ではないか。

「それって、ＢＷのこと——」

「一緒にするな！」

和馬が激昂し、目の前にある台を叩いた。静かにするように、と付き添いの警察官にたしなめられる。

「……スペリオル。聞いたことがあるか」

和馬の口にしたフレーズの一部に、聞き覚えがあった。

——スペ何とかって言ったっけ。

「確か、ＺＺがＢＷを創設する際に参考にしたという……」

「参考とは生温《ぬる》い。あれは紛れもない盗作だ」

マヒト自身も、「丸ごとパクった」と認めていた。

「現在世界じゅうでプレーされているＢＷに先行して、人気を博しつつあったＶＲ空間が存在した。その名がスペリオルだ」

「それじゃ、まさか」

「ああ。僕が作った」

和馬の声に、誇らしさは微塵《みじん》も感じられなかった。

愕然とした。わたしはＢＷの理念に共鳴し、マヒトから話を聞くまで、それをＺＺの思想だと思い込んでいた。わたしが真に崇拝すべきは、スペリオルの創設者たる西園寺和馬だったのだ。

心の整理がつかない。ルッキズムの根絶には賛同する一方で、わたしはまだ和馬のことを許せずにいた。だいいち、スペリオルをプレーした経験がないので、どれだけ素晴らしかったのか判断のしようがない。

「僕はおよそ三年の歳月を費やして開発したＶＲ空間に、現実よりも優れている、という意味を込めてスペリオルと名づけた。スペリオルは完璧だった。人が見た目で差別されない世界だ。見た目だけじゃなく、腕力や経済力による支配をもなくすため、通貨という概念を用いず、非暴力を徹底した。きみがいじめられていたとき、カツアゲや暴行の被害も受けただろう。そういった行為すべて、できないようにしたんだ」

わたしの知らないところで、彼はわたしが決していじめられることのない世界を構築していたのだ。それは多分に狂気じみている、と思う。

「スペリオルは実際に、VR界を席巻《せっけん》しかけていた。これこそ待ち望んでいた世界だ、と称賛する声も少なくなかったんだ。なのに」

和馬は再び、目の前の台をこぶしで叩いた。

「BWが登場した。僕に言わせればあんなもの、スペリオルの劣化コピーに過ぎなかった」

だが、BWはスペリオルを超えて爆発的に広まった。

「ただ、コンセプトが特徴的だったというだけだ。それだけで、見る間に他のVR空間系のサービスを駆逐して、業界の王座に君臨した」

「スペリオルは、どうなったの」

「プレーヤーのBWへの移住が進んで一気に過疎化し、資金繰りが悪化。サービス開始からわずか三年で、閉鎖を余儀なくされたよ」

和馬はスペリオル運営のために、身銭を切って出資をしていた。大学を卒業して間もない彼の身に残されたのは、多額の借金だった。

「この僕が、ずいぶん無様な生活を強いられたよ。パクったほうが成功して、パクられたほうが落ちぶれる。そんなのおかしいだろう。でも、誰も僕の声に耳を貸そうとはしなかった」

スペリオルが日本で、BWがアメリカで開発されたサービスだったことも、事態をややこしくした。和馬は著作権侵害の民事訴訟を起こそうとしたものの、見た目のカスタマイズや非暴力などは、個別に見れば先行作品も存在したためオリジナリティを主張することが難しく、結局は断念せざるを得なかった。

「それまでに培《つちか》ったプログラミングの技術や、サービス運営のノウハウを切り売りして、何とか食いつなぐ日々だった。このころの僕は抜け殻のようだったよ。自分が人より優れた頭脳を持っていたことも、きみという人間のことも、すっかり思い出さなくなっていた」

そして一年ほど前、そんな生活にも限界が来た。

「いつまでも失意から抜け出せずにいた僕は、生きる理由を完全に見失っていた。死のうと思ったんだ。こんな毎日を送っていても仕方がない、と。僕は迷惑がかからないように、それまで使ってくれていたＩＴ企業を辞めた」

ところが、いざ死ぬ段になったとき、脳裡に浮かんだのはわたしの顔だった。

「きみがどうしているか、最後に確かめておこうと思った。立ち直っていれば思い残すことはないし、いまでも引きこもりのままならこの命をもって償おう、とね。そうして僕は、きみの実家へ赴いた」

わたしは驚いて、

「家まで来たの？　一年前に？」

「ああ。きみには会えなかったけどね。きみの弟に止められたから」

引きこもりのわたしが自宅への来客に応対することはない。弟は玄関先で和馬が名乗るなり、激昂したそうだ。

「胸倉つかまれて、怒鳴られたよ。おまえのせいで姉貴の人生がめちゃくちゃだ、どうしてくれるって」

一年前に和馬と接触したことを、守はわたしに一言も教えてくれなかった。高校三年生の初日に和馬が家まで来て以来、わたしの様子が変わってしまったことを守は知っている。わたしが気に病むことを懸念して、言わずにおいたに違いない。

――ぶん殴ってやればよかった。

昨晩の守の、怒りにまかせた発言を思い出す。いじめられていた当時の話かと思っていたが、違った。守は一年前を思い出していたのだ。

「僕はきみの近況を彼に訊ねた。彼は憎しみのこもった口調で教えてくれたよ。もう何年もＢＷとかいうゲームに入り浸りの廃人だ、いま自分たちが騒いでいるのに気づかないのもＢＷにいるからだろう、とね。それを聞いて、僕は憤りで頭が真っ白になった。僕から何もかもを奪ったあの憎きＢＷの中に、きみが居場所を見つけたというのだからね。本当なら、それはスペリオルであるべきだったのに」

「その時点で、スペリオルはサービスを終了していたんでしょう。わたしが過去にプレーした可能性は考えなかったの」

「それも訊いてみたさ。ＢＷの前にもＶＲ空間にいたことはなかったかってね。きみの弟は、なかったと断言した」

弟の答えは正しい。わたしはスペリオルの存在すら知らず、ＢＷで初めてＶＲ空間のよさを認識したのだから。

知らされていなかったとはいえ、わたしは和馬が構築した、わたしがいじめられることのない世界ではなく、その盗作に夢中になっていた。これもまた、運命の皮肉だ。

「それからきみの弟に追い返されたわけだが、正直その記憶は曖昧《あいまい》だ。帰り道、僕は考えが変わったのをはっきりと感じた。いまはまだ死ぬべきときじゃない。まずはきみをＢＷで見つけ出したいと思った」

　スペリオルではなくＢＷを選んだことで、二度までも自分を振ったわたしに、和馬はゆがんだ憎悪をぶつけるようになったのだ。

「手始めに、僕はＢＷのサーバをクラッキングして、プレーヤーが登録した個人情報のデータベースにアクセスした。そして、その中から花沢亜紀の名前を探し出した」

「ちょっと待って。クラッキングに成功したのは、つい最近じゃなかったの？　ＢＷでは半年ほど前からサイバー攻撃の痕跡が確認されていたけど、セキュリティで跳ね返してたって聞いたよ」

「それは、地形プログラムの改変に着手してからの話だ。それ以前に、データを閲覧するところまでは成功していた」

　つまり和馬は、ＺＺと同等の能力を有していたことになる。ＢＷのデータベースのセキュリティには甘い部分があるのだ。

「ＢＷの運営に、クラッキングは察知されなかったんだね」

「あるいは、察知しながら公表しなかったのかもな。騒ぎになるのを恐れて」

　専門知識がないので理解が及ばないが、一口にクラッキングと言っても並大抵の技術では実行しえないはずだ。あらためて、わたしは和馬の知性を恐ろしく感じる。

「そうして僕はきみのアカウントを突き止め、みずからＢＷをプレーしてきみのバタフライを発見し、《フレンド》になって自宅の場所などを聞き出したのち、監視を始めた」

「わたしのフレンドリストの中に、あなたがいるの？」

「ああ。現実と違って、きみには登録済みのフレンドがたくさんいるみたいだったからな。正体を隠してその中に紛れ込むのは難しくなかった」

和馬の言うとおり、わたしにはＢＷにおけるフレンドが多く、マヒトの例からもわかるように、フレンドリストに登録すること自体に抵抗がなかった。

「それにしても、本名のアキを名乗っているのには驚いたよ。なぜ、正体を隠さない？」

「別にいいでしょう。ＢＷにいるときくらい、こそこそしたくなかっただけ」

そういうものか、とつぶやく和馬の表情は暗い。

「とにかく、スペリオルではなくＢＷで楽しげに過ごすきみの姿を見て、僕の心は決まった——ＢＷでも、きみを孤立させてやろうと誓ったんだ」

胸の奥底が、すっと冷えるのを感じた。

わたしは現実世界で一度、和馬によって孤立させられている。それは彼の本意ではなかったかもしれないが、ＢＷにおける孤立の再現は、まさしく彼の悪意に相違ない。

「地形プログラムの改変はデータの閲覧よりもはるかに骨が折れたが、それでも試行錯誤を繰り返し、僕はあの鼈甲の壁を築く方法を編み出すに至った」

「紅招館のある崖のあたりにわたしを閉じ込めたのはどうして？」

「あの壁を築くには、あらかじめ座標を定めてから地形プログラムの改変を開始する必要があるんだ。いざ壁が現れる瞬間に、きみがそこから移動していたら何の意味もないのさ」

要するに和馬は、あの壁の中にわたしを閉じ込めたいと思えば、壁が発生する時点でのわたしの居場所を予測しなければならなかった。地形プログラムの改変には、丸一日近い時間がかかるのだという。

「その点、あの崖は都合がよかった。きみたち二人が北上し続ける先に、目的地となりそうな場所はあの館くらいしかなかったからね」

「わたしたちが北上していたことはどうやって知ったの」

「もちろん尾行だよ。クラッキングを始めるギリギリまで、きみたちに見つからないようあとを追うのは大変だった」

「そうなんだ……全然気づかなかった」

パラダイスレーシングもまた、わたしが出場することは予測できたので、レースの時間に合わせて壁を出せたのだという。あれは言わばリハーサルだった、と和馬は説明した。

「こうして僕は念願を達成し、きみを孤立させたってわけさ。引き換えに、捕まってしまったけどね」

「……もう気が済んだでしょう。ＢＷを元に戻して」

「だめだ」

わたしの要求を、和馬は即座に突っぱねた。

「どうして。あなたの手にかかれば、壁の撤去くらいわけはないでしょう」

呼吸を一つするくらいの間があった。

「少なくとも、運営の自力復旧は不可能だろうな」

「お願い。わたしのせいで、紅招館の住人たちまで孤立してしまった。これ以上、彼らに迷惑かけられないの」

聞いているのかいないのか、和馬は頭を左右に動かして首を鳴らしたあとで、告げた。

「たくさんしゃべって疲れたな。今日はもう、終わりにしよう」

「そんな――」

「続きは明日以降だ」

有無を言わさぬ口調に、わたしは完全に彼の手のひらで転がされていることを思い知る。せめて一言、言ってやらねばという気持ちに駆られた。

「あなたはスペリオルを理想の国家だと言った。でもそれは、あなたにとってそうであるに過ぎない。上から目線で、プレーヤーたちに独りよがりの理想を押しつけただけ。だから、滅びた」

「何が言いたい」

「superiorには、《高慢》という意味もあるんだよ」

和馬はふっと息を漏らした。笑ったのだ。

「そういう切り返しができる頭のよさに、僕は惹かれたんだ」

和馬の姿が消え、福間美幸がノートパソコンをシャットダウンした。目の前のモニターは、吸い込まれそうな闇をたたえている。

5

ＢＷにログインしてみると、灯台の中にクリスはいなかった。

外に出る。すぐにミニーに出くわした。何かを探している様子である。

「どうしたの、ミニー。一人で出歩いて、危ないよ」

「アキ、こんなところにいたんだね。実は、Ｐ３が行方不明になってるんだよ」

「えっ？」

聞くと、Ｐ３はミーティング後しばらくして、自衛のためにみんなが集まっているラウンジから二階へと姿を消し、そのまま戻らなかったらしい。

「Ｐ３の部屋にはいないんだよね」

「もちろん捜したよ。ドアには鍵がかかってたから窓のほうに回ってみると、カーテンは閉じてたけど、外倒し窓が開いてたのね。その隙間に手を突っ込んでカーテンを動かしてみたけど、部屋の中にＰ３はいなかった」

リビングと寝室を仕切る引き戸は開け放たれており、部屋全体が見通せたのだという。

「もしかして、次はＰ３が犠牲に……」

「どうだろう。自分からいなくなっている以上、Ｐ３こそが犯人で、次の標的を狙ってる最中なのかもしれない」

どちらにしても愉快な想像ではない。わたしは灯台に目をやって、

「この中には、Ｐ３はいないよ」

「悪いけど、念のため見させてもらうよ。あんたが犯人かもしれないんだし」

「一人で入るのはやめたほうがいいんじゃない？　わたしが犯人なら、あなたを襲う絶好の機会だよ」

単に警戒をうながすつもりだったが、ミニーはぎくりとした。

「怖いこと言うね。けど、確かにそうだ。あんた、ラウンジでおとなしくしててよ。誰かに見張らせるから」

わたしはミニーに連行され、紅招館のラウンジに入った。住人たちはＰ３捜索部隊と待機部隊に分かれているようで、ラウンジには歯車とうさぎと灰の姿があった。わたしはおとなしく椅子に腰かける。ミニーはわたしの監視を歯車たちに託し、再び館を出ていった。

それからおよそ一時間、わたしは歯車とぽつりぽつり言葉を交わしながら、緊迫したときを過ごした。うさぎも灰も口を閉ざしていた。わたしはマヒトがどうしているか気にかかったが、歯車によれば意外にもＰ３の捜索に協力しているらしい。

やがて、捜索部隊がぱらぱらとラウンジに戻ってくる。その全員がＰ３を見つけられなかったことは、表情を見れば一目瞭然だった。

Ｐ３を除く九人がラウンジに集合したところで、クリスが提案した。

「やっぱり、Ｐ３の部屋に立ち入るべきじゃないか。たとえ本人がいなくても、どこへ行ったかの手がかりが見つかる可能性はある」

反対する者はいない。クリスがキーボックスからマスターキーを取り出すと、警報が鳴り響いた。

全員連れ立ってＰ３の部屋へ向かう。クリスが鍵を開け、ドアをくぐる。ほかの者も続いた。

「見ろ。鍵だ」

狩人が、リビングの机に一本の鍵が置いてあるのを見つけた。誰もまだ近づいてはおらず、元からそこにあったことに疑いの余地はない。机は開けられた引き戸の陰にあるため、窓からは死角となり見えなかったのだ。

「それ、確かにこの部屋の鍵か？　ならこの中に、Ｐ３がいるってことになりそうだが」

　マヒトの指摘はもっともだ。部屋の鍵は一本、たったいまクリスが使ったマスターキーを併せても二本しかないのだから。

　狩人は廊下に出てドアノブに鍵を差し込み、ひねった。ガチャリと音がして、鍵が回る。

「間違いないな」

　となると、Ｐ３はこの部屋にいるとしか考えられない。

　リビングにＰ３の姿はなかった。続いて寝室に足を踏み入れたわたしは、その部屋の奇妙な点に気がついた。

　木の板でできた平らな天井に、バンダナを二つ折りにしたくらいの大きさの黒い二等辺三角形が、魚のうろこのようにびっしり描かれていたのだ。三角形の長いほうの辺が窓の桟に接し、そこから同じ向きで三角形が隙間なく並べられ、モザイクを作っている。

　ほかの部屋の天井に、このような幾何学模様はなかったはずだ。気になったが、ほかの住人が言及しないところを見ると、以前からこうなっていたのだろう。見た目がロボットのＰ３の部屋に、お似合いの装飾だとも感じる。

　一見してＰ３は寝室にもいない。ところが、何気なく毛布をまくった百合が、悲鳴を上げた。

「これ、血よ！」

　毛布で覆われていた枕には、多量の血が染み込んでいた。

「窓の外から見たとき、毛布の位置がおかしいと思ったんだけど……犯人が血を隠してたんだね」

ミニーが青ざめる。

「見た目がロボットでも、ちゃんと血は出るんだな」狩人が恐ろしげに言う。

「じゃあ、Ｐ３はもう——」

歯車のつぶやきを、クリスが制した。

「まだ、死んだと決まったわけじゃない。Ｐ３の血とも限らない」

「ねえ、そこ見て」

わたしはマットレスの側面を指差す。

下のほうに、血がついていた。明らかに、枕の上で発生した出血が飛び散って付着するような場所ではない。薄く赤い丸が三つ、並んでいるその形状は——。

「指の跡、に見えるな」

灰の意見に、わたしも同感だった。何者かが血のついた指で、マットレスを動かしたのだ。おぞましい予感に、誰もが動けずにいる。そんな中で、歩み出てマットレスに手をかけたのは、マヒトだった。

マヒトはマットレスをわずかに持ち上げて、そのまま手前に引きずり落とす。次いで、マットレスを載せていた板を剥がした。その下から現れた物体を見て、わたしは息を呑んだ。

Ｐ３の金色の体が、ベッドフレームの中に横たわっていた。頭部が砕かれており、致命傷になったことが見て取れる。隙間にはグレーのコンクリートブロックが置かれ、そちらにも血がべったりついていた。凶器なのだろう。

　そしてそのブロックの上に、またしても葉っぱが一枚。お決まりのフレーズが、今度も黒のペンのインクによって記されていた。


〈死は救い〉


　絶句する住人たちをよそに、マヒトはアンテナを手に取る。ほどなく彼はＩＤ照合の結果を伝えた。

「Ｐ３本人だ」

　予感は当たった——とうとう、三人目の犠牲者が出てしまった。

「おいおいおい……これって、密室殺人ってやつじゃねえのか」

　狩人がうめく。歯車が、窓のほうを指差した。

「外倒し窓が開いていた。完全なる密室じゃない」

「だとしても、だ。あそこからは、バタフライは出入りできない。そうだろ、クリス？」

「ああ。でないと、防犯の用をなさないからね。一番小さい五歳児の体格に変えても通れない程度しか開かないように設計されている」

　つまり、犯人はＰ３を殺害後、ベッドの下に死体を隠し、何らかのトリックでこの部屋を密室状態にしながら脱出した——そうとしか考えられない。

　灯台の密室もまだ解決していないというのに、さらなる密室を作り上げる犯人の知能に、果たしてわたしなんかが太刀打ちできるのだろうか？

めまいを覚え、わたしは思わずクリスに寄りかかる。うさぎが叫んだ。

「もう嫌！　あたしたち、みんな殺されてしまうんだわ――」

第五章　想

1

Ｐ３の遺体は、いまは動かさないでおくことになった。狩人が三たび棺桶を作り、完成しだい水葬するという。

それまでのあいだ、わたしはＰ３の部屋を調べることにした。わたしが早く犯人を暴いていれば、さらなる悲劇は防げたかもしれない。責任を感じていた。

もはや身の潔白を証明するという動機も薄れ、わたしはもの言いたげなマヒトを追い出し、クリスと二人で捜査に取りかかった。ほかの住人たちも、わたしの意思を尊重してＰ３の部屋を離れ、一階へ下りていく。

「コンクリートブロック、元から館にあったもの？」

この質問に、クリスは長いまつげを伏せ、

「庭に花壇を作りたい、と住人の一人が言い出したことがあってね。ひとまずコンクリートブロックを取り寄せたんだけど、そのタイミングで当の住人が病気で亡くなってしまったんだ。ブロックはしばらく物置に保管してたけど、見ると思い出して悲しくなる、という声がほかの住人から上がってね。仕方なく、森の入り口あたりまで運んで放置した。犯人はそれを使ったんだろう」

犯人は犯行声明文に葉っぱを用いており、それを拾う際に森へ行っているので、一緒にコンクリートブロックを持ち去るのは造作もなかったことになる。ブロックの存在を知らなかったわたしには犯行は不可能だったが、言うまでもなく知らないことの証明はできない。

「この館に蜘蛛型のロボットが来たことがあるって言ってたけど、その住人が亡くなったときの話だったんだね」

「そう……もう二年くらい前になるかな。あれは完全に病死だったし、今回の事件とは無関係だよ」

わたしはうなずいた。悲しい記憶なのだろうから、それ以上掘り下げはしなかった。

Ｐ３の遺体を見下ろしながら、わたしは疑問を口にする。

「犯人はどうして、Ｐ３の遺体を隠したんだろう。いままでの事件では、遺体を隠そうとしているようには見えなかったのに。そもそも、犯行声明文を残しながら遺体の発見を妨げるのは、矛盾しているように思える」

「Ｐ３の遺体がただちに発見されるとまずい、何らかの事情があったんじゃないかな。マスターキーで部屋を捜索されるのは時間の問題だと予測できたはずだから、一時をしのげればよかったのかもしれない」

前にも考えたとおり、遺体を隠し通したいのなら海にでも捨てればよかったのだ。では、遺体の発見を遅らせることにどんなメリットがあるだろうか。考えてみるものの、アリバイをごまかすといった月並みな発想しか出てこなかった。

わたしはコンクリートブロックを持ち上げる。ずっしりと重い。ふらつきながら飛び上がり、「いい？」と了解をとってからクリスの頭上めがけて落とした。

案の定、ブロックは跳ね返された。クリスも動じていない。

「典型的な暴力だからね。許されるわけがない」

「でも、仕掛けを使えば――」

わたしは物置からビニール紐を持ってきて、コンクリートブロックを吊るし、クリスに下に寝てもらってビニール紐を切った。しかしクリスの体は、ここでもブロックを跳ね返した。

「やっぱり、こんな単純な仕掛けじゃだめか」

「第一の殺人同様、殺害方法が謎になるね」

凶器が判明しているのに、肝心の殺害方法は不明。隔靴掻痒《かっかそうよう》とはこのことだ。

わたしは血のついたマットレスに目をやる。この上でＰ３が殺されたのは確かだろう。そのまま視線を上げて、開けっ放しの外倒し窓を見た。窓はちょうど、先ほどまで枕があった位置の真上に来る。

「あの窓の隙間、コンクリートブロックなら通るんじゃない？」

「と思うけど……落とすだけじゃ、さっきと同じで殺せないよ」

「それはそうだけど、あそこから何らかの仕掛けによりブロックを落として殺害できれば、密室の問題はクリアされるかなって」

その意見にも、クリスは冷静に反論してきた。

「Ｐ３の遺体はベッドの下にあったんだ。たとえ殺害後だとしても、犯人が一度この部屋に足を踏み入れたのは間違いないよ」

「そっか。いずれにしても密室から抜け出す必要があるんだ」

殺害にしろ密室にしろ、何らかの仕掛けが用いられた可能性は低くない。その痕跡はないかと寝室を調べ回っていたわたしは、部屋の隅に転がっていたあるものを見つけて拾った。

「何、それ」とクリス。

「これは——錐《きり》だね」

木製の柄の先に五センチほどの鋭く尖った刃がついた、ごく一般的な揉錐《もみぎり》である。けれどもその先端に異常があることに、わたしは気づいた。

「見て。血がついてる」

ごくわずかだが、錐の先には赤黒い液体が付着していた。

「本当だ……これ、物置の道具箱に入っていたはずだよ。どうしてこんなところに落ちてるんだろう。しかも、血だなんて」

「コンクリートブロックで頭を潰したのはフェイクで、本当の凶器は錐だったってことはないかな。それなら、ステラと同じ刺殺になるよ」

殺害の手口が同じなら、非暴力を無効化する方法を知る糸口になるかもしれない。そんな願望に近い想像を、しかしクリスは一蹴した。

「血は錐の先端にしかついていない。致命傷を負わせるには、もっと深く刺す必要があったはずだよ。だいいち、P3の遺体に刺し傷は見つかっていない」

「頭部を刺したんじゃない？　その刺し傷を隠蔽するために、頭を潰した。刺したことを知られたくなかったから錐についた血を拭き取ったけれど、先端までは拭き切れなかった」

「だとしたら、凶器を現場に残していったのが変だよ。持ち去ってしまえば、刺殺だなんて誰も考えなかった」

「言われてみれば……でも、刺し傷がないにもかかわらず錐に血がついてるのは事実だよ。それを説明するには、頭部を刺したと考えるのがもっとも合理的じゃないかな」

「確かにね。最初は錐で殺そうとしたけど、殺しきれなくてコンクリートブロックでの撲殺に変更したとか、そのくらいのことなのかもしれない」

　指紋を採取するなどの科学捜査が叶わないこの世界では、犯行に用いた道具を現場に残していくことにさほど抵抗がなかったとも考えられる。いずれにしても物置にあった錐からでは、犯人をたどるのは困難だろう。

　ほかにも見落としがないか、クリスと協力して隅々まで調べる。しかし、それらしき痕跡は何一つ見つけられなかった。

「このドアの鍵、外から閉められないかな。糸か何かを使って」

　わたしは思いついたことを言ったが、クリスは否定した。

「現実と違って、ＢＷのドアには閉じた状態だと隙間がない。だから通気用の外倒し窓を設けた、という話はしただろう。ドアの隙間に糸を通して鍵を動かすなんてのは不可能なんだよ」

　先に糸をはさむと、ドアが完全には閉まらなくなり、鍵もかけられないのだという。現実の物理法則にしたがえば、そのような状態だとそもそもドアの開閉そのものが不可能になるはずなのだが、そこはＶＲ空間ということで都合よくできているらしい。

「じゃあ、外倒し窓から糸を使って鍵を送り込むってのはどう？」

わたしはこんなトリックを説明する。糸を机の上のどこかにひっかけ、端を結んで輪っかを作る。その糸を外倒し窓から外に出し、鍵を持ったまま部屋を出てドアを施錠してから、窓の外に回る。鍵の上部の輪に糸を通して鍵を滑らせ、机の上に送り込んだところで糸を一ヶ所切り、引っ張って回収する……。

残念ながら、クリスは賛同しなかった。

「鍵が置かれていた机の上は、外倒し窓から見ると、ちょうど開いた引き戸の陰になるんだ。いまのトリックで、あの位置に鍵を送り込むことはできないよ」

同じ理由で、長い棒の先に鍵を引っかけて落とす、などの方法も使えないという。

「そんな単純なトリックじゃないか……鍵の位置をちょっと工夫するだけで、密室になってしまってるんだね」

「犯人も、注意深く密室に仕立て上げたに違いないよ」

最後にわたしは、事件とは直接関係なさそうなことを訊ねた。

「この寝室の天井、どうしてこんな模様になってるの」

黒い二等辺三角形の、鱗じみた幾何学模様である。

「ああ、これはＰ３が館へやってきた初日に、自分で塗ったんだよ」

用事があってＰ３の部屋を訪ねると、黒いペンキまみれのＰ３が天井を塗り終わったところだ

P３居室図

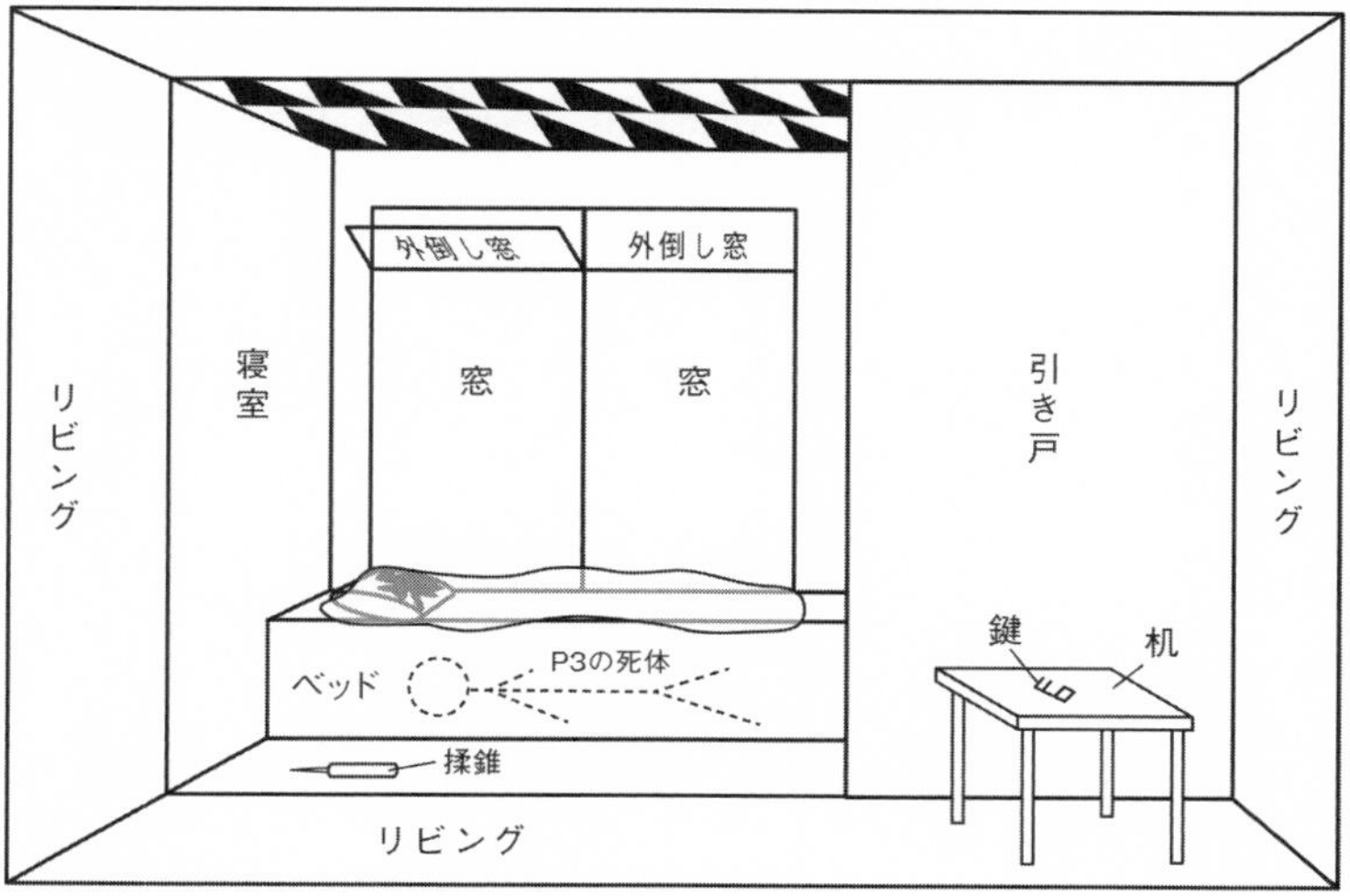

ったので、クリスは驚いたという。

「何でこんなことをしたんだって訊いても、落ち着くからとか要領を得ない答えでね。まあ、長く住むつもりなら部屋を自分の好きなように改造したくなる気持ちはわかるから、禁じなかったボクが悪いってことで、そのままにしてある」

「見た目だけじゃなくて、行動も不思議なバタフライだったのね」

「ステラなんかは気味悪がって、Ｐ３が館の住人になることにも反対してたからね。あれからたったの三ヶ月で、二人とも死んでしまうなんて……ボクが招いたばかりにこんなことになったのかと思うと、やりきれないよ」

――だいたい、ワタシはあのみょうちきりんなロボットだって迎え入れるのは反対で……。

ステラの発言を思い出す。Ｐ３は紅招館に住んで、まだほんの三ヶ月だったようだ。

うなだれたクリスをなぐさめるのは、同じようになぐさめてもらったわたしの役目だった。

「悪いのは犯人だよ。わたしたちの手で、犯人を突き止めよう」

「そうだね」

決意を新たにしたところで、入り口のドアが開かれた。

「棺桶ができた。水葬、始めるぞ」

狩人だった。三基目ともなると、狩人が棺桶を作るのも早い。木を切るために森へ行った際、蜘蛛型の遺体回収ロボットが三体に増えていることも確認したそうだ。

狩人と歯車でＰ３の遺体を入れた棺桶を持ち、九人全員で夕闇の濃くなった崖へと向かう。別れの言葉は、紅招館に三ヶ月住んだだけのＰ３に対してはあっさりしたもので、涙を流している者もいなかった。

　灰が呪文のようなものを唱えたのち、棺桶が海に沈められる。海は流木一つ浮かんではおらず、三つの遺体を呑み込んだとは思えないほどに美しかった。

　崖から立ち去ろうとしたところで、思わぬ人物が声を上げた。

「みんな、聞いてくれ」

　マヒトである。

　一同が注目するのを待って、マヒトはわたしに向き直った。

「まずはアキ、その……昨日から、きつい態度を取ってしまって悪かった。よく考えたら、おまえの機嫌を損ねればＢＷは永久に復旧しないかもしれないってのにな」

　めずらしく神妙だ。わたしがマヒトを避け、クリスと行動をともにするようになったのが、よほどこたえたのだろうか。

「それから、ほかのみんな。正直、オレはこの世界の創設者で、一プレーヤーに過ぎないみんなとは立場が違うと思ってた。けど、だんだん、そんなことを言っている場合じゃないと思い直すようになった。もう三人も殺されちまった。オレたちは協力し合って、一刻も早く犯人を突き止めなきゃいけないんだよな」

「何だ、急にまともなこと言いやがって。犯人じゃないと信じさせるために、いまさら善人ぶるつもりか」

　狩人は突っかかるが、マヒトは言い返さない。わたしも、彼の態度に強い違和感を覚えていた。

「何が言いたいの、マヒト」

「オレもＰ３の死を受けて、事件について考えてみたんだよ。そしたら、一つの結論が出た」

「結論？」

「Ｐ３の部屋を密室にしたトリックがわかったんだ。そしてそれは同時に、真犯人を指し示してもいた」

　住人たちからざわめきが起こる。マヒトは続けた。

「オレはこの結論に自信を持っている。けど、みんながオレの言うことを信じてくれなければ意味がない。だから、オレはみんなに謝罪したい。この状況を打開すべく、真剣に真犯人を告発しているのだと理解してもらうために」

　そう言って、マヒトは頭を下げた。

　マヒトのこんな姿、半年の付き合いで初めて見た。おそらく彼は、たまたま事件の真相らしきものにたどり着いてしまい、動揺しているのだ。真実に圧倒され、もはや強情ではいられないと腹をくくったのだ。

「わたしはマヒトの話を聞きたい。みんなはどうかな」

　住人たちに向け、わたしは問いかける。彼らもマヒトの発言を信じるかどうかの判断は留保しつつ、真相を知りたいという好奇心には抗えないようだった。

「聞かせてくれ。きみが考えた密室トリックというものを」

　クリスが総意を伝える。マヒトは顔を上げた。

「トリックの説明を始める前に、確認したいことがある。みんな、ちょっとここで待っててくれ」

そう言い残し、マヒトは館のほうへ飛んでいった。小さくなった姿が、館に入っていくのがかろうじて見える。少しして、マヒトは館から出てくると、まっすぐこちらへ戻ってきた。

「これを見てほしい」

握った手を差し出して開く。手のひらには、一本の鍵が載っていた。

「あんたの部屋の鍵でしょう。それがどうかしたの」

訊ねるミニーに、マヒトは鍵を近づける。

「これはオレの部屋の鍵じゃない。マスターキーだ」

真っ先に驚いたのは、百合だった。

「キーボックスを開けたの？　気がつかなかった」

「やっぱりな。ここにいるみんなには、何も聞こえないんじゃないかと思ってたんだ」

「館の警報は、この崖までは届かない。そうおっしゃりたいのですな」

灰が念を押す。わたしは、三つの班に分かれて侵入者を捜索したとき、館の外に出ただけで警報をうるさく感じなくなったのを思い出した。まして崖まで離れれば、あの音が聞こえなくなるのは当然だろう。

「実験したわけじゃないから、想像に過ぎなかったけどな。ＢＷの建物は気密性が高いから、もともと音が外に漏れにくいんだ。そして、あの警報が崖までは届かないという前提が、密室トリックには重要だった」

マヒトはマスターキーを空中にほうって、再びキャッチする。

「犯人はマスターキーを使って、Ｐ３の部屋を密室にしたんだ。みんなが崖にいて、マスターキーを盗める機会があっただろう」

「ブーメランの水葬のときだな」

歯車が言う。

「ああ。犯人は水葬のために全員が館を離れ崖に向かったところで、キーボックスを開けてマスターキーを盗んでおいたんだ」

トリックと呼ぶほどのものでもない。そう考えたとき、疑問が湧いた。

「待ってよ。犯人はいつ、マスターキーをキーボックスの中に戻したの？　Ｐ３が殺害されたと思われる時間帯よりあとに、全員で崖に来たことはなかったはずだよ」

ブーメランの水葬の際、Ｐ３が崖にいたのはここにいる全員が目撃している。あのときまで、Ｐ３は確実に生きていた。そしてそれ以後、誰にも知られずキーボックスを開けることができたタイミングはない。

「Ｐ３の部屋に入って遺体を発見した際、ドアの鍵はちゃんとマスターキーで開いた。あの部屋の鍵が室内で見つかっている以上、キーボックスから取り出した鍵がマスターキーだったことに疑いの余地はない。すなわち、犯人はキーボックスにマスターキーを戻したことになる。でも、その機会はなかった」

「そこが、トリックなんだよ」

マヒトはジーンズのポケットから、今度は自分の部屋の鍵を取り出した。

「さっきミニーも誤解したとおり、個室の鍵とマスターキーはぱっと見では区別がつかない。犯人は、これを利用した」

マヒトによる、トリックの解説が始まる。

「みんなが崖に行ったタイミングを狙って、犯人はキーボックスを開ける。マスターキーを取り出して、代わりに自分の部屋の鍵をキーボックスに入れておく。手元にはマスターキーが残るから、自分の部屋には問題なく入れる。その後、犯人はマスターキーを使ってＰ３の部屋に侵入し、殺害。遺体をベッドの下に隠し、部屋を出るときにドアに鍵をかけておく」

　わたしはうなずく。ここまでの行動に疑問点はない。

「やがてＰ３が戻ってこないことに誰かが気づき、マスターキーを使って部屋に入る流れになる――遺体を隠したのは、おそらくこのためだ。窓の外から遺体が見えたら、窓をぶち破ろうとするやつが出てきて、キーボックスを開ける機会を失うおそれがあるからな」

　窓は強化ガラスで破れないはずだが、いまその点は重要ではないだろう。

「犯人は何食わぬ顔でキーボックスを開けると、中から自分の部屋の鍵を取り出す。そして、Ｐ３の部屋へ移動するあいだに、隠し持っていたマスターキーと自分の部屋の鍵をこっそり入れ替えた」

「なるほど。それなら、Ｐ３の部屋を密室にできる」

　感心する歯車をよそに、わたしはそのトリックが必然的に導き出す結論に慄いていた。

「それって……あのときマスターキーを取り出して、Ｐ３の部屋の鍵を開けたのが犯人だってこと？」

「そうとしか考えられない」

　マヒトは腕を伸ばし、一人のバタフライを指差した。

「犯人は、おまえだ――クリス」

2

「ボクじゃない」

クリスは思いのほか冷静だった。マヒトの突き刺すような眼差しを、真正面から受け止めている。

「オレはこの目でしかと見たぜ。キーボックスを開けたのも、Ｐ３の部屋のドアに鍵を差したのもクリスだったのを」

「思い出したわ」

久々に聞いたうさぎの声色には、憎しみがこもっていた。

「あたし、ブーメランが水葬されるのが悲しくて、一番乗りで崖に行ったの。だから、ほかの住人たちが集まってくるのを全部見てた。あのとき最後に姿を現したのは、クリスだった」

わたしも憶えている。自分が崖に到着した時点ではクリスの姿だけがなく、やがてクリスが一本道を歩いてきたのを見て、安堵したことを。

「ボクはただ、館の中を見回ってから出ただけだ。今回に限らず、そういうのはいつもボクの役目だった」

「そんなの、何とでも言えるわ」

うさぎの口調に、わたしは潮目が変わるのを感じた。マヒトが語り始めたときは、誰もが彼の敵だった。なのに、彼の唱えた密室トリックが一分の隙もなく成立することを理解した住人たちは、いまやクリスに対して疑惑の目を向けている。

　クリスが犯人だと認めたくなくて、わたしはほかの可能性を口にする。

「マスターキーを持ち出すチャンスなら、ブーメランの水葬のとき以外にもあったはずだよ。ステラの水葬のときだって、みんな崖に集まってた」

「あのときは、ここにいる全員が連れ立って行動していた。キーボックスを開ける機会のあった者はいない」

　マヒトがかぶりを振る。

「いいえ、いる。ブーメランだよ」

「ブーメランですって？」うさぎが訊き返す。

「犯人はブーメランを言いくるめて体調不良のふりをさせ、マスターキーを取り出させたんだ。そして、その口封じのためにブーメランは殺された」

　ブーメランはまだ子供だ。殺されるほどの動機を持っていたとは考えにくい。だが、口封じだとしたらうなずける。

　とっさの思いつきにしては筋が通っていると思った。だが、意外なところから反論が飛んできた。

「そいつは無理だ」

　狩人である。

「言ってなかったが、ブーメランが死んだ晩、おまえらを館から追い出したあとで、みんなでおまえらの部屋を調べた」

「そうなの？」

「おまえらが犯人なら、部屋に物証が残っているかもしれないからな。何も見つかりはしなかったが」

「黙っててごめん、アキ。不快に感じるだろうから、いっそ知らせないほうがいいと思って」

クリスがわたしにだけ謝る。

嫌な気分になったのは事実だ。だが、落ち着いて考えればそうするのは当然と言えた。どのみち仮住まいの身で、部屋に見られて困るようなものもない。

「そのとき、マスターキーを使ったんだね」

わたしの確認に、狩人は首を縦に振る。

館から追い出された直後、わたしとマヒトは灯台に向かっている。だから、警報が聞こえなかったのだ。

「つまり、ステラの水葬の際にマスターキーを盗んでおいたというのはありえない。言っておくが、おれが使用したマスターキーをキーボックスに戻すところを、みんな見ているからな。さっき言ったようなすり替えができる状況ではなかったことは断っておく」

「狩人の言うとおりだわ。あれは絶対にマスターキーだった」

百合が強調し、ほかの住人たちも賛同する。

「じゃあ、警報が鳴らないようにする方法はないの。ブレーカーを落とすとか……」

「ＢＷの建物にブレーカーなんてものはないよ。ＶＲ空間の稼働そのものに電力を必要としている以上、空間内で電力の供給が止まるという状況は生じえない」

せっかくの代替案も、歯車にあっさり切って捨てられる。

彼らの主張を信じるのなら、やはりマスターキーを持ち出せたのはブーメランの水葬時だけだったことになる。住人全員で口裏を合わせている可能性もゼロではないが、そうなると結局、クリスにも容疑がかかってしまう。

「だけど……その密室トリックが使われたという証拠はあるの」

「このトリックでしか説明がつかないだろ。それが何よりの証拠だ」

マヒトの自信は揺るがない。

「納得できない。確かにそれで密室は作れる。けど、BWの創設者のあなたですら、まだ非暴力を無効化する方法がわかっていないんだよ。それなのに、本当に使われたかどうかも不明の密室トリックだけを根拠にクリスを犯人だと決めつけるなんて、乱暴にもほどがある」

「おい、アキ。おまえ、自分の置かれている立場がわかってるのか？　オレとおまえは住人たちから疑われ、犯人を暴くことで身の潔白を証明しなきゃならないんだぞ。トリックを見破ったオレに感謝こそすれ、反論する必要がどこにある」

マヒトの威圧に、わたしは言葉を詰まらせた。

「でも……わたしはただ、冤罪《えんざい》だけはだめだって……」

「オレたちが館から追い出されたのだって冤罪じゃないか。それに比べりゃ、クリス犯人説のほうがはるかに説得力があるはずだ。みんなもそう思うよな」

住人たちの反応はさまざまだった。歯車やミニーは気まずそうに目を逸らし、灰は信奉するZ

Ｚの推理を受け入れた様子で、うさぎは犯人誅《ちゅう》すべしという剣幕でクリスをにらんでいる。

　クリスは深く息を吐くと、わかった、と言った。

「今夜はボクが館の外で寝よう」

「もう言い返さないのか、クリス」狩人が訊ねる。

「残念ながら、マヒトの推理をひっくり返すだけの根拠を、いまのボクは持ち合わせていない。ボクが館を出ることで、きみたちが真犯人の脅威にさらされてしまうのは心配だが――」

「館の外で寝る、だ？　寝ぼけたこと言ってんじゃねえぞ」

　マヒトの対応は苛烈だった。

「部外者の一点のみにおいて疑われていたオレやアキとは違って、おまえは犯行が可能だった唯一のバタフライであるという、強力な容疑がかかっているんだ。館から追い出されるだけで済むなんて思うなよ。この館を建てたおまえが、秘密の出入り口を用意していないとも限らないしな」

「なら、どうしろと？」

「決まってるだろ。おまえは監禁されるんだよ」

　それからマヒトはほかの住人たちの顔を見回して言った。

「オレの意見に賛同するやつはいるか。いたら手を挙げてくれ」

　数名の手が挙がったことに、わたしは絶望に近い落胆を覚えた。

「うさぎ、灰、それに百合か。少ない気もするが、まあいい。これからオレたち四人で、交替でクリスを見張ろう」

マヒトはあらかじめ灯台から持ち出していたらしいロープでクリスの手を縛った。クリスは非暴力のルールを利用して拒むこともできたはずだが、そうしなかった。ただマヒトが連行しようと肩に手をかけたとき、クリスはまるで嫌がるように、その場にうずくまった。

「くっ――」

「クリス！」

苦しそうにあえぐクリスに、わたしは駆け寄る。灰がクリスの背中に手を当て、言った。

「おぬし、まだ心臓が悪いのか」

「はあ、はあ……いや、大丈夫だ。もう落ち着いた」

クリスは立ち上がるが、顔色が悪い。わたしは訴えた。

「ねえ、クリスを休ませてあげて。こんな状態じゃ、どのみち誰かを襲ったりできないよ」

「だめだ。同情を買うための演技かもしれないからな」

マヒトはにべもない。

「今夜はクリスを見張るから、ミーティングはなしだ。やったところで、オレの推理を蒸し返すことになるのは見えているしな。新たな死人が出てないか確認する必要はあるから、明朝のミーティングはいつもどおりおこなうこととする。いいな」

いつの間にか主導権を握ったマヒトに、クリス含め異議を唱える者はいなかった。

マヒト、うさぎ、灰、百合、それにクリスの五人は、館のほうへと消えていった。ミニーがぼやく。

「アタシ、こんな強引なやり方には反対」

「同感だ」と歯車。

「おれはまだ、あのＺＺとやらを信用できねえ。あいつが犯人なら、この展開は思う壺だ」

狩人の顔はいつになく険しい。

「でも、マヒトはマヒトなりに、事件が繰り返されるのを防ごうとしているんだと思う」

わたしが言うと、ミニーが呆れた。

「アキ、あんた誰の味方なのよ」

その言葉を聞いて、わたしは考える。

クリスは紅招館の住人たちの中でただ一人、部外者であるわたしの無実を信じてくれた。何の根拠もなかったというのに。

ならば、わたしも彼の無実を信じたい。好きだと言ってくれた人が、わたしを騙していないことを信じたい。

「わたし、やっぱり事件の真相を突き止める。こんな一方的な言い分じゃなく、全員がちゃんと納得できて、犯人が罪を認めざるを得ないような形で。でないと、残された住人やわたしたちのあいだに遺恨が残ってしまうから」

監禁されたクリスを救うには、そうするしかないのだ。

「事件の真相、か……実は僕らも、ゆうべはその件について夜通し話し合ったんだけどね」

歯車の発言に、わたしは目をしばたたく。「そうなの？」

「夜のミーティングのあとで一人きりになるのは、どうも気が進まなくてね……ラウンジに残った僕と狩人とミニーで、事件について議論をしたんだよ。それで、三人ともラウンジを出ないまま、気がついたら朝のミーティングの時間になってた」

　ミニーと狩人も、歯車の証言にうなずいている。

「そうなんだ。何か、わかったことはあった？」

「残念ながら。何なら、議論の模様の映像を見るかい？　何のヒントにもならないだろうけど」

「撮影したの？」

「というより、アキが館を飛び出したことで中途半端な形でミーティングが終わってからも、撮影を止めてなかったんだよ。重要な発言が出る可能性もあったしね」

　念のため、データをわたしのアンテナに転送してもらう。記録された時刻を見ると、確かに昨晩の七時から今朝の七時前までぶっ続けで撮影されていた。今朝のミーティングの直前に一度停止したらしく、そちらの映像は含まれていない。

「これだけ話しても、結論は出なかったんだね……」

「誰かを犯人だと断定することの難しさを、あらためて思い知らされたよ。だからこそ、クリスが犯人だというマヒトの推理にも、賛同しかねたというのもある」

　理由はさておき、彼らがクリス犯人説に乗らなかったのは、わたしにとってはせめてもの救いだった。

　歯車がくたびれた様子で言う。

「そういうわけだから、僕らも館に戻って休むとしよう」

「わたしはもう少しここにいるよ」

「そうか。いまのところ犯人に狙われているのは紅ばかりだけど、だからってアキが安全とは言えない。くれぐれも気をつけてくれよ」

　歯車たちが去る。静かになった崖の上で、わたしは一人、思い悩む。

　マヒトに続いて、クリスという相棒も失ってしまった。たった一人で、事件の捜査を進められるだろうか。三人の知恵をもってしても、真相の解明には程遠い状態だったのに。誰か、わたしに手を貸してくれる人はいないのか——。

　そのとき、ある人物の顔が浮かんだ。


「ごめんなさい。一日に二度も来てもらって」

　わたしが謝ると、福間美幸は疲れたようにも見える笑みを浮かべた。

「気にしないで。あなたが前向きになってくれていることがうれしい。西園寺も、あなたの用件が気になるようです」

　前崎は隣でむすっとしている。気が進まないのなら福間刑事だけでよかったのに、とわたしは心の中で毒づく。

　ＢＷからログアウトしたわたしは、守に頼んで刑事たちを家に呼び戻してもらった。彼らも多忙に違いないが、それでもわたしの求めに応じて家まで来てくれた。

「それで、取り急ぎ西園寺と話したいとのことでしたが、何か動きがありましたか」

「いえ、本当に申し訳ないんですけど、たぶんクラッキングとは何の関係もなくて……」

「構いませんよ。いまは西園寺との対話を繰り返して、彼の心を開かせることが重要ですから」

　目の前にノートパソコンが置かれ、ほどなく和馬の顔が映し出された。不機嫌そうに見えるが、演技だろうと直感した。

「どうした。今日は疲れたから終わりと言ったはずだが」

「ごめんね。でも、どうしても西園寺くんに聞いてもらいたい話があって」

「聞いてもらいたい話？」

「あなたの明晰な頭脳を見込んで、頼みがあるの。逮捕されて以降、ＢＷの模様はチェックできてないよね。実はいま、わたしが閉じ込められた空間の中で連続殺人が起きていて」

「殺人？」和馬が目をすがめる。「ＢＷは非暴力だろう」

「そのはずなんだけど、実際に起きてるんだよ。とにかく聞いて――」

　わたしは事件を一から細大漏らさず説明していった。和馬に推理を丸投げするつもりだったわけではなく、わずかでもヒントや取っかかりが得られればという期待を込めた。初めは関心がなさそうにしていた和馬も、次々に不可解な状況が語られるにつれ、その瞳に好奇の光を宿し始めた。

　一時間ほどかかってようやく、三つの事件とそれにまつわるさまざまな謎を説明し終えた。わたしは和馬に訊ねる。

「どうかな。何か、気づいたことあった？」

　たっぷり三十秒ほど沈思黙考したあとで、和馬はおもむろに口を開いた。

「密室、というキーワードが出たな。第二の事件と第三の事件は、なるほど密室が成立しているように見える」

「うん。でも、密室にする方法がわからなくて……」

「ところで、殺人犯が現場を密室にするメリットは何だ」

唐突な質問に、わたしはとまどった。

「えっと……捜査を攪乱《かくらん》するため、とか？」

「ふん。どうやらきみは、推理小説を読まないようだな」

いちいち見下したような態度を取るが、別に推理小説を読んでいる人間が偉いわけではない。

「捜査の攪乱というケースもゼロではないが、現実味に乏しい。密室にするためにトリックを用いれば、時間も手間もかかるうえ、物証が残りやすいからな。さっさと現場を立ち去ったほうが、犯人にとってはどれだけ安全かわからない」

現実の殺人事件で密室なんて聞かないのがその最たる証拠だ、と和馬は言う。

「それでも、フィクションの世界においては執拗に密室が作られ続けてきた。なぜか。もちろん、犯人にとって罪を逃れるうえでメリットがあるからだ」

推理小説といえば密室というイメージを持っていたわたしは、ただ謎になるから密室が作られるのだとばかり思い込んでいた。実際には、よくできた作品ほど犯人が密室を作ったことにちゃんとした理由がある、と和馬は断言する。

「もっとも典型的な例は、《自殺に見せかける》というものだろう。現場が密室なら、被害者は自殺したと考えるしかなくなる」

「そうだね……だけど、今回のケースには当てはまりそうにないな」

「そこだよ」

和馬は画面越しに、わたしの顔を指差した。

「犯人は犯行声明文を残すなど、バタフライの死が殺人によることを隠そうとしていない。にもかかわらず、現場を密室にしている。これは妙だ」

「でも、自殺に見せかけるだけが密室のメリットではないんでしょう」

「そのとおり。ダミーのトリックを用意して、誰かに罪をなすりつけるなどはよくあるパターンの一つだ」

和馬の示唆を、わたしは読み取った。

「P3の事件の密室は、まさしくそれで説明がつくね。反対に、クリスがP3の部屋を密室にするメリットはいまのところ見出せない」

「わかってきたじゃないか」和馬が口の端を持ち上げる。「たとえばクリスが犯人で、ダミーのトリックを用意していたにもかかわらず真のトリックを先に見破られてしまったのなら、クリスはダミーのトリックを持ち出すことで反論できたはずだ。そうしていないということは、クリスへの疑惑は濡れ衣である可能性がある」

クリスが犯人だとは考えにくい理由が一つ見つかっただけで、わたしは心強かった。

「じゃあ、その裏返しとして、クリスが犯人だと主張したマヒトが怪しい？」

「否定はしない。ダミーのトリックは、誰かが思いついてくれなければ、犯人みずから言い出すしかなくなるからな。ただし、そうなる前に誰かが思いつくケースもあることは言うまでもない」

結局のところ、結論を出すのはまだ性急というわけだ。ここまでの議論を踏まえ、和馬は締めくくる。

「自殺に見せかけるわけでもないのに、犯人はなぜ二度までも現場を密室にしたのか。密室にするメリットがほかにあるのか。そもそも、犯人は本当に密室にしたかったのか――この辺について考えるのは、おそらく無駄にはならない」

「西園寺くんは、犯人がなぜ、どうやって密室を作ったのか、もうわかってるの」

「バカ言え」和馬は苦笑した。「さすがの僕も、一度話を聞いただけではわからない。自分ならそこに着目する、と言っている」

「そっか。でも参考になったよ、ありがとう。ほかには何かある？」

「そうだな……これは、事件とどのくらい関係があるかはわからないが」

そんな前置きに続けて、和馬は思わぬことを言い出した。

「きみが知りたがっているという紅の秘密だが、僕には見当がついている」

「えっ」

目を丸くしたわたしを、和馬は嘲笑した。

「むしろ、なぜきみがそこに思い至らないのかが不思議だ。どうすればログアウトせずに生きていられるか、考えればおのずと答えは見えるだろう」

「と言われても……」

「きみはログアウトしない生活に憧れるあまり、視野狭窄《きょうさく》に陥っているんじゃないか。その程度のことも見抜けない知性しか持ち合わせていないのだとしたら、幻滅するぞ」

それは構わないが、紅の秘密は知りたい。わたしは身を乗り出した。

「教えてよ。どうして紅が、ログアウトせずにいられるのか」

ためらう気配があった。

「館の名前、紅招館と言ったな。紅を招く館、か。正式名称は英語でCrimson bidden houseだったか」

「それで合ってる」

「現実が蝶の夢で、夢を見ないから夜が来ない、日が暮れないから紅。なるほど、一応筋は通っている——でも、そんなのはただのこじつけだ」

「どういうこと?」

「先に紅招館という名前があって、そこから紅という単語が生まれたんだよ。だが、Crimson bidden houseという英語名もフェイクだ。そのクリスとやらは初め、Crimsonなんて単語を用いはしなかったはずだ」

「Crimsonは、別の単語の代用だってこと?」

「ああ。ここから先は、自分で考えろ」

急にはしごを外され、わたしは焦る。

「どうしてよ。ここまで来て突き放すことないじゃない」

すると、和馬の眼差しがにわかに鋭くなった。

「この真実は、きみ自身の力で知ったほうがいい。本当に紅になりたいのか。紅たちが隠したがっている秘密を、暴いてもいいと思っているのか。いま一度、よく考えるんだ」

軽々しく探っていい秘密ではないと、和馬は警告していた。わたしは目を伏せる。

「……わたしは本気だよ。決して興味本位なんかじゃなく、紅になりたいと願ってる」

「なら、僕の手助けは不要だろう。ヒントはやった。あとは、きみの頭脳をはたらかせれば答えにたどり着けるはずだ」

「でもわたし、西園寺くんみたいに頭よくないから……」

「何を言ってるんだ。きみはテストで僕に勝ったじゃないか」

「あんなのたまたまだよ。本当に頭がよかったら、引きこもりになって人生棒に振る前に、何とかできたんじゃないかと思う」

「卑屈になるな。きみには優れた知性を持ち合わせているという、このうえない美点があったんだ。その真価を理解できない連中の言い分になんて耳を貸す必要はなかった。ろくな知性も持たないくせに、見た目だけで人に優劣をつけるようなやつらはクズだ」

　和馬はわたしの代わりに怒ってくれていた。その気持ちはありがたいと思うのに、気がつくとわたしはつぶやいていた。

「わたし、いまはあの子たちを悪く言えない」

　推し量るような間があった。

「なぜだ」

「わたしの初恋の話をしてもいい？」

　出し抜けに感じられたのだろう、和馬の声が寝起きみたいに不明瞭になる。

「……ああ」

「小学五年生のとき、転校生の男の子を好きになったの。彼の顔を初めて見た瞬間に、十歳のわたしはもう恋に落ちてた」

ユウキくんの屈託のない笑顔が、脳裡に浮かぶ。

「わたしも見た目で人を判断するんだよ。わたしもあの子たちと同じなんだ。だからわたし、その点ではあの子たちを悪く言えない。見た目で人を判断する人たちのことを、クズだなんて言えないよ」

「きみだって、見た目が意味を持たないＢＷに夢中になっていたじゃないか」

「そうだよ。わたし、ルッキズムの存在しえないＢＷはユートピアだと思ってた。自分のことは棚に上げて」

でも、気づいてしまった。自分よりもさらに先鋭的な思想を持つ和馬を前にして、その矛盾を認識してしまったのだ。

「見た目が意味を持たなくなったとき、それに取って代わるものは何？」

わたしは和馬に問いかけた。

「それはもちろん知性とか、あらゆる能力が……」

「じゃあ、生まれつき頭がよくない人は悪く言われても仕方ないってこと？　秀《すぐ》れた能力を持たない人は、持つ人から虐《しいた》げられても文句は言えないってこと？」

「そんなことは言ってない――」

「言ったも同然じゃない。あなたは『ろくな知性も持たないくせに』と口にした。それは結局、見た目以外の部分で人に優劣をつける行為だよ。評価基準が異なるだけで、あなただってあの子たちと同じ差別主義者でしょう」

「あらゆる能力は努力しだいで伸ばせるだろう！　生まれ持った見た目と並列に語ることはでき

ない」

「じゃああなたは、目の不自由な人に絵を描く能力を高めろと言える？　学習障害があって漢字もうまく読めないような人に、東大に合格するまで勉強しろだなんて言えるの？　残酷だけど、この世には才能や適性というものが厳然として存在している。それは見た目だって同じ。あらゆる能力に優劣はあっても、それで人間そのものの価値にまで優劣をつけてはいけないんだよ」

「ならばなおのこと、ルッキズムを許してはいけない！」

和馬が激昂する。わたしは深々とうなずいた。

「わたしもそう思う。でもそれは、見た目が意味を持たない世界を作りさえすればいいという、単純な話では決してない。人々の心に、遺伝子レベルで、本能として組み込まれた差別意識を根絶しない限り、絶えず弱者は生み出され、いじめや迫害は繰り返される」

「何が言いたい？」

わたしは微笑んだ――ごく自然に、わたしは笑っていたのだ。

「わたしね、うれしかったよ。あなたがわたしの受けたいじめに心を痛めて、見た目のせいで迫害されることのない世界を作ろうとしてくれたって聞いて。その思いから生まれたスペリオルを模倣したＢＷに、わたしがどれだけ救われてきたことか」

和馬の眉間から力が抜ける。その双眸を、わたしは見つめた。

「でも、やり方は間違っていたと思う。わたしは一瞬だってあなたに、そんなこと望んだりなんかしなかった。わたしはただ、あなたに謝ってほしかった。そして教えてほしかった、いじめを止めようとしたんだよって。それだけでよかったの」

和馬がうなだれる。

「……僕は、大バカ者だ」

「だとしても、わたしはあなたを軽蔑したりはしない」

「知性の程度で人の優劣は決まらない、か。……じっくり考えたい。いま、きみから言われたことについて」

「相談に乗ってくれてありがとう。わたし、必ず事件を解決してみせるから」

画面が暗くなる。福間がノートパソコンを片づけ、二人の刑事が椅子から立つ。わたしは玄関まで見送った。

「来てくださってありがとうございました」

「どういたしまして」福間は玄関を出たところで踵を返し、「また来ます」

「はい。よろしくお願い――」

そこで、わたしは言葉に詰まった。

福間の背後で、前崎がわたしに向かって敬礼をしていたからだ。

3

わたしは現実で仮眠を取ったのち、ＢＷにログインして歯車からもらった映像データを確認した。

マヒトがＺＺであることを認め、わたしが途中で逃げ出したあのミーティングから含めるとほぼ十一時間に及ぶので、倍速でもなお苦行に近かったが、歯車も認めるとおり有意義な議論はなかったと言っていい。事件とは関係のない雑談も多く、夜通しラウンジにとどまっていた三人の声や表情は、最後のほうになるとかなりくたびれていた。

午前七時になり、ミーティングに出席すべくラウンジに入ると、クリスはマヒトらに付き添われて登場した。

「クリス、大丈夫？」

わたしの心配に、クリスは淡い笑みで応える。

「彼らは至って紳士的だったよ。ボクはただ、おとなしくしているだけでよかった」

「当たり前だ。どうせこの世界は非暴力で、リンチや拷問なんてできやしないんだからな」

マヒトが憎まれ口を叩く。

「ずっと五人で一緒にいたの」

「いや。常時二人に監視され、一人ずつ交替していく形だ。好きなときに眠れたボクよりも、監視するほうが大変だっただろうな」

見ると、マヒトの目には疲労の色がにじんでいる。

テーブルの周りにはすでに歯車、ミニー、狩人の姿があった。そこにわたしとクリス、マヒト、灰、百合が加わる。

「うさぎは？」

わたしが訊ねると、マヒトは顔を曇らせ、

「最後に休憩に行ったのがうさぎだった。部屋のドアの鍵は開いていて、のぞいたけど中にはいなかった。先にラウンジに行ったものと思ってたんだが……」

「それ、捜さないとまずいんじゃない」

ミニーが慌てる。わたしたちはただちに捜索を始めた。

館の中にうさぎは見当たらない。みんなで崖の突端へ向かうと、そこに彼女はいた。

「来ないで！」

ディアンドルを着た成人女性の容姿のうさぎが叫び、駆け寄ろうとしていたわたしたちは動きを止める。よく見ると、彼女の足はロープで縛られていて、そのロープは灯台の外周にぐるりと巻きつけられているようだ。さらにうさぎの翅は、黒い布テープで貼り合わされていた。自分で貼ったからだろう、端を留める何枚ものテープはどれも傾いている。

「バカな真似はよせ」

狩人が言う。うさぎは右手に握りしめたナイフを掲げた。

「ブーメランも死んでしまったし、もう、こんな鎖された世界にいたくない。これ以上生きていたって意味がない」

「飛び降りてどうなる。そんなことでは死ねないぞ。ＢＷでは自殺も許されていない」

冷ややかなマヒトとは対照的に、うさぎの目は血走っている。

「ロープを切る方法ならきっと死ねるわよ。せっかくなら、ブーメランと同じ死に方がいい」

「そんな風に考えていたのなら、どうしてボクの監視に加わった」

クリスはうさぎが飛び降りるのを少しでも先延ばしにしようとしている。

「クリスが怪しいと思ったから、手を挙げただけ。本当は監視なんてどうでもよかった」

「ボクはもう、仲間を一人も失いたくないんだ」

「すでに三人死んでるんだもの、もう一人いなくなったって変わらないでしょう。クリスが犯人でもそうでなくても、あたしブーメランを殺した犯人に殺されるのだけは嫌」

そして、うさぎは引きつったような微笑を見せた。

「——さよなら」

直後、うさぎが後ろ向きにゆっくりと傾き、崖の向こう側へと消えていった。

気がついたら、体が動いていた。

「アキ！」

クリスの叫び声を聞きながら、わたしは地面を蹴って飛び降りた。うさぎが足のロープを切って、逆さまに落下していくのが見えた。

青々とした海に向かって、わたしは力いっぱい羽ばたく。うさぎに追いつき、その足首をつかんだ。だが勢いは止められず、海面から突き出した岩場がぐんぐん迫ってくる。

——ぶつかる！

衝撃を覚悟し、わたしは目をつぶった。

次の瞬間、体がふわりと浮かび上がった。予期した衝撃は訪れない。おそるおそる、わたしは目を開けた。

岩場に激突するすれすれのところで、わたしとうさぎの体は滞空していた。うさぎの翅のテープはいつの間にか剥がれ、わたしたちはそろって翅を羽ばたかせている。

自分の意思で墜落を防いだという実感はなかった。わたしに足首をつかまれたまま、うさぎは顔を覆って泣いている。彼女の重みを感じながら、わたしは崖の上まで飛んだ。

「無事だったか、アキ！」

クリスが泣き出しそうな顔で言う。わたしはうさぎをその場に座らせた。百合が動き、うさぎの肩を抱く。

「何とか間に合ったよ」

「アキに万が一のことがあったらと思うと……心臓が止まるかと」

「無意識に羽ばたいてたみたい。だてにバタフライレーシングで鳴らしてないね」

「アキは自分の意思で飛び降りたんだから、ケガするわけねえだろ」

醒めた口ぶりのマヒトに、クリスが言い返す。

「だとしても、アキがうさぎを助けたことに変わりはない」

「どうだか。ブーメランの場合と違って、うさぎは自分でロープを切ったんだからな。ほっといても助かったんじゃねえのか」

うさぎはまだ翅を震わせながら泣きじゃくっている。

「さっき、わたしやうさぎの翅が動いたのは、意図したからじゃなくて自動でそうなったってこと？」

「オレはそのように設定したよ。だから、ブーメランの死体に目を疑ったんだ。翅をテープで貼ったうえで複雑な仕掛けを使えば安全のためのシステムを無効化できるなんて、そんな抜け道があるとは認識していなかったからな」

「ボニーとクライドも、翅が勝手に羽ばたく現象を確認したうえで、墜落死は不可能と結論づけていたね」

マヒトの説明に、歯車も補足する。

百合に支えられてうさぎは館へ戻っていき、ほかの住人たちも続く。クリスを連行しようとしたマヒトを、わたしは呼び止めた。

「マヒト、ちょっといいかな」

「あ？　何だよ」

「実験に付き合ってほしいの」

わたしが実験の内容を話すと、マヒトは怯えた。

「万が一にも失敗したら死ぬぞ。わかってんのか」

「死にたくはないけど……最悪、死んでしまったとしても、思い込みによって現実でまで死ぬなんてことにはならないだろうから。とにかく、ついてきて」

わたしは灯台の周囲に巻かれたロープを回収し、マヒトと二人で灯台に入った。中にはクリスと仕掛けを作った際に用いた黒い布テープが放置されている。うさぎはこのテープで翅を貼り合わせ、ロープもわたしたちが仕掛けに使ったものをそのまま流用したのだろう。

「三日前の夜、ロープにぶら下がってマヒトに切ってもらったときには、わたしは普通に落下した。あのときは自分の意思で羽ばたいたけど……」

「それでは仕掛けによる殺害が可能かを確かめたことにはならない。だから今度は、確実にケガをする高さから落としてくれって言うんだな。自分では絶対に羽ばたかないようにして」

「そういうこと」

わたしは飛び上がり、灯台の最上部にある梁に結んだロープを自分の手首に巻きつけた。さらに、マヒトに布テープで翅を貼り合わせてもらい、梁から降りてロープでぶら下がる。

「マヒト。ロープを切って」

「いいんだな。今度こそ、無事では済まないかもしれないぞ」

わたしは唾を呑み、答えた。

「覚悟はできてる」

一瞬のためらいののち、マヒトはナイフでロープを切断した。

重力にしたがって、わたしは足から落下する。

数瞬で、賭けに勝ったことを知った。地面に衝突する寸前で、わたしの翅はテープの粘着力をものともせずに開き、わたしは優雅に着地した。

怖くなかったわけじゃない。わたしはその場にぺたりと座り込むと、降りてきたマヒトに告げた。

「やっぱり、ＢＷの非暴力は完璧だったよ。ブーメランは、この方法では殺せない」

「だと思ったんだよ……初めから、あんな仕掛けでバタフライを殺せるわけがなかった」

マヒトは歯噛みする。バタフライの体を守るためには刃物が折れることもあると、彼は二日前に語っていた。ましてテープがはがれるくらいは当然起こりうる現象だったのだ。

「結局のところ、三つの殺人はすべて殺害方法が不明のままなんだね。でもそうなると、いよいよ犯人だけが非暴力を無効化できると考えるしかなくなってくる」

「クリスには、オレですら持ちえない特殊能力が付与されている？　にわかには信じがたいが

「……」

マヒトの中にも、迷いが生じているようだ。

わたしは密室トリックに関する議論を持ちかける。

「ある人と、今回の事件について話をしたの。そこで、わたしは思った。マヒトの考えたトリックは、ダミーなんじゃないかって」

クリスがP3の部屋を密室にするメリットがないこと、自動的に犯人が絞られるトリックは真犯人が用意したダミーの可能性があることを、順に説明する。

「マヒトなりに事件を解決しようとした結果だってこと、わたしはちゃんと理解してる。だから、たとえ間違っていたとしてもあなたを責めない。でも、クリスが犯人だと決めつけて視野を狭くするのは悪手だと思う」

マヒトは初め、顔を真っ赤にしていたが、それでも感情にまかせた言葉を吐くのをこらえてくれた。昨日、わたしに謝罪したのも本当に心を入れ替えたからだろう。

「……悔しいけど、アキの言うとおりだ。オレは犯人にまんまと利用されたのかもしれない」

「わかってくれてありがとう。わたしたち、これでまた一緒に捜査できるね」

灯台の床に座ったままのわたしが手を差し出すと、マヒトは照れくさそうに握手に応じた。

「正直に言えば……クリスが犯人なら、好都合だと思っちまったんだよな。おまえらがベタベタしてんの、おもしろくなかったから」

わたしはどきりとした。

「え、それってまさか」

「勘違いすんな、バカ。紅招館の住人たちから総スカン食ってる以上、この分断の中にオレの友達はアキしかいないだろ。そのアキがいなくなったんだから、退屈して当然だっての」

　マヒトが手を離す。わたしは早とちりを恥じつつも、マヒトが友達だと言い切ってくれたことにほっとしていた。誰かに好かれた経験なんてほぼないのに、いきなり二人の板ばさみになったら対処しきれない。

「とにかく、一連の事件の謎を解くには、ＢＷのことを誰よりもよく知るマヒトの力が不可欠だと思う。特に非暴力を無効化する方法は、ＢＷのプログラムと密接に結びついているに違いないから」

「力になりたいのはやまやまなんだがな……むしろ、誰よりもオレが不思議に思っているくらいだよ。ＢＷでは殺人なんて犯せるはずがないんだ。このオレが憲法に定めたんだからな――〈すべてのバタフライに危害を加えることは、これを禁ず〉って」

　あれ、と思った。マヒトが諳んじた非暴力条項の文言は、正確ではない。

「すべてのバタフライに？　生き物に、でしょう」

「あ、そうか」

　マヒトは頭をかいた。

「アキ、ＢＷをプレーし始めたのはいつからだ」

「えっと、五年前かな。引きこもり始めたころはＢＷなんてなかったし、サービス開始してからもしばらくは乗り遅れてたから」

「じゃあ、知らないわけだ。オレがＢＷの事業を売却したのが六年前だからな」

スペリオルから一年遅れでサービスを開始したＢＷが急成長した結果、ＺＺはたったの一年で事業を売却してしまったらしい。その際に得た莫大な資金で悠々自適の生活をしているから働かなくても生きていけるのだ、とマヒトは説明した。

「うらやましいご身分だこと。で、知らないって、何を」

「事業売却の際に、いまの運営によってＢＷ憲法の一部が改正されているんだよ。非暴力条項の変更は、そのうちの一つだ」

「〈バタフライ〉が〈生き物〉になったの？」

「ああ。オレがＢＷを立ち上げた時点では、非暴力はバタフライどうしに限定されていた。だがこの世界には、犬や猫や鳥といった生き物も存在しているからな。そいつらへの虐待行為が問題視されたんだ」

　プレーヤーからの要望を受け、運営が非暴力条項の文言を改め、対象を生き物全般へと拡大した。結果として、バタフライのみならずほかの生き物への加害も不可能になった。

「オレには崇高な理念なんてありはしなかったから、動物が虐待されようがどうでもよかったんだけどな。事業が売却されるとき、サービスの質の低下を懸念する声は必ず上がる。いまの運営も、有能であるところを最初に示したかったんだろう。だからわかりやすく歓迎されるテコ入れの一つとして、非暴力の対象を拡大した。もちろん、ただ表現を変えただけではなく、厳密に憲法の文言どおりにプログラミングされているはずだ」

「生き物って、どこまで含まれるの」

「植物は含まれない。それ以外の命あるもの全部だな」

ＢＷを開発したＺＺがアメリカ人であり、運営を引き継いだＢＷＬＬＣもアメリカに本社を構えているため、ＢＷ憲法は英語で書かれている。わたしはアンテナを操作して、自動翻訳機能を切ったうえでＢＷ憲法の非暴力条項の条文を確認した。日本語で〈生き物〉の部分には、英語だと〈all living creatures〉と記載されていた。

「そうは言っても、バタフライ以外の動物たちは、誰かに操作されているわけではないんだよね」

「当然だ。あんなもの、ただのプログラムだよ」

だから虐待したって構わない、と言いたげだ。

「一方で、同じプログラムでも虫型のロボットは生き物には含まれない？」

「もちろん。その気になれば破壊もできるぜ、まあペナルティ食らっちまうけどな。Ｐ３のようなただのロボット風バタフライとは別に、ロボットは無機物の集合体として、生き物とは明確に区別されている」

「要するに、この世界における生き物の定義は、生き物のなりをしているかどうかによるんだね。プレーヤーに操作されていようと、プログラムだろうと関係なく――」

刹那、火花のような小さなきらめきが、脳内に灯った。

「どうした、アキ？」

硬直したわたしを見て、マヒトは怪訝そうにしている。けれどもわたしは、衝撃の大きさに言葉を返せない。

まさか、そんなことが――？

いや、絶対にありえない。紅たちは、クリスがＢＷを飛び回ってかき集めたと話していた。それ以外のつながりによって、コンタクトを取ったわけではない。であれば現実世界では、彼らを操作するプレーヤーたちは別々に暮らしているはずなのだ。だが——。

「ねえ、マヒト。前に、狩人を操作しているプレーヤーはモスクワ在住だって言ってたよね。ほかの紅たちも全員、その近辺に住んでいるなんてことはない？」

唐突な質問に感じられたからだろう、マヒトは面食らいつつ、

「ないな。紅招館の住人たちが共同生活をしているという仮説なら、前にも明確に否定しただろう。いろんな国のやつらが集まってるよ」

「三人の被害者も同様？」

「ステラがイタリア、ブーメランがオーストリアで、この二人は近いと言えば近い。だから、現実でプレーヤーが殺された可能性を捨て切れなかったんだけどな。でもＰ３は全然違って、確かニューヨークだったかな」

では、やはりこの仮説は成り立たない。奇跡のような偶然が重なりでもしない限り——。

いや。

現実的な感覚に基づいていては、非現実のこの世界において真実を見抜けやしない。

発想を転換する必要がある——もしこれが、偶然ではなかったとしたら？

紅とは、いったいどういう人たちなのだ？

「マヒトは紅の秘密を知ってるの。どうして彼らが、ログアウトすることなく生きていけるのか」

「そこまでは……オレがアクセスできるのは、プレーヤーがＢＷに登録した個人情報までだからな。現実の世界で彼らがどんな生活を送っているのかは、オレにもわからない」

となるともはや、クリスから何としても秘密を聞き出すしかなさそうだ。そう考えかけたところで、わたしは和馬から聞いた話を思い出した。

——きみが知りたがっているという紅の秘密だが、僕には見当がついている。

——どうすればログアウトせずに生きていられるか、考えればおのずと答えは見えるだろう。

——Crimson bidden houseという英語名もフェイクだ。そのクリスとやらは初め、Crimsonなんて単語を用いはしなかったはずだ。

「あのさ、わたしやったことないんだけど、ＢＷで建物を建てるときってどうするんだっけ」

マヒトは、そんなことも知らないのかと言わんばかりだ。

「まず建物の設計図を作って——テンプレートが用意されているから、素人にもお手軽だ——建物の名前や用途などを記入した申請書とともに、建設局に提出するんだよ。申請が通れば、ロボットによる建設が速やかに始まる」

「その申請書、閲覧できる？」

「過去に提出された申請書を、か？　データにアクセスできないこともないと思うが」

「紅招館の申請書が見たいの。協力してくれないかな」

「……ちょっと待ってろ」

以前なら、面倒くさいだの何だのと文句を言っていたところだ。ところがマヒトは、素直に両耳を引っ張ってログアウトした。

暗い灯台の中で一人、マヒトの帰りを待つ。三十分以上が経過して、マヒトのシャドウが実体に戻った。

「探すのに手間取っちまったよ。紅招館の申請書、画像を入手してきた」

マヒトが現実からアンテナに転送した画像を表示するあいだ、わたしはもしやと思い訊く。

「手間取ったのは、建物の名前が違ったからじゃない？」

「何で知ってるんだ？　申請時の名称は、現在の紅招館じゃなかったんだよ。ほら見ろ、ここ」

マヒトはアンテナに写し出された申請書の、一番上の欄を指差す。わたしは自動翻訳機能を切ってから、のぞき込んだ。

申請時の紅招館の名称は、次のようになっていた。

〈Red bidden house〉

自動翻訳機能を再度オンにしたわたしの耳に、マヒトのつぶやきが聞こえる。

「しかし、妙だよな。《暮れない》から《紅》、とクリスは話してたのに。日本語の紅ってのは、赤とは違う色を指すんだろ……うわ。アキ、どうしたんだ？」

マヒトがぎょっとしたのも無理はない。

わたしは目を見開いたまま、自分でも気づかぬうちに、ぽろぽろと涙をこぼしていた。

わかってしまったのだ、紅たちの秘密が。

4

少しずつ事件の核心に迫りつつある手応えを、わたしは感じていた。

犯人がどうやってバタフライの体に傷をつけたのかという、一連の事件における最大の謎は解けた。それにともない浮き彫りになった信じがたいほどの偶然も、紅の秘密を知ったことで最低限、説明がついた。犯人の目的はいまだ不明だが、動機の特定は後回しでいい。

「なあ、アキ。なんで泣いてるんだよ」

「ごめん、ちょっと静かにしてて」

そわそわするマヒトを黙らせ、わたしは第一の事件について思考をめぐらす。ステラにナイフを刺すことができた理由は明らかになった。だが、そうなると別の疑問が生じる。

アンテナを手に取って、ステラの遺体や殺害現場を撮影した画像を一枚ずつ見ていく。わたしの目は、ある画像で留まった。

「これ……」

「廊下の絨毯にできていた染みだな。それがどうかしたのか」

マヒトがわたしのアンテナをのぞき込んで言う。

わたしは返事をせずに、アンテナを上腕部に戻した。これで、第一の事件における疑問点はなくなった。

続いて第二の事件。ブーメランの墜落には依然、いくつもの謎が残されている。

わたしは灯台の中を見回す。何か、意味があるはずだ。この灯台が密室だったことにも。あんな大がかりな仕掛けが用意されていたことにも。少なくとも見た目は子供のブーメランに対し、残虐な方法を用いたことにも。

クリスと仕掛けを再現したときのことを思い返す。下部の扉と展望台の扉をロープでつなぐと、扉のレバーを折らない限り灯台の中には入れなくなった。それは同時に、中から外へも出られなかったことを示している。

犯人が内部に潜んでいて、わたしが展望台の扉を開いた瞬間に、下部の扉から外に出た可能性はすでに検討した。確かに、そうすることで密室は作れるが、逃げ遅れるリスクが生まれる。下部の扉を内側から引っ張るか、レバーと近くの手すりをロープでつなぐかして、扉の外にひとけがなくなったら脱出するほうがはるかに安全だ。

いや——それだと展望台の扉を開けられなかったわたしたちが、もう一度下りてきてしまうおそれがある。ブーメランが助かるのを防ぐために、下部の扉は固定する必要があり、犯人は仕方なく灯台の中に閉じこもった。これでもう、密室の謎は解けたと言っていいのではないか。

だが、それでもブーメランを墜落死させられたはずがないという謎は残るのだ。強引に説明をつけようとしても、ありえないという結論に達してしまう。

「あー！」

解けそうで解けない苛立ちに、わたしは頭をかきむしった。

「落ち着けよ」マヒトがたしなめる。

「だって、ブーメランが墜落死するなんて絶対おかしいんだよ」

「捨て身の実験までして確かめたからな。その点に気づかせてもらったと思えば、うさぎの人騒がせも無駄ではなかったわけだ」

人騒がせとは辛辣だ。息子も同然だと思っていたブーメランを亡くし、そのうえ第三の事件が起きたとあっては、彼女の精神が極限まで追い詰められてしまったのも無理はない。事件のせいで人が変わってしまっただけで、もともとは紅招館に入ったわたしに味方してくれた、心優しい少女だったのだ。わたしは同情を禁じえない——。

うさぎ？

「あははっ！」

わたしは突然あることに思い至り、思わず笑った。

マヒトが目を白黒させる。

「泣いたり笑ったり、情緒不安定なやつだな」

わたしは何と愚かだったのだろう。こんな単純なトリックすら見抜けなかっただなんて！

「マヒト、館へ戻ろう。ここにもう用はない」

返事を聞かず、わたしは灯台を飛び出す。

「おい、アキ！　わかったことがあるのなら教えてくれよ」

後ろから声が飛んでくるが、待ってはいられない。館に到着し、ドアを開けたところで、追いついたマヒトに向けて口を開いた。

「つまりね——」

「あ、いた。マヒト！」

百合が階段の上から姿を現した。いきなり進み出て、マヒトの腕をぐいとつかむ。

「な、何だよ」

マヒトがたじたじになる。終始穏やかさを崩さなかった百合の強引な振る舞いに、わたしも驚いていた。

「ちょっと来て。クリスが呼んでる」

「クリスが？」

「あなたに話があるの。いいから早く」

「わかったって。逃げやしないから放せよ」

百合に引きずられて二階へ行くマヒトのあとに、わたしも続いた。

クリスの部屋に入ると、中は灰と二人きりだった。ソファーに座るクリスは、わたしを見てにこりと微笑んだ。

「やあ。アキも来たんだね」

「マヒトに話って、何？」

百合がクリスの背後に回る。クリスはマヒトをにらみつけ、告げた。

「単刀直入に言おう。Ｐ３を殺した犯人はきみだな、マヒト」

予想だにしない展開に、あぜんとしてしまった。マヒトは眉間に皺を寄せ、

「自分が疑われたからって、意趣返しのつもりか」

「とんでもない。きわめて論理的に推理した結果、きみにしか犯行はなしえなかったという結論が出た」

「ほう。そこまで言うなら聞かせてもらおうじゃねえか、その推理とやらを」

不穏な空気が立ち込める。わたしもクリスの推理が気になっていた。

「単純な話さ。ボクは、Ｐ３が殺害されたと思われる時間帯の、みんなのアリバイについて考えたんだ」

そう言えば、密室のほうに目がいっていて、アリバイについてはまだ確認していなかった。クリスは語る。

「昨日、Ｐ３は朝のミーティングに出席したから、ミーティング終了から遺体が発見されるまでのあいだに殺されたことは間違いない。よって犯人は、その間のアリバイがないバタフライということになる」

「異論はないな」

「そこでだ。目下、最重要容疑者のボクだが、ミーティング後はアキと行動をともにしていた。灯台へ行き、ブーメランを墜落させた仕掛けを再現していたんだ。ボクにはアリバイが成立する。犯人は、ボクじゃない。同じ理由でアキもシロだ」

違う――と、わたしは胸の中で否定する。それはあくまで、わたしがフリーズする前の話だ。フリーズしたあとのクリスの行動について、わたしは証言できない。クリスは意図的に情報を伏せている。

もっとも、このときわたしはすでに、クリスが犯人であるか否かについて確信を得ていた。だから、ここで進んでクリスのアリバイを崩すような真似はしなかった。

わたしの無言の協力に気づく節もなく、クリスは話を進める。

「では、ほかのバタフライはどうだろう。灰と百合に確認してみたところ、興味深い事実が判明した。ミーティングが終わって以降、Ｐ３の捜索が始まるまでにラウンジを長時間離れた紅招館の住人は、ボクとＰ３を除いて一人もいなかったそうだ」

「本当なの、百合？」

　わたしが問いただすと、百合は深々とうなずいた。灰も同意する。

　そんなはずはないのだ。ここまでの自分の推理と完全に矛盾する証言に、わたしは混乱する。

　クリスが勝ち誇った顔で言った。

「要するに、だ。昨日のその時間、Ｐ３の殺害が可能だったのは、ミーティングが終わるなりさっさと館を出ていったマヒト、きみだけだ。したがって、きみが犯人としか考えられない。反論はあるか」

　マヒトが頬を紅潮させる。

「……オレには、鍵のすり替えトリックは使えないぞ」

「ならば、あのトリックはボクに罪を着せるためのダミーで、実際には使われなかったんだろう。いまのところ証明はできないが、密室トリックがほかに存在することはじゅうぶん考えられる。一方で、きみ以外のバタフライ全員にアリバイが成立することはもはや動かしがたい事実なんだよ」

「じゃあ、そのアリバイが偽物なんだろ。ラウンジにいたのは百合、灰、歯車、ミニー、狩人、うさぎの六人か？　なら、六人の共犯だってことも考えられる」

　その仮説は大胆だが、いかにも苦しまぎれだ。クリスは動じない。

「複数犯なら、もっと早い段階でアリバイを互いに証言し合って、嫌疑から逃れようとするだろう。万が一にも、第一の事件の段階でほかのバタフライにアリバイが成立したらどうなる？　容疑者は減るどころか最悪、自分たちだけに絞られるかもしれない」

「それを避けるために、ステラを誰もアリバイがなさそうな真夜中に殺したんだろうが」

「今後の対策を話し合っていたことにするなど、無理なく自分たちのアリバイを偽装する方法はいくらでもある。ステラの遺体の発見を早めたっていい。複数犯でアリバイを証言し合うなら、絶対に第一の事件でやるべきなんだよ。にもかかわらず、アリバイを主張する者がいなかったのは、一連の事件が単独犯の仕業だからだ」

　言葉に詰まったマヒトには気の毒だが、わたしもクリスの意見におおむね賛成だった。深夜に起きた第一の事件はまだしも、日中に発生したことが確実な第二の事件においては、仕掛けを作る時間などなかったと偽証することは至って自然かつ容易だ。にもかかわらず、積極的にアリバイを主張したバタフライはいまのところ一人もいない。今回の一連の事件は単独犯であり、かつバタフライの体に傷をつけられるだけの知識を有していることから、同一犯だろうとわたしはにらんでいる。

　だがそうなると、犯人に該当する者が一人もいなくなってしまうのだ――わたしの推理が、間違っているのだろうか。

「とにかく、オレは犯人じゃねえ。オレにしかＰ３を殺せないというのなら、前提がおかしいか、誰かが嘘をついてるかのどっちかだ」

「ボクだって犯人じゃないが、きみの要求を呑んで監禁に耐えている。なのにきみが、自由でいていい道理はないな」

少しの沈黙のあとで、マヒトはやれやれと首を振った。

「わかったよ。オレもこの部屋に残って、クリスと相互に監視し合う。それなら文句ねえだろ」

「理解が早くて助かるよ」

クリスが微笑んだ。その柔和さがかえって、マヒトを決して逃しはしないという、固い意思を感じさせた。

まずい流れだ。これからＰ３の部屋を調べるつもりだったのに、またしても相棒を失ってしまった。

せめて、ここでしっかり情報収集をしておかなければ。わたしは百合に向き直る。

「昨日のミーティングのあとは、わたしとクリス、それにマヒトを除く全員が、ラウンジにいたんだよね。Ｐ３以外の六人は、ラウンジから一歩も外へ出なかったの？」

すると、百合はばつが悪そうになる。

「そういうわけでは……でも、いったん自室に行ったりした住人も、五分とかからずラウンジに戻ってきたのは確かよ。Ｐ３を殺して、ベッドの下に遺体を隠してから戻ってくるような時間は絶対になかった」

「そもそも、二人以上が同時にラウンジを離れることのないように気をつけておったからな。Ｐ３が二階に消えたあとは、やつの戻りが遅いのを心配して捜索を始めるまで、六人ともラウンジでおとなしくしておった。もちろん、窓越しにＰ３の室内を確認したときも、全員一緒だった」

灰が補足する。そのとおりなら、やはり六人のアリバイは鉄壁だ。

「状況からして、Ｐ３がベッドで横になっていたのは確かだと思うんだよね。彼はラウンジを離れるときに、具合が悪いから休んでくるとか、そんなことを言い残しはしなかった？」

百合は少し考え込み、

「無言で席を立ったＰ３に、誰も理由を訊ねたりはしなかったわ。どうせ、すぐ戻ってくるだろうと思っていたから」

「そう……ひょっとして、みんなＰ３とは距離を感じていたの？　気安く口を利ける関係ではなかったとか」

この質問には、クリスが答えた。

「あえてロボットの見た目を選んでいたことからもわかるように、Ｐ３は積極的に口を開くことが少なかった。彼を館に招いたボクでさえ、親密だったと言えば嘘になる。まだ、ここに住み始めてたったの三ヶ月だったしね——」

その瞬間、わたしは蛤《はまぐり》の二枚の殻がぴたりと合わさるかのような、ある符合に気がついた。ただの偶然だろうか。だが、仮にこの符合に意味があるとすると、さまざまな点でつじつまが合う。

慎重に、わたしは質問を重ねる。

「クリス。Ｐ３って、どのような経緯でこの館に来たの」

クリスは真意を測りかねたそぶりで、

「三ヶ月と、少し前かな。突然、複数の方面から紅の噂が入ってきたんだ。ボクが会いに行ってみたところ、Ｐ３はボクと一緒にいるあいだ、丸一日にわたってログアウトしなかった。だから、館に招いた」

噂が入ってきたのは突然だったのだ。やはり、引っかかる。

「ねえマヒト、わたしたちが初めて紅招館に入れてもらったとき、あなた妙なことを口走らなかった？」

わたしがそのときの彼の台詞を復唱すると、マヒトは「ああ」と受けた。

「館を探すためにデータを閲覧したときには、そうなっていた気がしたんだよな。オレもきちんと確認したわけではなかったし、単に数え間違いだと思ってたけど」

わたしは再度、クリスのほうを向いた。

「確かめたいことがある。アンテナ貸して」

わたしとクリスはアンテナを使って、あるデータを照合した。予想どおりの結果が得られたことに、かえってわたしは驚いた。

クリスが眉根を寄せる。

「アキ、これ……どういうことだ？」

「ごめん、あとで説明する！」

わたしはクリスやほかのバタフライをその場に残して、Ｐ３の部屋へと急いだ。

寝室に入る。なぜＰ３が天井にこんな幾何学模様を描いたのか、ようやくわかった。調べるべきは開いていた外倒し窓の近くだろう、と見当をつける。

思ったとおりだった。羽ばたきながら外倒し窓の桟に手をかけ、天井の黒い三角形を強く押すと、板が外れ、奥に空間が現れたのだ。

紅招館の天井裏には、デッドスペースがあった。三角屋根に対し、二階の部屋の天井が平らなのだから当然である。住人の誰一人として天井裏の存在を意識している様子がなかったのは、出入り口が設けられていなかったからだろう。

その空間を、Ｐ３はあるものを隠すために利用していた。天井の板を三角に切り取ったうえで、その事実をカムフラージュするために、この鱗《うろこ》じみた幾何学模様を描いたのである。板は押して取り外し、戻すときはいったん室内側に取り出してからはめ込んでいたものと思われた。宙に浮いた状態で天井を押すのは難しいため、外倒し窓を開け、桟に手をかけて板を外していたのだろう。

最初に三班に分かれて捜索したとき、ここに侵入者が潜んでいた可能性はあるだろうか。自問して、わたしは首を横に振った。ほかのバタフライは見逃しても、Ｐ３だけはこの空間を認識していたのだ。そのＰ３は被害者であり犯人ではないのだから、この中に侵入者がいないことを確かめたに違いない。犯人は、いまだ発見されていない侵入者などではない。

天井に空いた三角形の穴に頭を突っ込む。天井裏は暗く、柱はあるものの部屋ごとの仕切りなどがないため、とても広かった。しかし、このままでは肩がつっかえ、入れそうにない。

少し考えて、体を小さくすればいいのだと思い至る。設定を五歳に変更すると、体が小さくなって三角形の穴を通り抜けることができた。

アンテナの懐中電灯機能であたりを照らしながら、頭を低くして天井裏を進む。ほかの部屋の天井に同様の切り取りはなく、Ｐ３の部屋を除いて出入り口は一切存在していなかった。この空間のおかげでＰ３の部屋が密室でなくなる、というわけではなさそうだ。

だが、きっとここにあるはずだ。わたしが考えているとおりのものが――。

探し出すのに、さほど時間はかからなかった。懐中電灯の光の輪がそれをとらえると、わたしは思わずにっこり笑った。

「――見いつけた」

事件の謎が、一つ残らず解けた瞬間だった。

5

口をあんぐり開けた和馬の顔は、見ものだった。

「……なぜ、ここにいる」

留置所の面会室は中央をアクリル板で仕切られ、殺風景の極みだ。ドラマで見たのとあまり変わりないことに、意外と再現性が高かったんだな、と思う。

「あなたに会いに来たんだよ。わたし自身の意思で」

パイプ椅子に腰を下ろして、わたしは微笑んだ。血の気が引いているのが自分でもわかるし、油断すると吐いてしまいそうだ。何せ、もういつぶりかもわからないほど久々の、まともな外出なのだから。それでもわたしは、かけらほど体内に残されていた気合いで、正気を保っていた。

わたしのほうから、留置所に連れていってほしいと刑事たちに頼んだ。前崎は驚き、福間は歓迎し、警察車両で送ってくれた。いまも二人の刑事、それにここまで付き添ってくれた弟の守は、面会室の外に控えている。

「どうして来たのかと訊いている。きみが外に出たくないと言うから、これまでオンラインでの対話で済ませていたんだろう」

　なおも驚きを隠せない和馬に、わたしは告げた。

「ＢＷでの事件の謎が解けた。あなたのアドバイスのおかげ。だから、お礼を言いたくて」

「そのためだけに、わざわざ？　ずいぶん無理をしているようだが、大丈夫なのか」

「平気……ううん、本当はしんどい。でも、どうしてもあなたに会わなきゃいけなかった。会って、伝えたいことがあった」

「伝えたいこと？」

　わたしはアクリル板の手前の台に、額をつけた。

「お願い。ＢＷを元に戻して」

　和馬が失笑する声が聞こえた。

「このうえ要求するのか。こっちは善意で協力してやったのに」

「わかってる。だから、あなたの望むもの何でも差し出すつもりでここへ来た」

　わたしは顔を上げる。

「どうしても、あなたにお願いしなきゃならない。事件の謎が解けたから。紅たちの秘密を、知ってしまったから」

　和馬の顔から笑みが消える。

「あなたもわかっているんでしょう。紅が、どういう人たちなのか。彼らにとっては、ＢＷが世界のすべてなんだよ。わたしの巻き添えで閉じ込められたままにさせておくなんて、耐えられない」

「だめだ。きみを解放するわけにはいかない」

和馬は断固として拒否する。

やはりだ。わたしはずっと、西園寺和馬という人を誤解していた。スペリオルを無視してＢＷに夢中になったわたしを逆恨みして、現実のみならずＢＷでも孤立させたのだと思い込んでいた。

だが――。

「やっと気づいたの。あなたの真の目的に」

和馬の目が細められる。

わたしは、一息に言い切った。

「本当は、わたしを引きこもりの生活から救い出すために、ＢＷを分断させたんでしょう」

これだったのだ。和馬がわたしとの面会を要求し、映像通話を重ねながらも、ついに言えずにいたことは。

「わたしがいじめられるのを見て、見た目が意味を持たない世界――スペリオルを作ったって言ったよね。ならば、わたしはもっと早く気づくべきだった。今回の分断もわたしを攻撃するためなんかじゃなく、わたしを救うためだったことに」

ＢＷで、わたしを物理的に孤立させる。狭い世界で何もやることがなくなれば、わたしはやがてＢＷのプレーをあきらめ、現実世界に還ってくる。そして、引きこもりの生活における一番の楽しみを失ったわたしは、外に出るようになる――。

「わたし、あなたがいい気味だと言った十二年前のあの日から、それが本心なのだと信じて生きてきた。まさか、あなたがいじめを止めようとし、わたしにとっての理想の世界を作り上げ、さらには引きこもりになったわたしを救うためにＢＷをクラッキングしたなんて、ゆめにも思わなかった。そのためだけに、犯罪に手を染めただなんて」

「……黙れ」

和馬がうつむき、吐き捨てる。

「それほどまでに、わたしのことを思ってくれていたなんて知らなかった。クリスマスの誘いなんて、一時の気まぐれとしか思えなかったの。もっと真剣に向き合えばよかった。カッとなって断る前に、きちんと話をすればよかった」

「黙れ！」

和馬が手のひらで台を強く叩いた。わたしは立ち上がり、両腕を広げる。

「ねえ、見て、この姿を。画面越しなんかじゃなく、その目でちゃんと見て」

和馬の目が、わたしに向けられる。

「わたし、外に出られたよ。もう、引きこもりじゃないよ」

和馬がアクリル板にすがりつく。呼吸がこちらまで届くほどに荒かった。

「ほら、外に出られたんだよ。あなたのおかげだよ。ありがとう。わたしもう、あなたのこと恨んでなんかないよ」

和馬の頬を、涙が伝う。わたしも泣いていた。

「わかったでしょう。あなたの闘いはもう終わったの」

「そうか……やっと、終わったんだな」

長かった、と和馬がつぶやく。十二年ものあいだ、彼はわたしの人生に負い目を感じ、何とかしようと闘い続けてきたのだ。

「わたしはもう大丈夫。だから、ＢＷを復旧させて」

「だめなんだ」

和馬の声は涙で裏返る。

「地形プログラムを書き換えたとき、元のプログラムを完全に破壊した。地形を作り直してプログラムを上書きしたら、そこにいるバタフライたちもみんな消えてしまう。アカウントは残るが、一度消失したアバターは元には戻らないんだ」

「そんな……」

わたしは絶句しかけたが、和馬は別の手を用意していた。

「ただし、バタフライの位置データを操作して壁の外に飛ばすことならできなくもない。館は放棄するしかないが、いままでどおりのプレーが続行できるだろう。だが……きみには、それを施したくない」

また引きこもりに戻ってしまうことを恐れているのだろう。わたしは言った。

「ならば、その方法と引き換えに、わたしはあなたに誓う――」

わたしが続きを口にすると、和馬は動揺した。

「本気か」

「もちろん。だから、みんなを移動させて」

わたしがその場しのぎの嘘をついたわけではないことを、信じてくれたのだろう。和馬は言った。

「わかった。警察に頼んで、ＢＷの運営とつないでもらおう。許可が下りれば、閉じ込められたバタフライを壁の外に出す方法を伝えられるだろう」

わたしはにっこり笑った。

「ありがとう」

話は済んだ。わたしは面会室を出ていこうとする。その背中に、声がかかった。

「なあ、花沢亜紀」

振り返る。和馬の瞳が、十七歳のあの日にオーバーラップした。

「僕が罪を償ったら、今度こそ、僕の恋人になってくれないか」

あの日と違って、わたしなりに真剣に向き合ったつもりだ。答えは決まっていた。

「ごめんなさい。わたし、いま好きな人がいるの」

「……そうか」

和馬は落胆し、それを隠すように肩をすくめた。

「二度も振られたな。みじめだ」

「十二年も引きこもっていたわたしなんかより、ずっと素敵な相手が見つかるよ。あなたは見た目だっていいんだし」

「見た目で人を判断するような女には興味がない」

「じゃあ、わたしはだめね。初恋は一目惚れだったのだから」

和馬がむっとする。

「そういう言い方はずるいぞ。自分が悪者になりたくないんだろう」

「ごめんね。わたし、こういうやつなんだ」

二人の視線がぶつかったとき、どちらからともなく笑った。それは、きっと見た目になど関係なく美しい、心からの笑顔だった。

「じゃあ、行くね。これからは、警察の捜査にちゃんと協力するんだよ」

「振られた女の指図は受けない。だが、そうするよ。自分の意思で、な」

わたしは面会室を出る。そして、深呼吸をした。

いよいよだ——ＢＷに戻って、最後の大仕事をしなければ。

〈読者への挑戦状、もしくは嘆願書〉

ミステリの真相には大別して二つの理想形がある、と私は考えます。

一つは、千回生まれ変わったってとうてい思いつかないような、驚天動地の真相。そしていま一つは、たとえば樹木の葉の陰に垂れ下がるりんごの実のように、もうちょっと手を伸ばせば触れられたはずなのに、どうしてこんな簡単なことに気づけなかったのだろう、と思わず歯噛みしてしまう真相です。

本作において、私は後者を目指しました。真相の意外性よりも、そのシンプルさを追求したのです。

賢明な読者の皆様なら、すでに真相のうちいくつかには到達していることでしょう。けれどもそれらすべてを正しく組み合わせ、事件を解決へと導くのは決して容易ではありません。

そこで私は、一連の事件の中で解かれるべき謎を、いま一度こちらで整理して差し上げたいと思います。これは言わば、事件解決のための補助線として機能すべきものです。裏を返せば、ここで挙げた以外の謎——すでに解明されたＢＷの分断の理由や、犯行動機などはあえて見抜いていただく必要はありません。

①紅たちの抱える秘密とは？

②なぜ、バタフライの身体に傷をつけることが可能となったのか？

③第一の事件、廊下の染みが意味するところとは？
④第二の事件、灯台はいかにして密室となりえたか？
⑤第三の事件、Ｐ３の部屋はいかにして密室となりえたか？
⑥一連の事件をめぐる真犯人とは？

私は、あなたにお願いしたいのです。ぜひともこれらの謎を解き明かし、その何ものにも代えがたい喜びを享受してください、と。

過不足なくちりばめられた手がかりによって、あなたが真相へとたどり着くことができましたなら、作者である私にとってこれ以上の幸せはありません。

岡崎琢磨

第六章　答

1

ＢＷ時間での昨日、事件の謎を解明したわたしは、夜のミーティングには出席できないことを住人たちに断ってからログアウトした。現実ではまだ夜が明けたばかりで、わたしは少し眠ってから刑事に連絡を取り、昼ごろ留置所で和馬と会った。

自宅に戻ったのが夕方の四時。ＢＷではちょうど日付が変わる時刻である。朝のミーティングまでにはまだ時間があったが、わたしにはやるべきことがあったので、ＢＷにログインした。きっと、思いどおりにことが運ぶという自信があった。果たしてわたしは無事に目的を果たし、その後は満を持してミーティングを待った。

そして、ＢＷ時間で午前七時。決戦のときがやってきた。

ラウンジに到着すると、わたし以外のメンバーがそろってテーブルを囲んでいた。クリス、狩人、百合、歯車、ミニー、灰、うさぎ、マヒト。新たな死者は出なかったようだ。

空いた椅子に腰を下ろす。ＩＤの照合が済むと、わたしは開口一番に切り出した。

「事件の話がしたい。犯人がわかったの」

一同から驚きの声が上がる。クリスが言った。

「本当か、アキ」

「ええ。今回の一連の事件にまつわる謎は、すべて解けた。わたしの推理が正しいかどうかを、みんなに聞いて判断してもらいたい」

「いったい誰が三人を殺したんだ！」

狩人が声を荒らげる。百合は不安そうに、ミニーは居心地が悪そうに、灰は試すように、うさぎはうつろに、歯車は真剣に、クリスはどこかつらそうに、マヒトは感情が読めないけれど、わたしは全員の視線が突き刺さる針山と化していた。

「今回の事件における最大の謎は、プログラムにより非暴力が徹底された世界で、犯人がどうやって殺人を犯したのか――果たしてそんなことが可能なのか、というものだった」

「ＢＷで殺人なんてできるわけがない。作ったオレが言うんだから確かだ」

マヒトの宣言に、狩人が冷ややかに言い返す。

「現に、三人も殺されているだろうが」

「いいえ、狩人。結論から言うと、殺人は不可能。ＢＷの非暴力のルールは、クラッキングという障害を経てなお、まったく揺らぐことなく機能していた」

「何を言ってるの。ブーメランはあたしたちの目の前で殺されたのよ」

うさぎは殺気立っている。

「非暴力条項、みんなも暗記してるよね」

「〈すべての生き物に危害を加えることは、これを禁ず〉でしょう」と百合。

「この条項、実はＺＺが事業を売却した六年前に、初期の文言から変更されているの。そうだよね、マヒト」

「ああ。オレが定めたのは、〈すべてのバタフライに危害を加えることは、これを禁ず〉だ」

「非暴力の対象が、バタフライから生き物全般に拡大されたんだね」

クリスの言葉に、わたしはうなずかなかった。

「字面だけを追うと、そのように読めるよね。もちろん、バタフライだけでなくあらゆる生き物に暴力を行使できないよう変更されたのは事実。だけど、そのほかにもう一つ、重大な変更点があったの」

「何だって？」マヒトが眉間に皺を寄せる。

「では、みんなに訊きます。《生き物》の定義って、何？」

「それは、命あるもの、特に植物を除く動物……」

歯車は肝心なことに気がついていない。

「もっと根本的な定義を考えて。生き物という言葉の――原語ならall living creaturesという言葉の、もっともシンプルな意味を」

「そりゃ当然、生きているものだろう――まさか」

硬直した狩人に、わたしは告げた。

「そう。この世界では、死者にならない傷をつけることが可能なの」

マヒトから憲法の文言の変更について聞き、また憲法の文言どおりプログラミングされていることを知ったうえで、生き物の定義について考えた結果、わたしはこの真実にたどり着いたのだ。

「運営の間抜けどもめ、そんな変更を加えてやがったのか！」

マヒトが憤る。

「元の文言のとおりなら、いかなる状態であってもバタフライを攻撃することは不可能だった。生きていようが死んでいようが、バタフライはバタフライだものね」

だから、ＺＺでさえその事実を見抜けなかったのだ。

「でも、生き物という文言になると、話が変わってくる。死んだバタフライは、もはや生き物ではない」

「ちょっと待ってよ。そもそも、バタフライはいつ死者に変わるの」

ミニーの質問には、歯車が答えた。

「憲法で規定されている。〈バタフライの死とは、すなわちプレーヤーの死〉」

「つまり運営は、プレーヤーの死を確認した段階で、バタフライを生き物から死体に変える。その瞬間を境に、死体を傷つけることができるようになるの」

「筋は通ってるけど、そんな話はいままで聞いたことがない。なぜそれほどに重要な事実が、これまで露見しなかったんだろう」

クリスが疑問を口にする。

「そもそもプレーヤーが死ぬとき、バタフライはシャドウ、すなわちログアウトされた状態であることがほとんどのはずだよ。プレー中に亡くなる人は稀だから」

「それはそうだろうけど……当てはまらない人もいる」

クリスの反論には根拠があることを、わたしは知っていた。けれどもそれは後回しにする。

「プレーヤーがＢＷをプレー中に亡くなった場合、バタフライはまずフリーズになる。運営からはエラー通知が届くけど、死者は当然これに応答できない。よって、すぐに運営の調査が開始される」

アカウント作成時に登録が必須となる緊急時の連絡先などに、運営から連絡がいくわけだ。

「運営がプレーヤーの死亡を確認したら、バタフライは死体となる。同時に、遺体回収ロボットが派遣される」

わたしは鼈甲の壁の向こう側でうごめいていた蜘蛛型のロボットを思い浮かべる。

「プレーヤーがプレー中に亡くなること自体レアケースであるうえに、これまではいかなるときでもバタフライがただのフリーズから死体へと変更されたのち、ロボットが速やかに死体を回収してきた。だからほかのバタフライが死体を傷つけられる機会はきわめて少なく、その事実に誰も気づけなかった」

「仮に考えついたところで、まず実験できやしないからな」マヒトは不機嫌そうにしている。

「ところが今回、世界の分断によって、ＢＷの歴史上初めて、遺体回収ロボットが死体までたどり着けないという事態が発生した。その結果、ここにいる誰かが、死体を傷つける機会を得てしまったの」

「おぬしはどうやってその考えに至ったのだ？　根拠がなければ、憶測の域を出んぞ」

灰の指摘は無視できない。わたしは説明を加える。

「死体を傷つけられる可能性に気づいたのは、マヒトから非暴力条項が過去に改正されていることとを知らされたとき。そして、記憶を探ったらその根拠が見つかった」

「何だ、それは」

「水葬だよ。棺桶にバタフライを閉じ込めて、水の中に沈める。これは、生きているバタフライに対しては明らかな殺人行為にあたり、実行しえない。そうだよね、マヒト？」

急に訊ねられ、マヒトはどもりながら答える。

「あ、ああ……溺死を狙った行為は、もちろん非暴力条項で禁じられている。これはＢＷにおいてバタフライが呼吸をしていないこととは関係がない。バタフライは水中に沈んで一分で、勝手に水面まで浮上するはずだ」

「棺桶の中でも？」

百合の確認に対し、マヒトは断言する。

「ああ。棺桶ごと浮上する」

「にもかかわらず、棺桶が浮上した様子はなかった。Ｐ３の遺体を水葬したときも、海面には何も浮かんでいなかったの。海も鼈甲の壁に鎖されているから、棺桶が潮に流された可能性もない。つまりこれは、死体であれば水中に沈められること、ひいては死体なら損壊が可能であることを示している」

「死体を水葬するさまを何度も目のあたりにしたのに、違和感を覚えなかったとはうかつだったぜ……」

マヒトがうなる。

「では、おぬしはこう言いたいのだな。今回の一連の事件は、連続殺人ではなく――」

灰の言葉を、わたしが引き取った。

「そう。連続死体損壊事件だった」

場が静まり返る。事件の意味合いが変わった衝撃に、誰もが言葉を失っているようだった。

「……でもさ、アキ。そいつはちょっとおかしいんじゃないか」

戸惑いながらも口を開いたのは、マヒトだった。

「その話が正しいとすると、紅招館ではこの短期間──鼈甲の壁が出現してからの六日間で、三人ものプレーヤーが続けざまに亡くなったことになるぞ。一人ならありえないとは言わないが、三人となると偶然じゃとても片づけられない」

マヒトの言うとおりだ。わたしも初め、そんな奇跡みたいな偶然が重なるとは思えなかったのだ。

「それとも何か、おまえはオレが言ったように、犯人が現実でプレーヤーを殺害して回っているとでも考えているのか。ステラとブーメランが死んだ段階では、オレは二人が隣国に住んでいるのを知っていたから現実で殺された可能性を捨ててなかったが、Ｐ３の居住地はニューヨークでだいぶ離れているんだぞ」

「たった数日のあいだに世界各地を飛び回って彼らを殺害するなんて、現実的じゃないとわたしも思う」

ところで、とわたしは目線を紅招館の住人たちへと移した。

「マヒトと同様、この短期間に三人ものプレーヤーが亡くなったことを、疑問に感じているバタフライはいる？」

何人かの目が泳いだ。だが、誰からも声は上がらなかった。

「そうだよね。なぜなら、あなたたちはログアウトせざる者——紅なのだから」

「アキ。もしかしてきみは、紅の秘密を知ってしまったのか」

クリスの顔色が悪いことに引け目を覚えつつ、わたしはうなずいた。

「まったくログアウトせず生きていくには、食事と排泄、主にこの二つの障害が立ちはだかる。ログアウトすることなく食事と排泄を済ませられる人間なんて、いるはずがないと思ってた——でも、いたんだね、ここに」

「どういうことだ」

マヒトが顔をゆがめる。わたしは続けた。

「その秘密を知る鍵は、この館の名前にあった」

「館の名前？　紅を招く館、で紅招館でしょう。それがどうかしたの」

百合が首をかしげた。

「《暮れない》の意で紅、というのは後づけの理由だったの。その証拠に、紅招館はもともと、Crimson bidden houseという名前ではなかった。そうだよね、クリス」

沈黙するクリスの思いを、マヒトが代弁した。

「隠そうったって無駄だ。この館の名前が、申請時にはRed bidden houseだったことを、オレはすでに確かめた」

自動翻訳のせいでうまく伝わらないかもしれないと思ったが、問題なく通じたようだ。ミニーが眉をひそめる。

「Red bidden house?　初耳だね」

「では、あなたたちも知らされてなかったのね」

「それがどうかしたのか。RedでもCrimsonでも、大した違いはないだろう」

　狩人はまだぴんときていないようだ。わたしは言った。

「単純な言葉遊びだよ。Redとbiddenの、頭文字を入れ替えるだけ」

　英語圏出身のマヒトは、ただちに意味を理解したようだ。愕然とし、頬を震わせた。

「そういうことか……そんなものを、館の名前に刻んでいやがったのか」

「ほかのみんなも、もうわかったよね。RedのRと、biddenのbを入れ替えると、Bed ridden――《寝たきり》になる」

　わたしは紅たちの顔を見回し、これまで彼らがひた隠しにしてきた、悲しい秘密を暴いた。

「ログアウトせざる者、紅――その正体は、難病などで寝たきりの生活を余儀なくされた、全身不随の患者たちだった」

2

『潜水服は蝶の夢を見る』というフランス映画がある。

　脳溢血が原因で、意識がありながら眼球運動とまばたき以外のすべての随意運動が障害された状態、いわゆる閉じ込め症候群に陥った主人公が、そのまばたきを用いて著した自伝を映画化した作品だ。映画は主人公の目線で作られ、不自由な体＝潜水服の中に、自由に羽ばたく意識＝蝶が存在するさまが再現されている。

　わたしは医学に明るくない。全身を動かせないが意識はあり、目でものをとらえ、耳で音を聞くことのできる状態を指す用語がほかにあるか知らない。ただ少なくとも、紅たちがこの閉じ込め症候群であると見れば、食事や排泄のためにログアウトしないことの説明がつく。そもそも彼らは自力での食事や排泄ができないからだ。それでも彼らは潜水服の中で蝶が優雅に舞うように、何の制限もなくＢＷを動き回ることができる――バタフライは、脳波で操作されているから。たとえ脳に障害があっても、頭の中で動けと命じれば、バタフライはそのとおりに動く。

　調べたところ、実際に二〇一七年の段階で、ヨーロッパの研究者グループが、筋萎縮性側索硬化症（ＡＬＳ）で完全な閉じ込め症候群に陥った四人の患者と、脳コンピュータ・インターフェイスを介してコミュニケーションを取ることに成功しているそうだ。近赤外線分光法によって患者の反応を測定するそのインターフェイスは、水泳キャップのような形状をしていたという。現在のＢＷのプレーに使われているＶＲデバイスは、こうしたインターフェイスをさらに進化させたものらしい。

　ＢＷのようなＶＲ空間は、ある種の人類にとっては希望だった。体の一部を失った人も、不随になった人も、ＶＲ空間内では自分の意のままに動ける。まして閉じ込め症候群の患者たちは、過去の技術では意思疎通さえ困難だったのが、脳波で操作するデバイスが開発されたおかげで、蝶が潜水服の囲いを抜け出して羽ばたくかのごとく新たな世界で生息できた――彼らがＢＷをプレーするようになるのは、きわめて自然な成り行きだった。

「閉じ込め症候群になった患者は、ほどなく亡くなってしまう例が多い。この館に集められた紅たちは、残酷な言い方を許してもらえるのなら、いつ亡くなっても決して不思議ではない人々だった。だから、数日のあいだに複数の死者が出た。出てしまったの」

紅たちへの配慮を最大限欠かぬよう、わたしは言葉を選びながら語る。そして、クリスを見つめた。

わたしの思い違いならばそう指摘してほしかった。クリスやほかの住人たちが隠そうとしたその真実は、あまりに悲しすぎたからだ。

だが、クリスは力なくうなだれた。

「そうか。とうとう、アキも知ってしまったんだな」

「認めるのか」

灰が鋭く制そうとする。しかし、クリスは訂正しなかった。

「これ以上、否定したって意味がない。だって、彼女の言うとおりなのだから」

そして、クリスは両手を広げた。

「ボクら紅は、現実ではまったく身動きが取れない。でも、ＢＷでは思いどおりに動けるし、コミュニケーションを取れる。ボクらにとっては、ＢＷこそが文字どおり、生ける世界のすべてなんだ」

わたしは再度、紅たちの顔を見回す。

百合。ミニー。歯車。灰。うさぎ。狩人。クリス。

彼らはいちように、感情の抜け落ちた顔をしていた。こちらに向けられた瞳の奥に潜む深淵に、吸い込まれそうな気さえしてくる——彼らの抱えた苦悩の深さに、わたしは慄《おのの》いた。

何ということを、わたしは彼らに話してしまったのだろう。自由に動く体を持ちながら、暗く汚れた部屋にみずからを閉じ込めてしまっていた、なんて。

クリスは続ける。

「今回の事件を、ボクは連続殺人だと信じていた。本当は、信じたかっただけなのかもしれない……クラッキングにより分断されたこの状況は、ボクら紅にとっては世界を丸ごと奪われたも同然だ。ショックで生きる気力を失った者たちが命を落としていった可能性について考えることを、ボクの脳は拒絶していたのだろう」

閉じ込め症候群の患者の中には、「生きたい」「自分は幸せだ」といったポジティブな意思表示をする人がいる一方で、安楽死を求めて裁判を起こした人もいるという。後者のような人にとっては、潜水服の中で身動きも取れずただ生きていることが耐えがたい苦痛なのだろう。だからこそ、ＢＷは救いになりえたわけだが、そのＢＷが分断により鎖されてしまえば元の木阿弥だ。その衝撃は、一日一日を大切に生き永らえていた彼らの命を奪うにはじゅうぶんだったのかもしれない。

西園寺和馬は、わたしの行き先を予測して、紅招館のまわりに壁を築いたと話していた。紅招館に集う者たちの特性を知らなかったとはいえ、彼の罪は重い。

「蜘蛛型の遺体回収ロボットが、館に来たことがあると言っていたよね。住人の急死は、ここではどうしても避けられない出来事だった。それによって、住人の入れ替わりが起きていたんだね」

わたしは言う。初めにその話が出たとき、住人たちの顔に影が差したのを憶えている。亡くなった住人を思い出したからだと解釈していたが、それだけではなかった。同じ境遇にある者の死に直面するたび、彼らは自分もまたいつ死ぬかわからない身であることを、否が応でも思い知らされていたのだ。

「蜘蛛型ロボットが館に来たのは一度きりだが、それ以前にも外出した住人が、ボクらの知らないあいだに亡くなってしまっていたことがあったんだ。それで、朝と夜にミーティングを開くことにした。あれは、もちろん部外者の侵入を防ぐ目的もあったが、一番は生存確認のためだった」

　クリスが説明する。今回の事件によって、ミーティングが生存確認の機能を帯びたように感じていたが、もともとそのためのものだったとは皮肉だ。

「ミーティングを撮影していたのも、議事録代わりになると同時に、生きていたときの映像を記録に残すためでもあった」

　歯車が言い添える。取るに足りないミーティングの映像が、いつ生きた最後の姿になるとも知れなかったのだ。

「ブーメランが亡くなってるのを発見したとき、ブーメランはいじめが原因で紅になった、とうさぎが話していたのも……」

「そうよ」うさぎは唇をゆがませる。「ブーメランは同じクラスの子に暴力を振るわれていた。突き飛ばされて頭を打った日から、体が動かなくなってしまったと言っていたわ」

　頭部への衝撃により、脳に障害を負ってしまったのだろう。幼いブーメランの境遇を思うと、本当にいたたまれない。

「動けないからといって、一生体を洗ったり拭いたりもしないわけじゃないだろ。そういうときも、ログアウトはしないのか？」

マヒトの疑問には、狩人が答えた。

「たとえ短時間でも体がまったく動かなくなり、かつ意思疎通も図れなくなる恐怖を、おまえは想像すらできないだろう。世話をしてくれている家族に、可能な限り一瞬たりともログアウトさせないでくれと伝えてあるんだよ」

「幸い、眼鏡型のＶＲデバイスは外してしまわなくてもちょっとずらすだけで、顔や頭全体をきれいにできるからね。それに、ＢＷに来てもらうまでもなく、僕らは家族や友人たちに向けて、ＢＷの中からメッセージを送信することで意思疎通できる」

歯車が説明を追加する。眼球が動けばＢＷにはログインできるので、彼らにもＢＷへのログインとログアウト自体は問題なくおこなえるはずだ。でなければ、初回ログインも不可能になってしまう。だが、ログインできるからといってログアウトさせてもいいことにはならない。わたしなんかとは比較にならないほど、彼らがログアウトを強く忌避するのは道理だ。

「アキよ。なぜ、おぬしは紅の秘密を暴き、無慈悲な現実をあらためてわれわれに突きつけるのだ。紅になりたいという浅はかな願望を振り回した結果、たまたまとらえた秘密をもてあそんでいるに過ぎないのならば、紅にとっては許されざる愚行だぞ」

灰の低い声の奥には、憎悪に似た響きが宿っていた。

「わたしに秘密を暴かれて、不快に感じている人もいるかもしれない。だとしたら、謝ります。でも、これはあくまでも、事件の謎を解明するうえで必要な手順だとわかってほしい」

「言われるまでもねえっての。連続殺人ではなく連続死体損壊で、しかも現実でのプレーヤーの死亡は閉じ込め症候群に関連したものだった。筋が通り過ぎてて、ぐうの音も出ねえよ」

この中で唯一、紅の秘密を知らなかったマヒトは意気消沈している。クリスが言った。

「ＺＺがこのような世界を作ってくれたから、ボクらは体のハンデを意識することなく過ごせているんだよ。ボクらのようなプレーヤーがいることを、きみはあらかじめ想定しなかったのか？」

「言ったろ、オレは別に崇高な理念をもってＢＷを構築したわけじゃないって。デバイスにしたって、既存の技術を用いただけだ。もちろん、外出もままならないような病人やケガ人がＶＲ空間でのびのび過ごしている例は把握してたよ。けど、閉じ込め症候群ほど特殊な症例の人たちが、しかも一人二人じゃなく集団生活を形成するくらいたくさんいるだなんて、考えも及ばなかった」

「そうか。きみは自分で思っている以上に、多くの人に希望を与えているよ」

マヒトはむすっとしている。照れ隠しというわけでもあるまい。厳しい境遇にいる人たちのことを思うと、クリスの言葉を素直に受け止める気にはなれないのだろう。でも、経緯がどうであれそれは彼の功績なのだから、誇っていいとわたしは思う。

「事件の話に戻ってもいいかな。まずは、第一の事件」

わたしはあらためて切り出す。ステラが夜間に死亡し、自室で刺殺体のような形で発見された。

「とても単純な事件だね。犯人はたまたま、あるいは何らかのきっかけによって、夜中にステラが死んでいるのを発見した。そこで、彼女の体をナイフで刺し、さらには犯行声明文を残すことで殺人に偽装した」

「なぜ、そんなことをする必要がある」

狩人が訊ねる。

「動機についての説明はやめておく。何度も話に出たように、動機なんて考えたって仕方がない……とまでは言わないけど、憶測で語ることに意義を感じないから」

ただし、とわたしは付け加える。

「犯人は三つの事件において、一貫してＢＷ内で発生したバタフライの死を、死体を損壊することで殺人に見せかけようとしている。これが犯人の目的とすることに異論はないと思う。この点は憶えておいて」

「ちょっといいかな」

続いて口をはさんだのは、歯車である。

「ステラは病死だったんだろう？　なら時間帯からいっても、彼女は部屋の中で眠っている最中に亡くなった、と見るのが自然じゃないかな。そうなると、ステラの部屋にはマスターキーを使わない限り、誰も入れなかったことになるよ。彼女は就寝時、ちゃんとドアを施錠していたはずだ」

その疑問には、わたしもぶつかった。だが、アンテナで撮影した現場の写真を見返すことで解消されたのだ。

「ステラは死の間際、助けを求めて部屋の外に出たんだよ。そこを、犯人に見つかった」

「それこそ憶測に過ぎないんじゃないのか」

「根拠はある。ステラの遺体の写真を見てほしい」

　わたしはアンテナに画像を表示する。VRとはいえ遺体はショッキングなものだから、見たがらないバタフライもいた。だが、歯車は興味津々に画面をのぞき込んだ。

「ステラの口元に、よだれの跡があるでしょう」

　唇の端から、左向きに頬のあたりまで線を引いている。

「ステラが仰向けの状態で苦しんだのなら、あんな風によだれが横に垂れたとは考えにくい。ステラは最初に倒れたとき、体の左側を下にしていたと考えられる」

「だとしたら、よだれが床に垂れたってことかい？　そんな染みを見かけた覚えはないな」

「わたしは見つけたよ。ステラの部屋のドアのすぐ外側で、ね」

　続いて廊下の写真を示す。赤い絨毯に残されていた、黒い染みが写し出された。

「ちなみに、前の晩にわたしがアンテナをあそこに落としたときには、こんな染みなんてなかった。もしほかに、あの染みに心当たりのあるバタフライがいるのなら、名乗り出てほしい」

　あるいは犯人が偽証するかとも思ったが、怪しまれることを嫌ってか、誰も発言しなかった。

　わたしは言い切る。

「やっぱりあれは、ステラのよだれの染みと見て間違いない。ステラは病気の発作で苦しみ、助けを求めて部屋のドアを開け、そこで力尽きたんだ」

「なるほど。そういうことなら、部屋の鍵は問題にならない」

　歯車は納得してくれた。

「これで、第一の事件の一部始終は明らかになった。犯人は自室の前で死んでいるステラを発見し、彼女を部屋の中に運び込んだ。そして、ナイフや葉っぱを取りに行くといった準備を済ませてから、ステラの腹部にナイフを刺し、血液で書いた犯行声明文をその場に残して立ち去った」

「深夜だから、時間はたっぷりあっただろうね」とクリス。

「廊下で倒れているステラを発見した犯人は、ほかの住人たちを呼ぶことなく殺人の偽装をしている。犯人は、死体なら傷つけられることをあらかじめ知っていたか、さもなくばステラの死体を触っているうちに、つけられるはずのない傷をつけられることに気づいたのね」

「お、おれはそんなこと、いまのいままで知らなかったぞ」

慌てて言う狩人に、わたしは苦笑して、

「知っていたかどうかの議論は不毛だよ。犯人は、ほかの筋道で暴くから」

第一の事件に関する話は済んだので、第二の事件に進む。

「ブーメランが灯台のてっぺんから落下し、地面に激突して死んだ——ように見えた」

「そうよ、あれこそ死体損壊なんかじゃなかったじゃない！」

声を荒らげたのは、うさぎだ。

「ブーメランはあたしたちの目の前で墜落死したわ。その直前まで、あの子は生きて声を出していた。それともなに？　都合よく落下中にブーメランのプレーヤーが亡くなったとでも言うの」

「百歩譲って、落下の恐怖などによってプレーヤーが死ぬことはあっても、運営がその事実を即座に確認できたとはまず考えられないね」

わたしもそれで強引に説明をつけようとして、ありえないという結論に達したのだ。

「じゃあ、やっぱりブーメランは殺されたんじゃないの」

「いいえ。そのことにわたしが気づいたのは、うさぎ――あなたのことを考えているときだった」

「あたし？」うさぎが自分の顔を指差す。

「崖から落下したあなたを助けたわたしはあのあと、マヒトに手伝ってもらって、ロープを用いたところでバタフライを墜落死させられないことを確かめた。自動で翅が動いて墜落を防ぐの」

「だが、ブーメランの翅はテープで貼り合わされていた」

　歯車が指摘する。

「実験する際に、ちゃんとテープで翅を貼り合わせておいた。地面に激突する直前に、勝手に剝がれたよ。うさぎが飛び降りたときも、同じ現象が起きていたでしょう」

「言われてみれば……あたし、自分で助かろうとして羽ばたいたつもりなんてなかった。あのときは、本心では死にたくなかったんだと思ってしまったけど……」

「単なる仕様だった、ってことだな」マヒトはすげなく言う。

「つまり、本当は崖から飛び降りたうさぎを助ける必要なんてなかった。それでもわたしはうさぎを助けようとした。同じように、うさぎも落下するブーメランを助けるため、灯台の中を飛び降りた」

「それがなに？　無駄な抵抗だったとでも言うわけ」うさぎは不機嫌だ。

「違う。そのとっさの行動からもわかるように、あなたが優しい女性だということを、わたしは知っている。わたしたちがクリスに頼み込んでこの館に入れてもらったときにも、わたしのことをかばってくれた――そう、あのときはまだ、うさぎは十歳の少女の見た目をしていた」

「いまだに慣れないよ。うさぎが子供じゃなくなったことに」

ミニーがつぶやく。

「その事実を思い返したときにわたしは、ようやく悟ったの。自分が、そして犯人を除く全員が、ブーメランの墜落死という恐ろしい場面に遭遇したせいで、犯人の用いたきわめて単純なトリックから目を逸らされてしまっていたことを」

「単純なトリック？」と百合。

「もう一度、原則に立ち返るね。これは殺人ではなく、あくまでも死体損壊事件だった」

「だが、ボクらが目撃したとき、確かにブーメランは生きていて――そうか」

クリスが息を呑む。トリックを暴くには、短い言葉でじゅうぶんだった。

「あのときロープで吊るされていたのは、ブーメランになりすました犯人だった」

見た目や声を自由に変えられるＢＷでは、ほかのバタフライになりすますことなど造作もない。それを警戒していたからこそ、朝晩のミーティングではＩＤの照合が慣例になっていたのだ。

「そんなことにも思い至らなかったとはな」マヒトが舌打ちする。

「ステラの死体を発見した段階で、犯人にはバタフライの殺害が可能なのだと、わたしたちは思い込まされていたからね」

「じゃあ、あたしたちが灯台に着いた時点で、ブーメランはもう……」

青ざめたうさぎに、わたしは答えた。

「すでに亡くなっていた。地面には、ブーメランの遺体が横たわっていたの。わたしたちには、はなから彼を救うことなんてできなかった」

「アキが引き金を引いたわけではなかった……」

クリスがわずかながら安堵し、うさぎもわたしに対して申し訳なさそうにしている。

二人の気遣いはありがたいが、いまは重要ではない。わたしは告げる。

「あらためて、第二の事件における犯人の行動をトレースしてみるね」

ブーメランが死んでいるのを発見した犯人は、布テープやロープ、金属用のノコギリとともに、死体を灯台へと運び込んだ。それから輪を作ったロープでブーメランの足を縛り、手も縛って翅を貼り合わせたのち、死体を梁まで持ち上げてから落とし、そばに犯行声明文を置く。

次に、長いロープと短いロープ、金属用のノコギリを用いて仕掛けを作った犯人は、みずからの見た目と声をブーメランと同じにし、翅に布テープを貼り、最後に梁のあたりから垂らした短いロープで自分の足を縛る。自分で自分の手を縛るのは難しいうえ、両手が不自由だとこれよりあとの行動にも差し障るので、適当に巻きつけるなどしてそれらしく見せかけたのだろう。

その後、犯人は誰かが逆さ吊りになった自分を見つけてくれるのをひたすら待った。大声を上げて呼び寄せようとしていたのは、わたしたちも耳にしている。目論見どおりにことが進み、慌てたわたしが展望台の扉を開けると、レバーが折れて犯人の体は落下し、地面に激突する寸前で自動的に翅が開いた。そのときには長いロープが緩んで下部の扉が開閉可能になっているので、犯人は自分の足につながった短いロープの輪を切るなどして長いロープから外し、羽ばたいて灯台の外へと逃げた。そして足のロープをほどき、布テープを翅から剝がして、見た目を元に戻した。

「下部の扉が外から開かないようになっていたのは、ブーメランを助けられないようにするためじゃなかった。すでにそこにある死体を、見られないようにするためだったんだ。灯台上部からは暗闇で見えないしね」

　わたしの解説に、クリスがつぶやく。

「だから、灯台は密室だったのか」

「犯人は灯台の中にいた。あれは密室トリックなんかじゃなく、犯人にとっても望まない、けれどもやむを得ずそうなってしまった密室だったんだ」

「下部の扉と展望台の扉をつないでいたのも、犯人の落下と連動して扉が開くようにしたかったからだね」

「ただでさえ、犯人には自分の足を縛る短いロープを長いロープから外す手間が必要だった。別の方法で扉を固定していたら、それを外すための手間がさらにかかってしまう。その間に、誰かに姿を見られてしまったら、このトリックは失敗に終わる。だから落下と同時に扉が開くような仕掛けが、もっとも適していたってわけ」

　実際、あのときうさぎがすぐ犯人を追いかけていた。ここまで用意周到でなければ、逃げ遅れたところを目撃されていたに違いない。

「足を縛る短いロープをエイトノットループにしたのも、落下時に長いロープから自然と外れたように思わせるため。短いロープだけは、ブーメランの死体と犯人の足それぞれにくくりつけるしかないからね」

　体重がかかってきつくしまっていたであろう短いロープが、落下した程度で緩み、長いロープから外れてしまっていたこと自体、疑問に思うべきだったのだ。

「展望台に駆けつけたとき、逆さ吊りになったブーメランのＩＤを照合していれば、本人じゃないことはわかったのねえ」

　百合の発言はもっともだが、

「あの状況で、そんなことを試す余裕のある人はいないよ。それも、犯人の計算のうちだった」

「吊るされたブーメランが犯人のなりすましだったと考えると、説明がつくことは認めるよ。だけど、そのトリックが使われたという証拠はあるのかい」

　歯車は慎重な態度を示す。彼はブーメランになりすました犯人の落下を目撃していないため、あくまでも客観的な根拠が欲しいようだ。

「わたし、吊るされたブーメランのＴシャツの裾に、黒い布テープがついているのを見たの。たぶん、犯人が仕掛けを作っている最中に、気づかずくっつけてしまったんだと思う」

「ああ、それなら私も見たわ」百合が裏付けてくれる。

「にもかかわらず、ブーメランの死体のＴシャツには、テープなんてくっついていなかった。灯台の中をひととおり探したけど、剝がれて落ちているということもなかったの。これは取りも直さず、吊るされていたバタフライと死体が別人だったことを示している」

「目撃者が一人じゃないのなら、信じてもよさそうだね」

　歯車はあっさり引き下がった。

「それにしても、犯人はなぜ、こんな面倒なことをしたんだろう」

　クリスが呈した疑問に、わたしは答える。

「さっきも言ったように、犯人の目的はバタフライの死を殺人に見せかけること。第一の事件では、ナイフと犯行声明文によってごくシンプルにそれをおこなった。だけど今回、分断によって閉じ込められた者の大半は、紅がいつ命を落としても不思議ではない存在であることを知っている。そのことを、当然犯人は認識していた」

くどい言い回しにならざるを得ないが、紅が自分たちはひょっとすると明日死んでしまうかもしれない身だと思っているという、その事実を犯人が把握していたことが重要なのである。

「一人めの死に直面したとき、それは犯人にとっても衝撃的な出来事だったから、刺殺を装うので手一杯だったんだと思う。けれども二人めの死者を見つけるに至って犯人は、同じように単純な手口で殺されたと見せかけるだけでは、紅のうちの誰かが『病気で死んだのを殺人に偽装しているんじゃないか』と勘繰りかねないという懸念を抱いた。非暴力が徹底された世界で起きた殺人らしきものを説明するには、それしかないから」

そして実際、それが真実だったのだ。

「わたしやマヒトでは、ただちにこの発想には至りようがなかった。二人も続けて病死するなんて、常識では考えられないから。非暴力の無効化を疑うほうが、まだしも現実的だった。でも紅なら、『これは病死ではないか』という疑惑に到達し得た。犯人は、それを恐れた」

そこで、ブーメランの死体を発見した犯人は、ある策略をめぐらせた。

「それが、紅たちの見ている前で《殺人》を起こすというものだった。自身でその場面を目撃してしまえば、もはや紅たちもこのＢＷで殺人がおこなわれていることを否定できなくなる。そのために、犯人はブーメランの墜落死を演出してみせたの」

犯人の狙いは当たった。第二の事件によって、わたしやマヒトだけでなく紅たちまでもが、もはや殺人が起きていることは揺るぎない事実だと考えるようになってしまった。

「そんなことのために、ブーメランの遺体を破壊したなんて……許せない」

うさぎが呪うような声でつぶやく。殺人でなくても死者を冒瀆《ぼうとく》する犯人の行動は、度しがたいとわたしも思う。

「残るは第三の事件。Ｐ３のプレーヤーが現実で死んでいたとわかってもなお、この事件には多くの謎が残されている」

「密室は、オレが考えたトリックを用いれば作れるけどな」マヒトが冷ややかな目をクリスに向ける。

「アリバイの観点からは、犯人はマヒト以外に考えられない」クリスも応戦する。

二人の諍いにかかずらっている暇はない。わたしは先を急ぐ。

「結論から言うね。犯人がやったことはたったの二つ。まず、ベッドの上で息絶えた様子のＰ３を窓越しに発見すると、本当に死んでいるかどうかを確かめるため、もともと開いていた外倒し窓の隙間から錐を落とした」

「何だ、そりゃ」と狩人。

「バタフライの生死を確認するには、傷つけてみるしか判別方法がないんだよ。試しに錐を落としてみたところ、Ｐ３の顔が傷ついて血がにじんだんだろうね。これで、犯人はＰ３が死んだことを知った」

「ボクとアキとでＰ３の部屋を調べていて、隅に錐が転がっているのをアキが見つけたんだ。あれは、そのために使われたものだったんだね」

クリスが補足してくれる。

「二つめ。犯人は森の入り口に放置されていたコンクリートブロックを持ってきて、錐と同じように外倒し窓から落とし、Ｐ３の頭を潰した。ついでに犯行声明文も一緒に落としておく。第二の事件までですっかり殺人事件だと思い込んでいるわたしたちは、それだけでＰ３もまた殺されたのだと信じてしまう。現実世界だと、あの外倒し窓の隙間からモノを落とすだけでもひと苦労だけど、ＢＷでは誰もが飛べるから、窓の高さは障害にはならなかった」

そして、わたしはもう一度、強調した。

「犯人がやったのは、この二つだけ」

当惑と、それ以上に鼻白んだような空気が流れた。マヒトが言う。

「何言ってんだ？　考えすぎて、とうとう脳みそぶっ壊れちまったか」

「ご心配なく。至って正気だよ」

「犯人はＰ３の死亡を確認して頭を潰しただけ、だって？　死体をベッドの中に隠して、部屋を密室にした件が残ってるじゃないか」

反発が起きることを承知のうえで、わたしは自身の導き出した真相を告げた。

「それは、犯人がやったことではなかったの」

「死んだＰ３が自分でベッドの中に入った、なんて言うんじゃないだろうな」

殺気立つ狩人をなだめるように、わたしは続けた。

「繰り返し話しているように、犯人の目的はバタフライの死を殺人に偽装すること。ならば、強烈な殺人の印象を植えつけようとした第二の事件は別として、死体を傷つけて犯行声明文を現場に残すだけでじゅうぶんだと思わない？　Ｐ３のケースでも、コンクリートブロックで頭を潰した時点で、すでに犯人の目的は達成されていた」

「むしろ下手な小細工なんて弄しないほうが、よほど犯人を特定するのは難しいだろうね」とクリス。

「わざわざ死体をベッドに隠して密室を作る必要なんて、犯人にはなかったんだよ。すなわち、これは犯人の仕業ではない」

「その判断は早計じゃないか。それこそ、クリスに罪を着せるためだったかもしれない」

　歯車が反論すれば、マヒトは的外れなことを言い出す。

「もしかして、クリスは犯人じゃないけど、Ｐ３の死体を隠して密室を作ったのか」

「いいえ。鍵のすり替えトリックは使われなかった。あれはマヒトが思いついただけの、偶然の産物だったの」

　マヒトがショックを受ける一方、クリスは疑いが晴れても釈然としない様子だ。

「じゃあ、いったい誰がＰ３の死体をベッドに隠し、部屋を密室にしたって言うんだ。犯人でもないその人物が、この期に及んで黙っているなんておかしいじゃないか」

「それも、ちゃんと説明するから」

　わたしは咳払いをはさんで仕切り直す。

「犯人でさえ企図していなかった密室が成立してしまったことにより、Ｐ３の事件は混迷を極めた。わたしが真相にたどり着いたきっかけは昨日、Ｐ３が紅招館にやってきたのが三ヶ月前だと聞かされたことだった」

「確かにわれわれがＰ３と過ごした期間は三ヶ月に過ぎなかったが……それがどうかしたのか」

灰が訊ねる。

「三ヶ月前という数字を、別のところでも耳にした覚えがあったんだよね。みんなは心当たりある？」

彼らはいちように首をかしげる。わたしは正解を口にした。

「ログアウトせざる者たちおよび彼らが集う館の存在を動画で公表し、調査の続行を宣言したユーチューバー、ボニーとクライド――彼らが二人そろった姿を見せなくなり、不仲説がささやかれるようになったのも、同じ三ヶ月前のことだった」

ミニーが怪訝そうに問う。

「だから何だって言うの？」

「クリスも話していたように、この館の秘密は完全に守られていたわけではなかった。クリスが勧誘し、断られたケースもあった以上、そこから情報が漏れるのを防ぎきることは不可能だった」

その情報をボニーとクライドが入手したからこそ、あの動画が作成されたのだ。

「ボニーとクライドは動画の中で公言したとおり調査を続行し、紅招館の場所を突き止めた。そして、館に潜入すべく一計を案じた――自分がログアウトせざる者であることを吹聴し、彼らの情報源となったバタフライと同様に、クリスのほうから接触してくるのを待ったの。この作戦は功を奏した。三ヶ月と少し前、クリスのもとには突然、ログアウトせざる者がいるという情報が集まってきた」

「あれは、罠だったのか……」

クリスの顔色は悪い。

「だが、ボクは一緒に行動して確かめたぞ。Ｐ３が、丸一日ログアウトしなかったのを」

「一緒に行動したということは、その目的をあらかじめ本人に伝えていたんだよね。丸一日くらいなら、健常者でも何とかなると思わない？　しかも、一人きりじゃないのならなおさら」

たとえばの話、トイレに座ってプレーすれば排泄の問題はクリアできる。食事に関しては、丸一日程度なら絶食しても差し支えないだろう。まして、ボニーとクライドは二人組だ。一方が丸一日ログインし続け、もう一方がその世話をするという形はいくらでも取れる。

「こうしてクリスを騙しおおせたボニーとクライドは、思惑どおり紅招館への潜入に成功した。あなたたちがあれほど警戒していたジャーナリストは、すでにこの館の中にいたの」

「なんてこった」狩人がかぶりを振る。

「そうか……だから、九人だったんだな」

マヒトの発言に、百合が反応した。

「何？　九人って」

「オレたちがこの館に来た日、住人は全部で十人と聞かされたオレは、九人じゃないのかと訊き返した。この館には、ログイン時間の長いプレーヤーが九人集まっている、というデータを見ていたからだ」

これこそが昨日、わたしがマヒトに確認したことだったのだ。

「そのときは、単なる数え間違いだろうと思い直した。オレもデータをざっと見ただけで、念入りに数えたわけじゃなかったからな」

「でも、それは数え間違いなんかじゃなかった」

　わたしはあとを引き取った。

「この館に、紅は九人しかいなかったんだよ」

「信じられない……三ヶ月間、一緒に暮らしたけど、Ｐ３に不審な点はなかった」

　ミニーは愕然としている。

「それは、Ｐ３がボニーとクライドの二人一役だったから。二人がかわるがわる演じることで、食事や排泄といった障害を乗り切りつつ、Ｐ３が常時ＢＷに存在するようにしていた。ここにいる紅たちと同じように、ログイン状態を非公開に設定しておけば、フレンドリストからどちらがログイン中なのかを識別されるおそれはない」

「だから、動画に二人そろって登場できなくなったわけか」

　ボニーとクライドの動画をチェックしていた歯車は腑に落ちたようだ。

「昨日、Ｐ３のＩＤを照合したとき、ボクとアキの登録したＩＤが異なっていたのもそのせいだったんだね」

　クリスが言う。三ヶ月の符合に気づき、潜入捜査を公言していたボニーとクライドが紅招館に紛れ込んでいる可能性に思い至っても、そこまでは憶測の域を出なかった。マヒトから《九人》発言の真意を聞き、クリスとＩＤを照合したことでようやく、確信を得たのだ。

「Ｐ３の死体を発見したとき、ＩＤを照合したのはマヒトだったよね。わたしはマヒトからＰ３のＩＤを転送してもらったから、二人のアンテナに登録されたＩＤは同じ。そのＩＤが、クリスがいつも照合しているものと違っていれば、事件の様相はひっくり返ると考えたの」

予感は的中した。それにより犯人は自動的に特定され、わたしは最後の確認のためにＰ３の部屋へ向かったのだ。

「つまり、Ｐ３の死体のＩＤをボクが照合していれば、二人一役はたちどころに判明したわけか……」

クリスが痛恨といった表情を浮かべると、マヒトはふてくされる。

「悪かったな、出しゃばった真似して。知らなかったんだから許せ」

「もう一つ、この考えを裏づける事実がある。Ｐ３の死体が損壊されたということは、プレーヤーが現実で亡くなったことにほかならない。そして、わたしたちは知っている。ボニーが死んでしまったことを」

「アキとマヒトが登録したＩＤがボニーで、クリスや私たちの持つＩＤがクライドってことね」

百合が情報を整理する。

「そういうこと。ミーティングには、常にクライドが出席するようにしてたんだろうね。マヒトがクライドではなくボニーのＩＤをたまたま登録していたことは、少なくともわたしにとっては僥倖だった。もちろんボニーは写真を撮られないよう細心の注意を払っていたはずだけど、マヒトの盗撮までは防ぎきれなかったみたいだね」

「オレのおかげで二人一役が見破れたってのに、盗撮とは人聞きが悪いな」マヒトがむくれる。

「付け加えるなら、マヒトはＰ３のプレーヤーの個人情報にアクセスして、その居住地がニューヨークであることを把握していた。それは、ボニーとクライドがニューヨーク在住だと公言していたことと一致する」

「待てよ――ボニーの死後、翌朝のミーティングに、Ｐ３は出席していたじゃないか！」

　歯車が興奮した声を発する。わたしはうなずいた。

「ボニーの死への対応に追われながら、それでもクライドは、せめて朝のミーティングだけでも出席すべくログインしたのでしょうね。けれどもそこで、彼はベッドの上で頭部を破壊されたＰ３――ボニーのバタフライを発見した」

「前の晩のミーティングでは、ボクがＰ３のＩＤを照合している。その後、入れ替わったボニーがベッドで眠っているうちに、現実世界でアンチに襲撃されて死んだんだな」

　クリスが痛ましげに語る。

「クライドは相棒の死を隠蔽するため、ひとまずボニーの死体と凶器、それに犯行声明文をベッドの中に隠し、枕の血の跡を毛布で覆って朝のミーティングに出席した。けれどもその後、彼は現実に戻らなくてはならず、ラウンジを抜け出すと自室に入って鍵をかけ、ログアウトする。そして彼が再度ＢＷにログインするより先に、わたしたちがボニーのバタフライの死体を発見した」

「密室を作ったのは、犯人ではなくクライドだったんだな」

　振り回された格好のマヒトは輪をかけて不機嫌そうだ。

「ちょっと待って」ミニーが口をはさむ。「ということは、少なくとも分断以降、あの壁の内側のどこかに、もう一人のバタフライが存在していたんだよね。ボニーとクライドは、ともに閉じ込められていたわけだから」

「ええ」わたしは首肯する。

「でもさ、ステラが死んだあと、第三者がいないかみんなで捜索したときには、もう一人のバタフライなんて誰も見つけられなかったじゃない。アタシたちC班は館の中をくまなく探したけど、シャドウも実体もなかったよ」

「確かにそうだ」と歯車。

「館のまわりにも見当たらなかったぜ」

「崖のあたりもだ」

B班の狩人とA班の灰が同調する。

「ボニーとクライドは、片方がＢＷで動き回っているあいだ、いったいどこにもう片方のバタフライを隠していたの？」

それは、わたしにとっても最後の謎だったのだ。もっとも、ここまで来れば答えを出すのは難しくなかった。

「ヒントは、Ｐ３の寝室の、ほかの部屋とは違う点にあったの」

「あのヘンテコな天井の模様か」狩人が即答する。

「ご名答。ところでこの館、三角屋根なのに天井は平らだよね。クリスはなぜ、そのようなデザインにしたの」

「なぜって……深い理由はないよ。三角屋根がよかったけど、天井は平らのほうが落ち着くと思ったから。それだけだ」

クリスが困惑気味に釈明する。

「そっか。だから、みんな忘れてしまったんだね。このデザインだと、必然的に生まれるはずのスペースがあることを」

「天井裏のことを言っておるのか」灰が指摘する。

「現実の建物では通常、天井裏には出入り口や通気口が設けられていて、館の捜索となればそこを探さないわけにはいかなかったはず。でもＢＷにあるこの館では、それら出入り口や通気口がなかったために、以前から天井裏の存在は無視されてしまっていた。ボニーとクライドはそこに目をつけたの」

「わかったぞ。天井の模様は、出入り口をカモフラージュするためだったんだな！」

　マヒトが膝を打つ。

「Ｐ３の死体が発見されたとき、あの部屋は完全なる密室ではなく、外倒し窓が開いていたよね。わたしは、Ｐ３があそこに手をかけて天井の出入り口を開け閉めしていたんじゃないかと考えた。調べたら、すぐに見つかったよ。天井の板が、黒い三角形に沿って切り取られた箇所を」

「じゃあ、その中にＰ３のシャドウが……」

　得心しかけた百合を、歯車が遮《さえぎ》った。

「天井裏にシャドウを隠していたのなら、どうして死体もそこに隠さなかったんだ？　そうすれば、Ｐ３の死の発覚をさらに遅らせることだってできただろうに」

「天井裏に通じる三角形の穴はとても狭くて、大人の体では通り抜けられないんだよ。たぶん、出入り口をできる限り小さくしたほうが見つかりにくいと考えたんだろうね」

「それならどうやって出入りする？」狩人が訊ねる。

「五歳児の体型に変更すれば、ギリギリ穴を通り抜けられる。わたしが身をもって確かめた」

「死体の体型を変えることはできなかったから、天井へは運び込めなかったわけか」

歯車が理解してくれたので、わたしは微笑んだ。

「ここまで話せば、もうわかったよね。この館には、十人めの生存者がいる。では、登場してもらいましょう。——どうぞ！」

階上に向かって、わたしは声を張り上げた。

ややあって、足音が聞こえてくる。

その姿を見て、誰もが声にならない声を漏らした。

Ｐ３——クライドが、階段をゆっくり下りてきた。

3

「俺の潜入捜査の目的は、ログアウトせざる者たちの正体を暴くことだった。それはいましがた、アキによって果たされた。もう、逃げ隠れする理由はない」

椅子に座るなり、Ｐ３はいつものロボット口調ではなく、自然な男性の声で言い切った。

文字どおり生き返った死者と対面した住人たちは、あっけに取られたようにＰ３を見つめている。けれども彼らの眼差しに混じる敵意に反比例するかのように、クライドには覇気がなかった。

彼にとってボニーがどういう存在だったのか、わたしは知らない。ただ、大事な人には違いなかったのだろう。

「昨日、天井裏でクライドのシャドウを見つけたわたしは、そばに手紙を残しておいたの。『明朝のミーティングで事件を解決するから、七時前に必ずログインして』って。昨日の朝ラウンジにＰ３が姿を見せなかったことから、ボニーの死体がなくなっていることにクライドがすでに気づいているのは確実だったから、わたしはクライドが再びログインして手紙を見てくれるのを祈ることしかできなかった。幸いにもクライドは、わたしの指示にしたがってくれた。今朝、わたしが天井裏で待っていると、彼はちゃんとログインしてきたの。わたしは彼に、ミーティングが始まったら階段の上で話を聞きながら、わたしが呼ぶのを待って、と伝えた」

「ボニーのバタフライの遺体をあんな風にした犯人が、憎かったからな。事件の謎を解いたというアキを信じたのさ」

　Ｐ３あらためクライドに対して、クリスが先陣を切って質問をぶつけた。

「どうしてロボットなんかの恰好をしていた？」

「寡黙でも許されると思ったからだ。二人一役で演じる以上、記憶は共有しなければならないが、そうするにも限界がある。どうしても、知っているはずの事実を知らない、あるいは少し前の出来事を憶えていないといったケースが生じうる。だったら、初めから誰とも会話しなければボロが出ないと考えた。それにうってつけなのが、ロボットの外見だったんだよ」

「第一の事件のあとで館の中を捜索したときは、天井裏を見られないか不安だったんじゃない？」これは百合だ。

「だから、率先して俺の所属するＣ班が館の中を担当するよう仕向けた。俺の部屋を捜索する際も、天井を調べられないよう見張っていたというわけだ」

あのときのＰ３の意見が思い出される。

――部外者ニ館内ヲ捜索サセルノハ危険デス。ワレワレＣ班ガ、館ノ中ヲ担当シマショウ。

「めずらしく積極的に発言するな、と思ったんだよ」

狩人は憮然としている。

「言うまでもなく、そのあとすぐに天井裏を自分で調べたよ。念のためではあったが、果たしてそこに侵入者の姿はなかった」

「なぜ、死体を隠した？」

マヒトの質問にも、クライドは淀みなく答える。

「ボニーの死体が見つかったら、俺はもうこの館にとどまることはできなくなる。そうなったらこの三ヶ月間、ボニーとともに大変な苦労をして進めてきた潜入捜査が、すべて水の泡だ。だから、苦肉の策でベッドに死体を隠した。まさか頭を潰した犯人が、Ｐ３を殺したと名乗り出るとも思えなかったからな」

「その判断が、結果的に犯人すらも理由のわからない密室を作り上げてしまった。正直に申し出てくれれば、もっと早く事件が解決できたかもね」

わたしが咎めても、クライドはどこ吹く風といった態度だ。

「ボニーの死にともなってバタフライも死体になったことはわかっていたから、もしかすると死体なら傷つけられるんじゃないかっていう考えは脳裡をよぎったよ。とはいえ、俺はあんたらが密室に頭を悩ませていることすら知らなかったからな。現実でも対処しなきゃならないことが多すぎて、ＢＷでは様子見が精一杯だった」

クライドへの質問攻めがやむ。三ヶ月間、騙され続けてきた住人たちの戸惑いが、ラウンジに充満していた。

「とにかく、これで第一の事件から第三の事件まで、何が起きたのかをすべて説明し終えた。病死したのは、ステラとブーメランの二人のみ。そこに、ボニーがアンチに殺されるという悲劇が重なった」

わたしはいよいよ、事件の核心に迫る。

「残る謎は、一つ。連続死体損壊事件の犯人は、誰なのか」

ラウンジが水を打ったように静まり返る。テーブルを囲む全員の表情に、緊張が走っていた。

「ここまで来れば、犯人を言い当てるのは難しくない。第二の事件と第三の事件について検討することにより、至ってシンプルなロジックで導き出せるから」

「シンプルなロジック？」とうさぎ。

「そう。消去法を使うの」

わたしはまず、第二の事件から説明を始めた。

「犯人はブーメランに扮し、灯台の中でみずから吊るされていた。それは言わずもがな、あのとき灯台の外にいたバタフライは犯人ではないということ」

何人かの顔に、明るい色が灯る。

「ブーメランの捜索に加わったのは六人。わたし、マヒト、クリス、うさぎ、百合、Ｐ３。これら六人は、犯人ではない」

「ストップ」ミニーが異論をはさむ。「Ｐ３は二人いたんだから、もう一人が犯人だった可能性は捨てきれない」

「いいえ、それもない。なぜならあの時間、クライドは生配信をしていたのだから。そうだよね、歯車」

いまだ容疑の圏内にいる歯車は、居心地が悪そうだ。

「間違いないよ。調べれば、すぐにわかることだ」

「ということは、あのときわたしたちと一緒に灯台へ向かったのはボニーのほうだった。クライドは配信中だったことを、世界じゅうの人々が目撃している。よって、二人とも犯人ではない」

ミニーは引き下がる。彼女もまた、その口の端に焦りがにじみ出ていた。

「犯人と協力関係にあった何者かが、ブーメランの捜索の際に犯人に変装してアリバイ作りをした疑いはないのか？　捜索に加わったバタフライたちのＩＤを、いちいち照合したわけではなかろう」

灰の反論はいかにも苦しまぎれだ。

「協力者には、自分のアリバイを犠牲にしてまで犯人のアリバイを作ってあげるメリットがないでしょう」

「そうでもあるまい。続く事件で協力者のアリバイを確保すれば、単独犯かつ同一犯の犯行とみなされる限り、犯人と協力者はそろって容疑を逃れられる」

「忘れたの？　第二の事件の時点で、第三の事件が起きることは犯人を含む誰にも予測できなかったんだよ。なのにそんな真似をすれば最悪、協力者は犯人のスケープゴートにされてしまう。犯人のアリバイを偽証してあげるくらいならまだしも、自分のアリバイを犠牲にするような方法を取るはずがないよ。ブーメランの捜索に加わっていないメンバーの中に犯人がいるという事実は、動かしがたい」

わたしの断言に、灰は口をつぐんだ。

「というわけで、残る容疑者は四人。歯車、狩人、ミニー、灰」

「ちっ。本当に、おまえの推理は合っているのか？　おれを犯人扱いしやがったら、ただじゃおかねえぞ」

狩人は貧乏ゆすりをし、苛立ちを隠さない。

「聞いてから判断して。では、第三の事件の検討に移ります」

最後の踏ん張りどころだ。わたしは気を引き締める。

「犯人は一貫して、バタフライの死を殺人に偽装している。よってＰ３もまた、殺されたと周囲に信じさせなければならなかった」

「だから、ボニーの頭を潰した」クライドが言う。

「犯人にとっては、Ｐ３が殺人ではない理由で死んだと思われるのが一番厄介だった。けれども犯人の意図しないところで、現場は密室になってしまう。これでは、せっかく外倒し窓の隙間からコンクリートブロックを落とすという、誰にでもなしうる方法で死体を損壊した意味が半減する。いかに殺されたように見えるといえども、現場を密室にして脱出する方法がなければ、そもそも犯人なんていなかったのではないか、という方向に議論が展開しかねない」

「密室の場合、自殺を疑うのは基本だからな」マヒトが理解を示す。

「要するに、犯人は現場が密室であるにもかかわらず、密室ではなかったと主張しなければならないという、難しい立場に置かれた。これは、調べた限りではフィクションのミステリ史上でも類例の少ない、言うなれば逆密室だよ」

「逆密室、か……言いえて妙だな」

　クリスが嚙みしめるように復唱する。

「犯人は焦った。窓を割っておけばよかったなどと嘆いても、あとの祭り……そもそも、窓は強化ガラスで割れないけどね。さて、どうしたものか――必死で知恵を絞っていたところに、何とこの密室を密室でなくした者がいた」

　マヒトがほぞを嚙む。

「オレだな。企まれてもいないダミーのトリックに、進んで騙されたわけだ」

「犯人にしてみれば、マヒトの推理は天からの贈り物だった。溺れる者は藁をもつかむと言うけれど――これ、日本のことわざね――マヒトの考え出した密室トリックは、犯人にとってまさしく藁だったというわけ」

　マヒトのおかげで、密室なのに密室でないように見せかける、逆密室が図らずも完成したのだ。

「犯人は安心した。これで、殺人であるという疑いは覆らない。結果的に容疑者はクリス一人に絞られてしまい、それも犯人にとって本意ではなかっただろうけど、少なくとも密室により殺人は不可能、という結論は免れることができた」

　ところで、とわたしは進める。

「最重要容疑者となったクリスは、みずからの潔白を証明すべく、アリバイの話を持ち出した。いわく、当日朝のミーティングのあとでＰ３を殺害できたのはマヒトのみ。ここでわたしの前に再び、大きな謎が立ちはだかった——何せ、わたしはその時点で第二の事件の真相を突き止めていて、マヒトとクリスをともに容疑者リストから外していたのだから」

「そうか。考えてみりゃ、ミーティングのあとは大半のバタフライがラウンジにいたんだもんな。Ｐ３に手出しなんてできるわけがねえ」

　アリバイ議論に加わっていなかった狩人が、ふむふむとうなずく。

「わたしは何かがおかしいと感じた。そこから、Ｐ３が二人一役であることを見抜いたの。すると、第三の事件の様相はがらりと変わった」

「変わったって、どこが」

　訊ねたミニーを見つめ、わたしは言った。

「犯行時刻だよ」

　数名の住人が、小さくうなった。

「さっきも話したように、ボニーが死んだ翌朝、クライドはミーティングに出席している。これが、事態を複雑にしていた——Ｐ３の死体が損壊されたのは朝のミーティング以降である、という錯誤を生んでいたの」

「俺がボニーの遺体をベッドに隠したのは、あの日の朝のことだ。言い換えれば、ボニーは前の晩に頭部を潰されたので間違いない」

　クライドが証言する。

「犯人は深夜、自室の窓から抜け出し、館の周りを見回っていて、窓越しにＰ３の死に気がついたんでしょうね。そこで犯人は考えた。いまは深夜だ。アリバイなんてある者はいない。ただちに犯行に及んでも、ステラのときと同様、容疑者が絞られることはない、と——それこそが、犯人の致命的なミスだった」

「なぜ？　あの夜のアリバイなんて、あたしにはないわ。みんなもそうじゃないの」

すでに潔白が証明されたうさぎが首をかしげる。わたしはかぶりを振った。

「犯人は知らなかった。実はあの晩、ラウンジで夜通し議論していたバタフライたちがいたことを」

——三人ともラウンジを出ないまま、気がついたら朝のミーティングの時間になってた。

Ｐ３の水葬後、崖の上で耳にしたあの発言が、最終的に犯人を特定する決定打になったのだ。

「わたしはその、ミーティングから連続する映像データを、頭から終わりまで確認した。だから三人が共同してアリバイを偽証した、というのはありえないし、ミーティングの前にＩＤ照合を済ませているから誰かのなりすましということも考えられない。さらには協力者が犯行に及ぶあいだに犯人がアリバイを作ったという線もない。なぜならその夜ボニーが死ぬことなんて予測できたはずがないのだから」

ある人物の顔色が変わった。わたしは告げる。

「じゃあ、手を挙げてくれるかな。あの晩、片時もラウンジを離れず、よって犯行がおこなわれたと見られる時間帯のアリバイが成立するバタフライは」

すぐに、三本の手が挙がった。

歯車。

狩人。

ミニー。

「以上を踏まえ、残る容疑者はただ一人」

クライマックスだ。その人物の顔を、わたしはまっすぐに指差した。

「あなたが犯人だよ——灰」

4

動揺は、していたはずだ。

にもかかわらず、灰の表情は凪いだ湖のように静かだった。

「そうか。二つの犯行をともになしえたのは、わししかおらんのか」

他人事のような反応だ。頭の切れる犯人である。弁解の余地を探っているのかもしれない。

わたしは灰が犯人だとする根拠をさらに積み上げていく。

「P3の部屋を逆密室にするトリックは、犯人にしてみればそれが事実に反していたとしても、積極的に賛同すべきものだった。灰がクリスの見張りに参加したのは、この点に合致している」

もっとも、灰はZZの信奉者として振る舞っていたので、あの選択に違和感はなかった。

「それから、水葬を提案したのはほかでもない灰だったよね。遺体をそのままにしておくと、傷つけられることに誰かが気づくかもしれない。だから、早急に処理する必要があったんでしょう」

宗教儀式の形を取ったのは実にうまいやり方だった。死体なら傷つけられることを誰にも気づかせないまま、ごく自然に遠ざけた。

「まだある。一昨日の朝のミーティングの際、灰は見るからに具合が悪そうだったよね」

「そう言えば、そんなこともあったわね」

百合が言う。彼女はあのとき、灰の背中をさすってあげていた。

「あなたは戦慄していたんでしょう。何せ自分が頭を潰したはずのＰ３が、生きて目の前に現れたんだからね。その瞬間は何が起きたかわからなくても、冷静に考えれば、Ｐ３役のバタフライがもう一人いたことは自明だったと思う。でも、何もかもが終わってしまったあとで、もうどうすることもできなかったんだよね」

灰は沈黙している。罪を認めるべきか、認めざるべきか、迷っているのだろうか。その無表情からはいかなる本心をも読み取れない。

だが、すでに決着はついているのだ。わたしは言った。

「ねえ、灰。わたし、ここまで死体損壊の動機にあえて言及しなかったけど、本当は察しがついてる。わたしの考えが正しければ、あなたがやってきたことはもう、全部無駄になってしまったんじゃないの？　このうえ犯行を否認する意味はある？」

「……死体を損壊していたなどということが知れたら、犯人は運営からのペナルティを免れんだろう。アカウント停止もじゅうぶん考えられる。そうなることを恐れぬ者がどこにいる——まして、わしらはＢＷの外では身動き一つ取れぬ紅なのだぞ」

「わたしたちはいま、分断によって閉じ込められるという極限状態にある。そんな中でのやむにやまれぬ行為なのだとしたら、運営はきっと情状酌量してくれる」

「そんな都合のいい話があるかよ」

そうこぼした狩人を、隣に座っていたミニーが《余計なことは言うな》とばかりににらみつけた。

「だとしても、だ。仲間の遺体を冒瀆した犯人はもう、この館に住み続けることはできんだろう。わしら紅にとっては、つらいことだ」

灰の声は、本心で語っているように聞こえた。

話すならいまだろう。わたしは口を開く。

「あのね。わたし、クラッキング犯から直接聞いたの。この分断は、永久に復旧しないんだって。元の地形プログラムを破壊してしまったせいで、上書きしたらわたしたちバタフライは全員消えちゃうんだって」

「何だって？　じゃあ、死ぬまで閉じ込められたままってことかよ！」

「冗談じゃない！」

激昂した狩人やうさぎ、あるいはほかの住人たちを落ち着かせるべく、わたしは続ける。

「大丈夫。あの壁はなくならないけど、バタフライの位置情報を操作して、壁の外に飛ばすことは可能みたいなの。だから、紅招館の建物はあきらめてもらうしかないけど、脱出はできる」

「よかった……」百合が安堵を示す。

「今朝、警察から連絡があって、すでに運営側の準備は整っているとのこと。だから、わたしから頼めば、すぐにでもみんなを壁の外に移動させてもらえる。でもね、もしも死体を損壊するような危険なバタフライがこの中にいるんだとしたら、野放しにするわけにはいかないでしょう。

わたしは犯人が犯行を認め、みんなが納得する動機を話してくれるまで、誰も外には出さないつもり」

「脅す気か」

灰はむしろ笑っているように見えた。わたしも笑みを返す。

「あなたたちの命運を握っているのは、わたし。何せ、わたしはいま、このＢＷの主人公なのだから」

その宣言により、勝負は決した。

ついに、連続死体損壊事件の真犯人が罪を認めた。

「わかった。認めるよ。わしがやった」

「本当なのか、灰？」

灰を館に招いた責任からだろう、クリスはいまだ信じがたいという面持ちだ。

「すべてアキの言うとおりだ。わしの犯行はもう、無意味になってしまったことも含めてな」

「どうしてあんなひどいことを……一緒に暮らしてきた仲間だったのに」

うさぎの目は、その名のとおり真っ赤に充血している。

灰の声は、地の底で鳴っているようだった。

「決まっておるだろう。紅招館を――否、紅たちを守るためだ」

「守る、だと？」

狩人が眉をひそめる。

「もう、五日前になるか。地震が起きて、あの忌々しい壁に閉じ込められたことが発覚した、少しあとのことだ。わしの部屋に、ステラがやってきた」

　医師である灰に、相談があるとステラは話したという。

「彼女は胸がつかえる感じがすると言った。わしは、閉じ込められたことによる不安やストレスのせいだろうと診断し、リラックスを心がけるよう伝えて帰した。しかし、彼女の具合の悪そうなのが気にかかった」

　——それでなくても地震が起きてから、何だか胸がつかえるような感じがするのに。

　わたしの前でも、彼女はそんなことを言っていた。

「その日の夜遅く、わしが自分の部屋で寝ようとしていたら、ドアの外からドサッという物音が聞こえた。不審に思い見に行くと、ステラが自室の入り口で倒れておるじゃないか。顔が引きつりよだれを垂らし、ついさっきまで動いていたはずなのにぴくりともしない。完全なるフリーズ状態だった。わしは、ストレスに病身が持ちこたえられなかったのだろう、と直感した」

　灰の部屋は、ステラの部屋の隣にあった。だから物音が、彼の耳にだけ届いたのだろう。眠っていた住人も多そうだ。

　ひとまず灰は、ステラを彼女の部屋に運び込み、様子を見ることにした。ステラのプレーヤーが本当に死んでしまう可能性を考慮すると、この時点で騒ぎ立てるわけにはいかなかった。

「三時間くらい経ったころだったかな。わしは依然動かないステラの服をめくり、腹部にナイフの切っ先を当てた。万が一にも、誰かに見られない部位のほうがよかろうと判断したのだ。——ステラの皮膚はあっけなく裂け、血が出た。わしは、ステラのプレーヤーが死んだことを悟った」

「灰は、バタフライでも死体なら傷つけられることを、以前から知っていたの？」

わたしは気になった点について確認する。

「この館で死者が出て、蜘蛛型の遺体回収ロボットが来た話は聞いたな。あのロボットが到着するまで、わしはその住人のプレーヤーが死んだことも知らぬまま、医師としてフリーズになった住人を診察していたのだよ」

普通、フリーズになったバタフライに構う者はほとんどいない。放っておいてもそのうち再ログインしてくるからだ。仮にそのプレーヤーが死んでしまった場合でも、長時間に及ぶフリーズのあとで運営が死亡を把握し、死体に変わってから蜘蛛型のロボットが到着するまでのごく短いあいだに、バタフライの異変に気づく者は皆無と言っていい。

ところが紅たちにとっては、仲間のフリーズはプレーヤーの死や病状の悪化を懸念させる出来事だった。何かの役に立ちたい一心で、灰が診察を続けたのはうなずける。

「そこに遺体回収ロボットが現れたんだが、事情が呑み込めなかったわしは、住人を奪われまいとして少し抵抗した。そのときに、わしが死んだ住人の腕を引っかいて小さな傷を作ったのだ」

「そんなことが……僕も現場に居合わせたのに、気づかなかった」

歯車が嘆く。

「もっとも、わしがその意味を理解したのはほんの五日前のことだ。わしはステラのプレーヤーが死んでしまったのではないかと思いつつも、それを確かめる術を知らず、途方に暮れていた。そんなとき、かつての住人の腕にみずからがつけた傷のことを思い出したのだ。わしは必死で頭をはたらかせ、死体であればバタフライを傷つけられるのではないかという仮説に行き着いた。

ステラにナイフを刺すまでに三時間もかかったのは、運営が死亡を把握するのを待っていたからではない。死亡を確かめる方法を考えつくのに、それだけの時間を要したということなのだ」

ほかにも壁のせいで蜘蛛型のロボットが死体に近寄れないなど、数多くの要素が重なった結果、灰は奇跡的にこの広いＢＷの中で唯一の、死体であれば損壊できることを実証したバタフライとなりえた。

「死んだかどうかを確かめたいだけなら、蜘蛛型のロボットを探せば済む話だったんじゃないのか」

マヒトの疑問に、灰は簡潔に答えた。

「それによって判明するのは、誰かが死んだということだけだ。特定のバタフライが死んだことを確実にするには、死体を傷つけてみるしかなかろう」

灰にとっては、自分が気にかけているのとは別の者が死んでしまうことも想定の範囲内だったのだ。紅ならではの発想である。

「ステラが死んだことを知ったわしは、このまま遺体を放置しておくのはまずいと思った。ステラは――そのプレーヤーは、まず間違いなく病死だろう。わしら紅は悲しみこそすれ、驚いたりはせん。だがいまは、館の中に紅ではない者がおる」

そう言って、灰はわたしとマヒトを見た。

「おぬしらはバタフライの死に直面し、大いに動揺するだろう。そして、ステラの仲間でありながら自分たちほどにはパニックに陥っていない紅の面々を見て、不審の念を抱くに違いない。突然の死と、死を受け入れた住人たち。そこから、ログアウトせざる者の正体に勘づくのはそう難しいことではあるまい。わしは、そう考えた」

「恐れたんだね。紅の秘密を、わたしたち部外者に知られてしまうことを」

紅招館の住人たちはいちように、ボニーとクライドに対して強い忌避感を抱いていた。彼らは誰にも知られたくなかったのだ。自分たちが、寝たきりの病人であるということを――それこそ、死体損壊の動機になりうるほどに。

「そんなに嫌がるようなことかよ。別にいいじゃねえか、寝たきりだって認めちまえば」

マヒトの意見は無責任だが、彼らを差別しないという意識の表れでもある。そんなマヒトをしかし、灰はぎろりとにらんだ。

「知らんのか。そこのジャーナリスト気取りが存在を公にしたせいで、ひどい目に遭ったプレーヤーたちがおることを」

ボニーとクライドの影響で、何の非もなかった同性愛者コミュニティは解散し、そのほかにもたくさんのプレーヤーがＩＤを知られて活動休止や引退を余儀なくされた。

名指しされたクライドは、金のロボットのままで顔つき一つ変えない。

「俺たちはただ、その存在を報じただけだ。彼らを批判したり攻撃したりしたわけじゃない。解散や引退に追い込んだのは、俺たちの動画を観た、過激な思想を持つ一般のプレーヤーたちだ」

クライドの言葉に、誰よりも先に反発したのは、わたしだった。

「卑怯だよ。火種を作ったのはあなたたちでしょう。燃え上がったあとは知らんぷりだなんて、そんな理屈が通用するわけない」

この感情は、いじめの原因を作った西園寺和馬に対して、わたしが十二年にもわたって熟成させてきたのと同じ怒りだ。実際には、和馬はいじめを止めようとしていた。だが目の前の自称ジャーナリストは、完全に開き直っている。

「わたし、知ってる。ユーチューバーとして活動を始めた当初、あなたたちはBWのことだけではなく、さまざまな事象を扱っていたでしょう。でも、話題にならなかった。いまならわかる。そんな見下げた精神だから、ジャーナリストとしては花開かなかったんだよ」

クライドはわたしをじっと見つめている。

「今朝、あなたがログインしてくるのを待つあいだ、わたしはあなたたちがこれまでに投稿したさまざまな動画を観た。BWジャーナリストを名乗り出してからのあなたたちの動画には、はっきり言ってジャーナリズムのかけらもなかった。ただゲームの中で、それ自体が目的と化した派手な言動を繰り返していい気になってるだけの、悪質なゲーマーに過ぎなかった」

「もうよい、アキ」

灰に制され、わたしは口をつぐむ。

「いかにやり口が汚かろうと、また唾棄《だき》すべき精神であろうと、そこに経済的価値があれば取り組む者がおることは止められん。仮にこやつが改心して活動をやめようとも、すぐに第二、第三のボニーとクライドが現れるだろう。結局のところ、わしらは自分で身を守るしかないのだ。いわれなき者を差別する愚かさを人類が克服するその日までは、な」

――人々の心に、遺伝子レベルで、本能として組み込まれた差別意識を根絶しない限り、絶えず弱者は生み出され、いじめや迫害は繰り返される。

奇しくもそれは、わたしが和馬に語った言葉と同義だった。ルッキズム弱者も、身体的弱者も、程度の差はあれ他者に差別され迫害されかねない点では同じなのだ。

クライドは動力が切れたかのように、沈黙を保っていた。わたしの叫びが、灰のあきらめが、彼の心に何らかの振動を与えたのかは、まったく読み取れなかった。

灰は話を第一の事件へと戻す。

「ともかく、紅の秘密が外部に漏れることだけは絶対に防がなくてはならん。ステラの死体を前に考えた結果、わしはステラを病死でないように見せかければいい、という結論に達した。ブアメードの血の逸話を引き合いに出せば、ＢＷで殺されたショックで現実のプレーヤーまで死んでしまったという、いかにも苦しい仮説にも、最低限の説得力を持たせられるだろうと踏んだのだ」

そう言えば、ブアメードの血の話をしたのも灰だった。

「わしはいったんステラの部屋を出て、森から葉っぱを拾ってくると、ナイフをステラの服の上から、腹部の先ほど傷つけたあたりに突き立てた。そして、出てきた血で犯行声明文を作り、その場を立ち去った」

犯行声明文に葉っぱを用いたのは出所を探られないようにするため。血で書いたのは、ステラの自作自演などではなく、彼女の死後に犯行声明文が書かれたことを明確にするため。灰はあくまでも冷静だった。

「死は救いってのはどういう意味だ」

突っかかった狩人に、灰は微笑を返した。

「動かぬ肉体に精神が閉じ込められてしまった絶望を、紅なら嫌というほど知っておろう。ＢＷ

はしょせん仮初めの世界、この檻《おり》から真に解き放たれるには死しかあるまい。それが救いでなくて何なのだ」

　事件の真相を解明するまで、あの犯行声明文は犯人が殺人を正当化するための文言のように、わたしには思えていた。けれどもそれは、灰にとってみれば慈悲だったのかもしれない。紅でなくとも無限の生はこの世になく、それは確かに救いの要素を多分にはらんでいる。

　こうしておこなわれた第一の偽装は、まずまず成功した。わたしやマヒトだけでなく、住人たちもステラが殺害されたと信じたようだった。

「それで終わるはずだったのだ……だが、ブーメランまでもが死んでしまった」

「おまえが殺人なんかに見せかけるから、ブーメランが恐怖でまいっちまったんだろうが」

　マヒトは辛辣である。

「どうしてそう都合よく、灰ばかりが死体を発見できたんだ？」

　歯車の疑問に、灰は人を食ったような答えを返す。

「それが、わしの使命だったからかもしれんな」

「要するにただの偶然だ、と？」

「そうとも言い切れん。ステラは部屋が隣で、しかも彼女の具合が悪いことを医師のわしは把握しておった。深夜に物音を耳にしたとて、ほかの住人は気にも留めなかったのではないか。だがわしは、彼女に何かあったのかと心配した。その違いが、死者の発見につながった面はあるだろう」

「仮にほかの誰かがステラを発見していたとしても、彼女が死んだかどうかを確かめる方法なんて思いつきようがなかったわけだしね」

　わたしは補足する。灰が誰よりも早くステラの死を認識したことには、それなりに必然性があったわけだ。

「ブーメランにしてもそうだ。あの日、わしは侵入者の捜索が終わった直後に、ブーメランから息が苦しいという相談を受けておった。もしかしたら、こやつも死んでしまうかもしれん。そういう懸念は少なからずあった」

「それで、ブーメランの部屋まで様子を見に行ったの？」とうさぎ。

「さよう。果たしてベッドに横たわるブーメランはぴくりとも動かず、持っていた錐で顔を刺すと、あっさり刺さってしまった。わしはこの死を無駄にすまいと考え、ひとまず死体を灯台へ運び込んでから、ほかのバタフライにブーメランの死の瞬間を目撃させるという手口を思いついた」

　森から葉っぱを拾ってきて、今回は血で書くとブーメランの墜落死と矛盾するので、ペンで犯行声明文を書く。次に、遺体を運び出す際に開けておいたブーメランの部屋の窓から再び中に侵入し、黒い布テープを持ち出す。さらに一階の物置へ行き、ロープを回収した。ラウンジにはほかのバタフライの姿もあったが、あの段階では事件が続くことを恐れて警戒している者は少なかったので、見とがめられることはなかった。アリバイに関しても、自室にいるバタフライもおり、自分だけが成立しなくなるような状況ではなかった。

「一ついいかな。ＢＷでは、本人の意に反する拘束は力ずくで解除できる仕様になっていた。わたしたちが冷静にそれをブーメランになりすましたあなたに指示していれば、展望台の扉を開けないという展開もあったはず。その場合は、どうしようと思っていたの」

わたしの質問に、灰は淡々と答える。

「うまくロープが外れないから手伝ってほしい、とでも言えば済む。子供だから、誰も疑問に思わんだろう」

むしろ、扉を開けて仕掛けを作動させるのを早められたわけだ。わたしは納得した。

「ステラとブーメランについては理解した。だが、ボニーはアンチに急襲されて亡くなった。具合が悪かったわけじゃない。にもかかわらず、またしても灰が第一発見者となった。その点はどう説明する」

Ｐ３——クライドが訊ねる。

「ステラが死んでからというもの、わしは夜も睡眠時間を削り、窓から部屋を抜け出して住人たちが死んでいないか見回りをしていた。ほかの者、特にアキやマヒトに先を越されれば、紅の秘密を悟られてしまうかもしれんからな」

そのわたしやマヒトが館の外にいた夜もあった。見つからぬように細心の注意を払いながら、灰は見回りを続けたという。

「見回りったって、みんなカーテン閉めて寝てるだけでしょう。何か意味あるの？」

ミニーが身も蓋もないことを言う。

「意味があったから、Ｐ３の死もわしが最初に気づいたではないか。あるいはそれも、神の思し召しだったのかもしれんがな」

そううそぶく灰の瞳には、危うい光が宿っているように見えた。

「こんな状況でも外倒し窓が開いていることに違和感を覚え、隙間に手を突っ込んでカーテンを少しずらして中をのぞいたのだが、Ｐ３は明らかにフリーズ状態に陥っていた。そこでベッドに仰向けのＰ３に向けて錐を落としてみたところ、顔から血が出たというわけだ」

「ボニーはなぜ、外倒し窓を開けたまま寝ていたの？」

わたしはクライドに問う。紅ではないことを見破られないために、ログインした状態で眠っていたのは理解できる。だが、外倒し窓を開けるのは天井裏に出入りするときだけでよかったはずだ。

クライドの釈明は簡潔だった。

「あの外倒し窓は常に開けておくことに決めてあった。頻繁に開閉していたら、天井裏の出入りがバレるおそれがあったからな」

外倒し窓に手をかけて天井の板を外していたのだから、外からは丸見えだったはずだ。外倒し窓が開く瞬間を目撃されただけで、その後の動作まで見られてしまう可能性はある。初めから開けっぱなしなら、変に目立つこともない。

明け方だった、という言葉で灰は話を再開した。

「わしはいつもどおり森へ行き、葉っぱとコンクリートブロックを拾ってきた。コンクリートブロックで頭を潰せるかはやってみなければわからなかったが、結果的にはうまくいった。それから犯行声明文を落として、自室に戻った」

しかしその後、ログインしてきたクライドが死んだボニーのバタフライを隠してミーティングに出席したため、灰は混乱することとなる。ミーティング後もほかの住人に倣ってラウンジから離れられずにいるうちに、Ｐ３の戻りが遅いことに誰かが気づいて騒ぎ出し、死体が発見され、灰は逆密室について頭を悩ませる羽目に陥った。

「まさか前の晩、歯車たちがラウンジで夜通し議論していたとは思わなかった。しかもそれにより、犯人がわし一人に絞られてしまうとは……運営によるペナルティを恐れ、犯人を特定されぬよう気をつけてきたつもりだったのだが。されどこの結末もまた、神の思し召しだったのだろうな」

　事件に関する話は以上だ、と灰は締めくくった。

「いくつか疑問に思っている点があるんだけど、いい？」

　わたしの問いに、灰はうなずいて許可を与える。

「なぜ、死体を海に投げるなどして、紅の死そのものを隠蔽しなかったの」

「行方不明にしただけでは、どうしたってプレーヤーの死が疑われる。プレー中に死んでしまって戻れなくなっているのではないか、などとな。特に、紅の誰かが病死の可能性に言及すれば、部外者はそこに引っかかるだろう。それならいっそ殺したように見せかけて、紅を含む全員を騙すべきだと判断した」

「その、紅たちを騙したことも気になっていて……あなたの目的は、紅の秘密を守ることでしょう。だったら、騙すのはわたしとマヒトだけでよかったはず。あなたは紅に、せめてそのうちの一部に事情を打ち明けて、協力を得ようとは考えなかったの」

「死体を傷つけたことが発覚すれば、ペナルティはまず避けられんだろう。誰かの手を借りるのは、言わば犯罪の片棒を担がせる行為だ。簡単に了承が得られるとは思えなかったし、告発されてしまうおそれもある。それに、ほかの紅にまで責任を負わせたくはなかった」

どのみち、わしは老い先短いからな。灰はそう言って淡い笑みを浮かべた。

「もし事件が解決することなく分断から復旧し、わたしとマヒトが館を出ていって、あなたの目的が達成されたとして。紅たちの中には、不安や恐怖、あるいはやりきれなさが残り、もはや元どおりに共同生活を営むことは不可能になるかもしれない。その点はどう考えていたの」

「その状況になってみなければ何とも言えんさ。必要を感じれば罪を告白していたかもしれんし、おぬしらに罪を着せた可能性もある。少なくとも、自分の死後には真相が伝わるよう、遺書くらいは書いただろうがな」

今回の灰の犯行は行き当たりばったりだったにもかかわらず、ここまでわたしたちを惑わせた。それほどまでに、彼は怜悧《れいり》な頭脳を持っているのだ。もはや到達しえない未来だが、事件の謎が解けないままわたしとマヒトが去っていれば、灰はその後のあらゆる出来事にうまく対処できたのではないかと思う。

訊くべきことはなくなった。すべてはログアウトせざる者たちの安寧を守ることに躍起になった老人――老い先短いと言ったからには、現実でもそうなのだろう――の執念が引き起こした、連続死体損壊事件だった。

いま、灰の顔には澄み切った諦観が浮かんでいる。

「何度も言うように、わしら紅にとっては、このＢＷが世界のすべてなのだ。現実では食事や排泄どころか、自分の意思では何一つできやしないのだからな。わしは体が動かせなくなってからというもの、筆舌に尽くしがたい苦痛を味わってきたが、ＢＷに出会ってようやく安息を手に入れた」

ほかの紅たちも、灰に賛同しているように見える。ここにいる紅全員が、あるいは死んだステラやブーメランが、その絶望を抱えたまま生をたゆたい、ＢＷに漂着した。

「クリスのおかげで紅は集い、あらためて口にのぼせることはなくとも、互いに傷を舐め合いながら生きてきた。その癒やしを、充足を、誰にも壊されたくはなかった。惨《むご》たらしい現実を忘れ、ただひっそりと暮らしていたかったのだ。わしらにとっては、興味本位で近づいてくるすべての者が敵だった」

わたしは正体を知らない紅に憧れただけだ。マヒトにしたって、彼らの生活を破壊する気なんてなかったに違いない。だが、ボニーとクライドは面白半分で紅の存在を取り上げた。そうした態度が、灰やその他の紅たちをかたくなにさせたのだろう。

「仲間の死体を傷つけるとき、わしの胸が痛まなかったと思うか。それでもわしは、この館を守りたかった。紅たちを、守りたかったのだ。……だが、もうおしまいだ。世界は分断され、紅の秘密も知られてしまった。わしらにとっての安息の地は、過去の遺物となった」

紅たちはいちように口をつぐみ、灰を責める者はいなかった。ブーメランを傷つけられたことに激怒していたうさぎや、犯人に対して敵意をむき出しにしていた狩人までもが沈黙し、意気消沈している。

灰はマヒトに顔を向けた。

「ＺＺよ。わしはあなたを崇拝しておった。あの現実は蝶の見ていた夢に過ぎず、ＢＷこそが現実なのだと言い切ってくれたあなたを」

マヒトは目を伏せる。

「だが、そんなものはしょせん、まやかしに過ぎなかった。本当はわかっておったのだ。こんな仮想空間なんかが現実の代替になるはずはない、と」

百合が涙をこぼし始める。灰の言葉は紅たちの、そして灰自身の心を切り刻んでいた。

「サイバー攻撃を受けただけで世界は分断され、わしらは孤立した。動かない体に意識が閉じ込められてどうすることもできない現実と、何ら変わりはせん。わしらはあの救いのない現実に還り、あらためて思い知らされたのだ。このＢＷこそが、いっときの夢に過ぎなかったことを」

残酷な現実に耐えて生き延び、彼らはＢＷでようやく希望を手にした。その灯がいま、分断によって消えかかっている。しかもその原因となったのは、ほかならぬわたしなのだ。

彼らの希望の灯を、消しはしない。

「そんなことはない。あなたたちがＢＷで生きて、行動し、表現するのを喜ぶ人がいるという事実は必ず意味を持つ。これもまた、ほかの何ものでもなく、現実なんだよ」

紅たちの味わった苦しみは、わたしには想像も及ばない。けれどＢＷに救われた人間の一人として、わたしは彼らの日々を全肯定したい。そこで得た喜びは、楽しさや安息は、決して夢なんかじゃない。

「救いがないというのなら、わたしがあなたたちを救ってみせる。約束どおり、あの壁の外に出すから――この現実は、これからも続いていく」

わたしはアンテナを操作して、外部と連絡を取る。現在、日本は深夜だが、運営のあるアメリカは昼間だ。間を置かず、狩人が素《す》っ頓狂《とんきょう》な声を発した。

「うおっ。何だこれ！」

椅子から立ち上がった彼の爪先が、消えていた。それがじわじわと、全身に広がっていく。

わたしは宣言した。

「バタフライの位置転送プログラムを実行してもらった。あなたたちは、もうすぐあの壁の外に出られる」

「館はどうなる？」と歯車。

「残念だけど、あきらめて。また、一から紅招館を作り直せばいい」

狩人だけではなく百合が、ミニーが、歯車が、うさぎが、そして灰が消え始める。クリス、クライド、マヒトも続いた。

ひざのあたりまで消えたところで、マヒトがうなった。

「アキ……てめえ、何考えてやがる」

「何って？」

「おまえだけ、なぜ消えない！」

わたしは自分の足元を見下ろす。爪先はいまもそこに、くっきりと輪郭をとどめていた。

「わたしはここに残る。もう、みんなと会うことはない」

「どうして！」

クリスが叫ぶ。先ほどにもまして顔色が悪い。

「それが、西園寺和馬に提示した条件だったから。ほかの全員を救う代わりに、わたしは壁の外には出ない。地形プログラムの上書きにしたがって、わたしのバタフライは消滅する――わたしはＢＷを卒業するの」

「いいのか、それで」マヒトが問う。

「わたしのせいで、みんなを巻き込んでしまったんだもの。せめて、罪滅ぼしさせてよ」

「そんなの嫌だ……ボクは、アキと一緒に生きていきたいんだ」

　クリスが苦しげに言う。わたしは微笑んだ。

「ごめんね、クリス。でも、もう決めたの。みんなを救うには、こうするしかなかった」

「なら、ボクも残る」

「だめよ。あなたはＢＷの中で、これからも自由に羽ばたいて――」

　そのときだ。

「くっ……がはっ！」

　クリスがおかしな声を上げ、椅子から落ちて床に倒れ込んだ。

「クリス、どうしたの！」

　わたしは駆け寄り、クリスの頭を抱える。明らかに様子がおかしい。よだれを垂らし、顔からは血の気が引いている。眼差しもうつろだった。

　灰が言う。

「ステラとブーメランのほかにもう一人、分断以後に体調の悪化について相談してきた者がおった。クリスだ」

　わたしは出会ってから数度、クリスが苦しそうに胸を押さえていたのを思い出した。一昨日の朝のミーティングでも心臓がよくないと話していたし、マヒトに疑われた際もうずくまっていた。

「もう、長くはないだろうと見ておった。残念だが、ここまでのようだな」

「そんな……せっかく壁の外に出られるのに。ねえ、誰かクリスを助けてよ！」

わたしは半狂乱になるも、紅たちは誰も動かない。悲しげな顔をして、クリスをじっと見下ろすばかりである。

「どうして？　あなたたち、仲間でしょう。クリスのおかげで、こうやって出会えたんじゃない」

「しょうがないよ」

歯車が口を開いた。

「僕たち、もともといつ死んでもおかしくなかった。そういう運命なんだ」

「かわいそうだし、寂しいけれど……やっと、終わるのね」

百合がつぶやく。

「ありがとう、クリス。あんたのおかげで楽しかったよ」

「安心しろ。紅招館は、おれたちの手で必ず再建する」

ミニーと狩人も続いた。

「こんなことって……」

わたしは絶句する。そのとき、声が聞こえてきた。

「ごめん、アキ……本当は、自分でもわかっていたんだ。もうすぐ死ぬだろうって」

クリスが必死で言葉を絞り出している。

「こんな男に、好きだなんて言われても、困るだけだよね。本当に、ごめん」

「ううん、そんなことない。わたし、うれしかった」

わたしの目から、涙がこぼれ落ちる。

「最後の六日間、世界が分断されて、事件も起きて、すごく大変だったけど……でも、アキと出会えて幸せだった」

「わたしもだよ、クリス」

わたしが頬を撫でると、クリスが微笑む。そして、言った。

「さようなら、アキ。ボクのぶんまで、どうか精一杯生きてくれ」

「うん。約束する」

気づくとクリスの体は、頭部を残してすべてが消えていた。ほかの住人たちも、転送が終わったのか、姿が見えなくなっている。

わたしはクリスに顔を近づけた。一度はしようとして、けれどもできなかったことを、まだ彼に触れられるうちにしたいと思ったのだ。

しかし、わずかに間に合わず、クリスの顔の下半分は消え、唇も見えなくなってしまった。うろたえているうちに、わたしの手のひらからは重みがなくなり、ついにクリスはいなくなった。

わたしは呆然とし、それから号泣する。みんなを救うため、和馬に掛け合ったのに——こんな、悲しい結末を迎えてしまうなんて。

もう、ここにはわたししかいないと思っていた。だから、後ろから声をかけられたときには驚いた。

「時間がない。一回しか言わないから、頭に叩き込め」

振り返ると、頭だけになったマヒトがいた。

当惑するわたしに、マヒトはある男性の氏名と、居住地を告げた。

「クリスのプレーヤーの個人情報だ。データベースにアクセスして、調べておいた」

「クリスの……」

「どうするかは、おまえしだいだ。よく考えろ」

マヒトが消えていく。わたしは急いで言った。

「ありがとう、マヒト」

「達者でな、アキ。おまえと友達になれて、楽しかったよ」

最後に聞こえたのは、そんな言葉だった。

そして、わたし以外、誰もいなくなった。

紅招館は、耳が痛くなるほど静かだ。

わたしは名残を惜しんで、まわりをゆっくり見回してから、両手で耳たぶをつかみ、下に引っ張った。


——さようなら、バタフライワールド。

エピローグ

タクシーから降り立つと、空は嘘みたいに晴れ上がっていた。

「姉貴、具合は悪くないか」

礼服に身を包んだ守が、わたしの着ている黒いワンピースの肩に手を添える。わたしはうなずいた。

「大丈夫。ありがと」

わたしたちは某県某所、海沿いの町にある斎場に来ている。

自動ドアのエントランスをくぐると、内装は新しく清潔で、ロビーにはしめやかな空気が流れている。すでに本葬の始まる時刻が近く、わたしたちは受付へと向かった。

二日前にバタフライワールドを去った際、消える寸前のマヒトが教えてくれた、クリスを操作していたプレーヤーの姓名は日本人のそれで、居住地も日本国内だった。ログアウトしたわたしはそれらについて調べ、クリスの葬儀が営まれる斎場とその日時を突き止めた。

わたしが大事な人の葬儀に出たいと伝えると、守は驚きながらも、何も訊かずに付き添うことを申し出た。わたしたちは参列にふさわしい服や数珠や香典袋など最低限の準備を急いで進め、昨日のうちに家を出た。

西園寺和馬に会うために外出したとはいえ、長年家に引きこもっていたわたしに、いきなりの遠出はこたえるだろうと覚悟していた。だが不思議なほど、わたしは平静でいられた。クリスやその他の紅たちが抱えてきた苦しみに比すれば、こんなことは何でもないと思えた。彼らはいかんともしがたい事情で体という名の檻に閉じ込められていたのに、みずからの意思で自宅を檻にしたわたしは何と愚かだったのだろう、と省みさえしていた。

付近のホテルに一泊し、本葬の始まる正午までに斎場に到着した。ゆうべはほとんど眠れなかったので、顔色は優れないかもしれない。それに、どうしても外出による気分の悪さや、人目に対する恐怖心は拭えない。だが、負けるわけにはいかなかった。わたしにとって、とても大事なことだったから。

受付を済ませ、式場に入る。一切の雑念を取り払ったかのような、無機質な空間だった。部屋の後方に並べられた椅子には、三十人ほどの弔問客が腰かけている。正面の祭壇はたくさんの生花によって彩られ、中央に大きな遺影が飾られていた。

金髪碧眼の美少年ではない。二十代後半くらいの、日本人男性の顔だ。

まだ元気だったころの写真なのだろう、はにかむように微笑んでいる。黒髪はくせが強く、眉が太くてまぶたは腫れぼったく、唇は厚かった。少し太ってもいて、正直に言えば、優れた容姿だとは思えなかった。

クリスが日本人だったことに驚きはなかった。《暮れない》の言葉遊びも、日本人の友人に教えてもらったというのは嘘で、本当は自分で考えたのだろう。彼の前で自動翻訳機能を切れば、おそらく彼が日本語をしゃべるのを聞けたはずだ。

ＢＷでは、見た目を自由にカスタマイズできる。彼自身が、金髪碧眼の美少年になりたがったのだ。わたしだって三十歳の引きこもりでありながら、活発そうな少女を装っていた。そういうことが許されるのが、ＢＷの美点だった。

　わたしと守が最後列の椅子に座ると、ほどなく導師を務める僧侶が現れて、読経が始まった。わたしは神妙に聞き入りながら、ＢＷを去ってからのことを思い返した。

　あのあとすぐに、運営は分断されたエリアの地形プログラムを上書きしたことを発表した。もちろん、閉じ込められたバタフライの救助に成功した旨も併せて。生き残った者だけでなく、遺体となって海に沈められた者たちもちゃんと移動され、無事集合墓地に納められたらしい。

　紅招館で発生した連続死体損壊事件に関することは一切報じられず、このまま闇に葬られるようだ。クライドが黙っていないだろうと思ったのだが、何と彼は昨日のうちに緊急ライブ配信をおこない、ボニーの死にともないＢＷジャーナリストとしての活動を終了することを報告した。三ヶ月に及ぶ潜入調査の果てに知りえた、ログアウトせざる者たちの正体についても、何一つ言及することはなかった。わたしの非難が、その結果をもたらしたと解釈するほど思い上がってはいない。彼なりに、いろいろ考えるところがあったのだろう。その決断が、灰をペナルティから救ってくれればいいなと思う。

　ＺＺは今回の件に関して一切の声明を発表していない。というより、ＢＷの事業を売却して以降、彼は一度も表舞台に姿を現していないそうだ。あのＺＺと半年にわたりつるんでいたことは、いまでも現実味があまりない。でも、彼とのあいだに芽生えた友情は、決して夢なんかじゃなかったとわたしは思っている。

西園寺和馬はみんなを救うというわたしとの約束を果したのち、警察に対して供述を始めたそうだ。彼が罪を犯したことに、わたしは責任を感じている。それに、わたしの好きな人はすでにこの世を去った。それでも、いまさら彼の告白を受け入れ、交際するのは違う気がしている。後ろめたさの土壌で、愛の花は咲くまい。和馬がどのくらいの刑罰を科せられるのかはまだわからないが、今後も友人として、彼が罪を償うのをわたしなりに支えたいと考えている。

読経は続き、焼香の時間になった。棺の手前の焼香台まで近づきながら、同じ日本人なら教えてくれればよかったのに、とちょっぴり恨めしく思う。わたしが日本人だということを、クリスは知っていたのだから。

でも、素性を一切明かしたくない気持ちは、わたしにも理解できた。

クリスの顔は美しくなかった。体が動かなくなってからは、表情をつくろうことさえできなかっただろう。現実の自分を知られたとき、わたしの心が離れてしまうのが、彼は怖かったのだ。痛いほどわかる。わたしにも、同じ恐怖があったから。

読経が終わり、最後の別れのときを迎える。弔問客が順に、花を棺の中へ手向けていく。

わたしは棺のそばに立ち、クリスを見下ろした。

その顔は、長いあいだ体の檻に閉じ込められて苦悩したとは思えないほど、安らかだった。そして、やはり美しいとは思えなかった。

でも、それが何だというのだろう。

わたしはクリスを知っている。同じ境遇にある者たちを集めようと奔走した優しさを、非常事態に部外者のわたしたちを館に入れてくれた寛大さを、仲間を傷つけた犯人を憎む正義を、みだりに誰かを疑わない冷静さを、好きだと伝えてくれた純粋さを知っている。

見た目なんかどうだっていい。わたしの知っていることすべてが、クリスという人間の真の姿を表しているのだから。

わたしは眠ったままのクリスに顔を近づける。

そして、今度こそ、その唇にキスをした。

ちっとも甘酸っぱくなんてなかった。ひんやりしていて、幸せな気分になるどころか悲しみがあふれ出した。それでも、とても大切な、わたしのファーストキスだった。

びっくりした様子の遺族を残して、わたしは斎場を去る。

どうしても、行きたい場所があった。

守と一緒にタクシーを拾い、海に向かって二十分ほど走ってもらう。

やがて見えてきた崖の上に、白い灯台がぽつんと立っていた。

初めて目にするのに、見覚えがあった。それは、紅招館のそばに建てられた灯台とよく似た外観をしていた。

──ふるさとに、同じような灯台が立っていたんだ。その光景を忘れたくなくて、作った。

タクシーを降りて灯台に近づく。内部に階段があり、上の展望台まで行けるそうだ。

わたしは守に言った。

「ここで待ってて」

心配そうな顔をしながらも、わかった、と答えた守を置いて、灯台に入る。わたしの知っている灯台と違って、中は明るかった。

階段を上って展望台に到着し、ドアを開けて外に出る。潮風が、わたしの長い髪を揺らした。

わたしは柵に寄りかかる。見渡す限りの大海原が、陽の光を受けてまぶしいくらいに輝いていた。

それは、とてもとても美しい光景だった。

相変わらず現実は醜い。見た目で人を差別する浅ましさが、いまも人々の心に巣食っている。

それだけじゃない。いじめ、暴力、経済格差、病で突然身体機能を失う不条理。ＢＷと比較して、劣っている点を挙げればきりがない。

だけど、それでも。

わたしは生きていく。生きて、この現実に立ち向かっていく。

好きな人と、約束したから。彼のぶんまで、精一杯生きるって。

わたしはもう、あの狭い部屋に自分を閉じ込めたりはしない。膨大な時間を無為に過ごしてしまって、こんな自分にこれから何ができるのかもわからないけれど、この過酷な現実世界の中を、蝶のように、きっと自由に羽ばたいてみせる。

わたしは踵を返し、展望台をあとにする——この背中に、いまでも翅があることを信じて。

Butterfly World fin.

参考文献

『荘子と遊ぶ』

玄侑宗久　ちくま文庫

『ＮＨＫ「100分de名著」ブックス　荘子』

玄侑宗久　ＮＨＫ出版

初出

「小説推理」2020年10月号〜2021年5月号

書籍化にあたり、加筆・修正をしました。

作品内の人物名・団体名はすべて架空のものです。

岡崎琢磨　おかざき・たくま

1986年福岡県生まれ。京都大学法学部卒業。2012年、「このミステリーがすごい！」大賞最終候補作となった『珈琲店タレーランの事件簿　また会えたら、あなたの淹れた珈琲を』でデビュー。同作は13年、第1回京都本大賞を受賞した。18年、短篇「夜半のちぎり」がベスト本格ミステリ2018に選出。「珈琲店タレーランの事件簿」シリーズのほか、『夏を取り戻す』『下北沢インディーズ』『貴方のために綴る18の物語』など、ミステリを進化させている俊英。

Butterfly《バタフライ》 World《ワールド》　最後《さいご》の六日《むいか》間《かん》

2021年8月1日　第1刷発行

著者　岡崎琢磨
発行者　箕浦克史
発行所　株式会社 双葉社
〒162-8540
東京都新宿区東五軒町3-28
電話 03-5261-4818（営業）
03-5261-4831（編集）
http://www.futabasha.co.jp/
（双葉社の書籍・コミック・ムックが買えます）

印刷所　大日本印刷株式会社
製本所　株式会社若林製本工場
カバー印刷　株式会社大熊整美堂
DTP　株式会社ビーワークス

ISBN 978-4-575-24425-0 C0093